Un crimen en línea recta

TEZONTLE

FERMÍN GOÑI

Un crimen en línea recta

FONDO DE CULTURA ECONÓMICA

Primera edición, 2023

Goñi, Fermín
Un crimen en línea recta / Fermín Goñi. — Madrid : FCE, 2023
264 p. ; 21 × 14 cm — (Colec. Tezontle)
ISBN 978-84-375-0830-6

1. Novela de misterio 2. Novela española 3. Literatura española – Siglo XXI I. Ser. II. t.

LC PQ6657.O4955 G66 Dewey 863 G644c

Vía de los Poblados, 17 – 4.º - 15; 28033 Madrid
editor@fondodeculturaeconomica.es
www.fondodeculturaeconomica.es

Fondo de Cultura Económica
Carretera Picacho-Ajusco, 227; 14110 Ciudad de México
www.fondodeculturaeconomica.com

Diseño de portada: Laura Esponda Aguilar
Acuarela de contracubierta y solapa y plano de la urbanización The Four Seasons (p. 8): © Alfonso Orueta, 2023

ISBN 978-84-375-0830-6
DL M-31548-2023

Impreso en España · *Printed in Spain*

Fuera del perro, un libro es probablemente
el mejor amigo del hombre, y dentro del perro
probablemente está demasiado oscuro para leer.

GROUCHO MARX

Lo que el güisqui no cura, no tiene cura.

PROVERBIO ESCOCÉS

Un crimen se descubre tarde o temprano,
y cuando intervienen dos personas, más bien temprano.

JAMES M. CAIN

Me gustaría ser todo de vino y beberme yo mismo.

FEDERICO GARCÍA LORCA

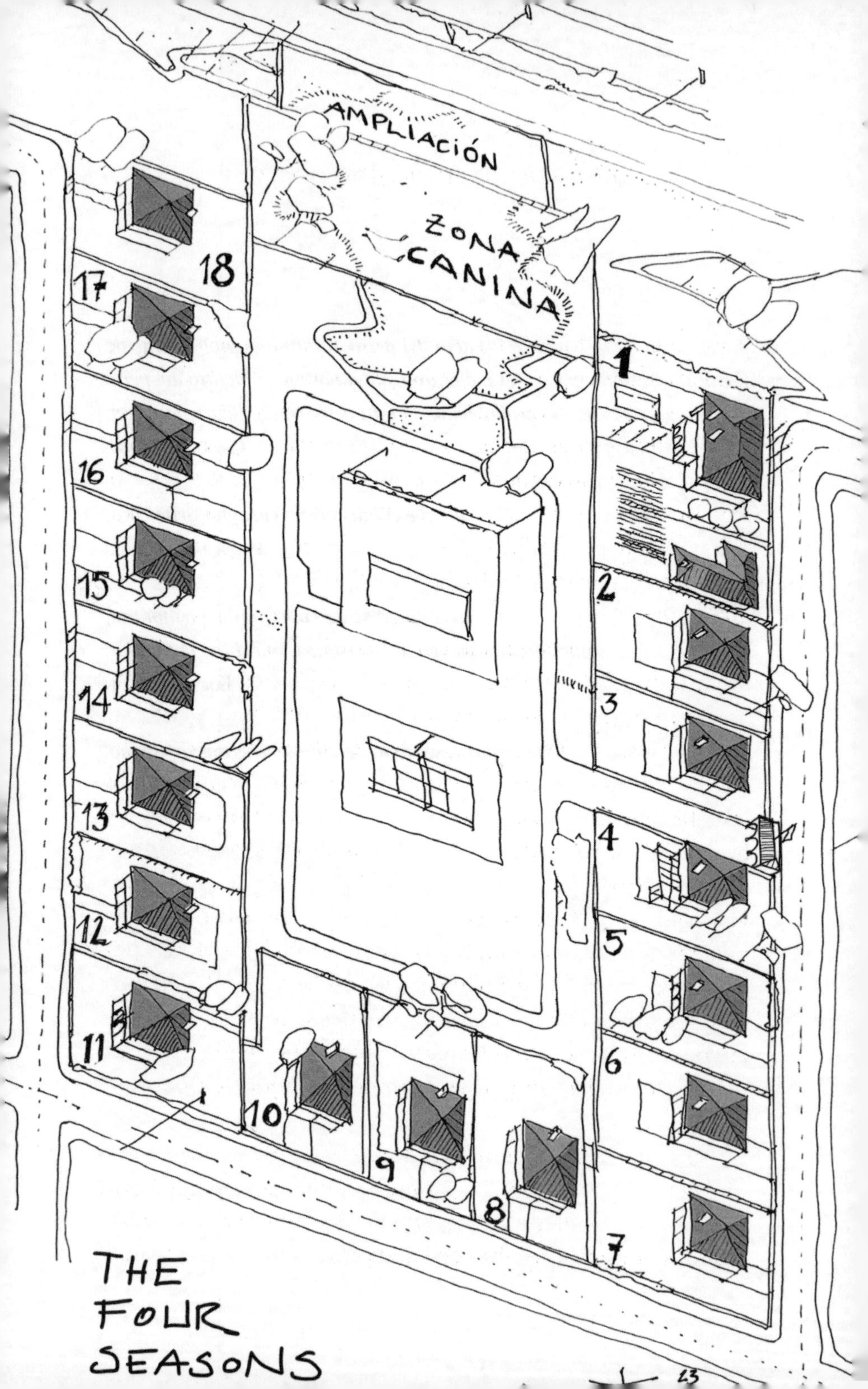
AMPLIACIÓN
ZONA CANINA
1
2
3
4
5
6
7
8
9
10
11
12
13
14
15
16
17
18
THE FOUR SEASONS

1
El fin de un sueño primaveral

Desde que fui adolescente había creído que la primavera es la época del año que más alegría y esperanza genera. Para mí era el renacer de la naturaleza, el florecimiento del campo y una fuente de energía renovada. Con el paso de los años la terca realidad me demostró que vivía en una entelequia: no hay estación del año buena o mala porque el dolor aparece sin aviso previo y transforma la alegría en sufrimiento, la euforia en angustia y la risa en llanto. Fue lo que sucedió en mi caso.

Un mediodía de primavera de 2012, a principios de junio, recibí una llamada en nuestra casa de Londres, el mundo se derrumbó a mi alrededor y sentí que me aplastaba. Quien llamó era tío Errol y su primera frase fue para decir, con la voz entrecortada, que mi padre acababa de fallecer. Él lo había encontrado sin vida en la cama, con una expresión tranquila y enroscado a su diminuta almohada de plumas que compró durante nuestro viaje a Lima años atrás, cuando visitamos la maravillosa ciudad de Cuzco, en el Perú. La noticia fatal me dejó atónita y sin palabras; los nubarrones del dolor apretaron mi estómago, privándome del habla. Lo único que pude hacer fue llorar hasta quedarme sin lágrimas y la voz de Errol se convirtió en un eco distante mientras mi mente intentaba asimilar la conmoción producida por una pérdida tan agria.

No habían pasado ni siete semanas desde la última vez que vi a mi padre y, en ese momento, lo encontré igual que siempre: sano y lleno de vitalidad. A sus setenta y dos años seguía siendo un hombre en plena forma que recorría más de sesenta kilómetros en bicicleta casi todos los días. Era fuerte como el titanio y resistente como el molibdeno, según sus propias palabras. Además de ser mi padre, era una persona adorable, bondadosa y cautivadora, el pilar de mi vida. No quiero seguir por esta trocha ya que estoy empezando a ponerme sentimental y lo que acabo de contar es tan cierto como cursi.

Sentí una opresión en el pecho porque me encontraba sumergida en un torrente de lágrimas, mocos y babas. Al cabo de un rato logré reunir el valor suficiente para preguntar, con cierta aprehensión:

—¿De qué ha muerto?

—Probablemente de un fallo cardíaco, según ha comentado el médico de urgencias. Le van a realizar la autopsia para determinar con certeza la causa porque ni tenía antecedentes ni había estado enfermo con anterioridad; lo ha pedido el doctor Villar, su médico de siempre, ya que no quiere dejar cabos sueltos. Le avisé del suceso y vino de inmediato. No consuela mucho, pero seguramente nos aliviará saber qué es lo que originó su muerte. Además, creo que es obligatorio en estos casos. Me refiero a los decesos en los que el médico del 112 no firma el certificado de defunción porque prefiere que intervenga el forense.

— Sí, sí. Es obligatorio en esos casos y, además, me parece bien —contesté aturdida; realmente no sabía de qué estaba hablando—. ¿Cuándo son el funeral y el entierro?

—Serán cuando estés en Madrid. Primero le practicarán la autopsia y una vez cumplido ese trámite el cadáver regresa al depósito del Instituto Anatómico Forense. Hablaremos de todo esto en persona porque no es cuestión para resolver en una llamada de larga distancia. Del entierro, ya comentaremos...

Un silencio muy espeso se apoderó de la conversación, cortándome abruptamente cualquier tipo de respuesta emocional: las lágrimas, las babas y el moqueo se detuvieron de golpe. Por la mente desfilaban imágenes de mis padres, especialmente de mi pobre madre, fallecida en un absurdo accidente al caer de su bicicleta y romperse la base del cráneo tras un golpe con el bordillo de una acera. También recordaba el nacimiento de mi hija Laura y los fantásticos veranos en la casa de Sotogrande. Todo pasaba a la vez y todo era hermoso porque la remembranza es un resorte que actúa con fuerza. Pero las imágenes simplemente eran recuerdos y sabía muy bien que no se puede vivir anclada en la nostalgia. Solo se sobrevive.

—Voy a buscar un vuelo que me lleve a Madrid de inmediato. Esta noche estaremos allí —declaré con determinación, sintiendo que me quedaban pocas fuerzas.

—No es necesario que te apresures tanto —dijo mi tío en un susurro.

—Sí —respondí con firmeza, aprovechando las últimas reservas de energía. Tengo prisa por llegar.

Al mismo tiempo pensé que esa prisa había surgido para resolver, también, otros asuntos de mi vida que no estaba dispuesta a revelar por teléfono. Más que prisa era urgencia por enfrentar lo inevitable.

La conversación con Errol llegó a su fin, ya que no era el momento ni la forma adecuada para dar más explicaciones. Sin embargo, había otros propósitos que requerían mi atención, y todos se resumían en uno: aquel día lluvioso y primaveral de junio decidí plasmar en palabras, negro sobre blanco, el futuro de mi relación con Justin, que hasta esa mañana era mi esposo y el padre de Laura. Era un problema agobiante que me atormentaba, ya que la unión que habíamos tenido durante más de quince años había alcanzado su fin de manera definitiva. En otras palabras, estaba muerta.

Llevaba tiempo reflexionando sobre nuestro matrimonio, que se había deteriorado considerablemente en los últimos meses, desde principios de año. Habíamos llegado al punto en que dormíamos en habitaciones separadas durante los pocos días que él pasaba en Londres. La única salida que veía para liberarme de ese enredo tan peliagudo era romper, permitiendo que cada uno siguiera su propio camino. Sabía que me iba a doler, aunque a él —que en esos días se encontraba en Nueva York por motivos de trabajo— probablemente no le importase demasiado. Tenía la certeza de que llevaba una doble, triple e incluso cuádruple vida, y con todo ese alboroto estaría bastante (o muy) entretenido en el futuro inmediato. Comprendí que el paso que iba a dar también significaba el fin de un sueño primaveral.

Su trabajo como directivo en la división de Wealth Management & Brokerage (servicios que la entidad proporciona a individuos con fortunas notables) de la banca J.P. Morgan lo obligaba a viajar constantemente por todo el mundo y era como ciertos pilotos de aviación; uno de esos que tiene una amante esperándolo en cada aeropuerto. Él lo negó siempre, pero yo sé que eso, las amantes múltiples, fueran de pago o gratis, es la pura verdad. Antes de partir hacia Madrid decidí enviarle un correo electrónico anunciando la triste noticia del fallecimiento de mi padre, pero también para notificarle el fin de nuestro matrimonio. El mensaje fue breve pero contundente y lo acabé así: «Es lo mejor para ambos. Un beso».

Con esta escueta comunicación dejé claro que nuestra relación ya no tenía futuro y que era necesario seguir caminos separados. Sabía que era la decisión correcta para los dos, aunque me produjera sufrimiento. Había llegado el momento de comenzar una nueva etapa en mi vida, una en la que no tuviese que lidiar con las infidelidades y las mentiras.

Justin tardó más de dos días en responder. Para entonces los restos de mi padre y quince años de vida compartida ya habían sido reducidos a cenizas. Ni siquiera puso pegas al hecho de que Laura se quedara conmigo en el futuro, como le había adelantado en el *e-mail*. Y la propia Laura, a sus doce años, tampoco echó de menos a su padre, al que apenas había visto dos semanas completas el último año, durante las vacaciones de verano. En las de invierno él siempre se iba a Sídney, su ciudad natal, y aquello nos pillaba a mi hija y a mí muy lejos. Hacía diez años que no íbamos a Australia.

La casa de Londres era de su propiedad y abandonándola zanjábamos los asuntos económicos porque nos habíamos casado en régimen de separación de bienes. Y a mí, por qué no decirlo, salir de aquella vivienda, de aquella ciudad y de aquel clima, a veces tan sombrío, me suponía un alivio. Profesionalmente, la estancia en Londres había sido no sé si un lujo o una oportunidad al alcance de muy pocos, pero fuese lo que fuese lo había ganado con mi trabajo después de haber estudiado Derecho y Económicas. Nadie me regaló nada, y menos por ser mujer.

El mismo día de la funesta llamada llegamos a Madrid. Fuimos en taxi a casa de mis padres en Majadahonda, la que había sido mi refugio hasta los veinticinco, y el día se convirtió en noche. Laura gimoteaba, sollozaba mi tío Errol y yo lloraba sin consuelo. Incluso los árboles del jardín, plantados todos por mi padre con sus propias manos, parecían gemir. Eran una angustia, una desesperación, una desazón y una tristeza inmensas. Fue tan tremendo el choque que dejamos las maletas, tomé una bolsa de viaje de las que había en un armario del garaje, coloqué malamente lo que pude, pillé un neceser y le dije a Laura:

—Nos vamos a pasar la noche en un hotel que conozco. No puedo soportar más sufrimiento en esta casa.

—Lo que tú digas, mami —contestó tomándome las manos.

Fuimos a dormir al Hotel Petit Palace Embassy, en el centro de Madrid, porque conozco a su director y se come muy bien. Cenamos disfrutando de pequeños bocadillos de jamón de bellota, lomo de la misma calidad y una estupenda tortilla de setas. Bebí bastante vino tinto —un crianza de Viña Salceda que me pareció magnífico— y a Laura tuve que llamarle la atención porque quería tomar la tercera Coca-Cola en menos de media hora.

Con el estómago algo lleno, pero sin poder gobernar una marejada de nervios, nos acostamos. Laura se quedó dormida enseguida viendo la tele mientras yo contemplaba retazos en blanco y negro de mi propia biografía en la pantalla. Muy de madrugada apagué la luz, pero la noche pasó como un suplicio: larga, nublada, tenebrosa, amarga hasta el extremo. Durante esas largas horas de insomnio comencé a reordenar mi vida, siquiera en la mente.

2
The Four Seasons

La muerte de mi padre resultó verdaderamente enigmática. Era persona de una salud envidiable que no fumaba, solo bebía vino en las comidas, sus dosis de güisqui a diario y jugaba tres veces por semana al golf en Puerta de Hierro, un deporte que, como la bicicleta, lo absorbía por completo. Había nacido en Edimburgo y el primer *tee* que pisó fue el de St. Andrews, que está bastante cerca de su ciudad, a unos cincuenta kilómetros en línea recta. Con veinticuatro años era un hándicap dos y si no llegó a profesional fue porque en su vida se cruzó una biografía de Charles Rennie Mackintosh, a quien conocía de refilón por ser escocés como él y poco más.

Mi padre había pasado un verano en Glasgow en casa de unos tíos y, cuando visitó la escuela de artes, The Glasgow School of Art, obra maestra de Mackintosh, descubrió una vocación oculta por el diseño, la pintura o la arquitectura. Logró entrar en la escuela y acabó sus estudios de Arquitectura al mismo tiempo que conoció a mi madre durante un viaje que realizó a Andalucía acompañado por un grupo de amigos de licenciatura para celebrar el fin de carrera.

Para hacer el cuento corto, mi padre, Ian MacDonald Claymore (IMDC: en sus propias palabras, *IMásDémásCé*), vio a Laura Sanabria Domecq (LSD, *LoSientoDarling* para sus amigos andaluces, que se choteaban de ella por tener un marido escocés mitad falda, mitad salmón), mi madre, en la terraza del Hotel Pez Espada de Torremolinos, por donde ya habían pasado los duques de Windsor, Elizabeth Taylor, Ava Gadner o Frank Sinatra, entre otros muchos famosos. Fue un anochecer de julio de finales de los sesenta, y ya no se la quitó de la cabeza.

Aprendió español en un plazo propio del Guinness World Records, se plantó en Madrid y una concatenación de factores de suerte hizo que conociese al arquitecto Javier Sáenz de Oiza y comenzara a trabajar en su estudio. Compareció ante él vestido con su falda de cuadros porque, con ese atuendo, quería decirle lo siguiente (según contaba a menudo): los escoceses llevamos esta prenda porque no hay pantalón que puede albergar nuestros cojones. Cosas de mi padre.

Con los años se independizó y tuvo su propia oficina (que se llamó —¡qué adelanto en los tiempos!— I+D, que venían a ser, más o menos, sus iniciales) cuando ya llevaba casado con mi madre media docena de años. Dejó su huella en numerosos proyectos de Madrid, Toledo, Tánger, Portimão, Cádiz y Málaga, pero el que más le gustó fue la propia urbanización que promovió en Majadahonda, en las fechas en las que esa zona de la provincia de Madrid era un pueblo de treinta casas —un decir— y un buen refugio para palomas, abejarucos, cernícalos y gallipatos.

Decidió llamar a la urbanización The Four Seasons, en referencia a su ciudad natal, Edimburgo, donde decía que podían experimentarse las cuatro estaciones en un solo día (*four seasons in one day*). Mi padre añoraba esa variabilidad climática en Madrid, una ciudad que a veces era extremadamente calurosa o fría. Fue en esa urbanización donde se encontraba nuestra casa y donde finalmente falleció.

La previsión siempre fue una característica distintiva de papá, y se volvió aún más cauteloso después de la trágica muerte de mi madre, cuatro años atrás. Como era también una persona minuciosa, dejó detalladas instrucciones sobre los pasos que debíamos de seguir tras su fallecimiento en una carta que entregó a su hermano Errol en 2008, dentro de un sobre lacrado. Mi padre dispuso que se celebrara un funeral en su memoria en la Capilla del Obispo y que luego se celebrase un cóctel en el Hotel Monte Real.

Para nuestra sorpresa, mi tío contrató a cuatro gaiteros escoceses, cumpliendo así los deseos del difunto, aunque nadie supo exactamente cómo o dónde los encontró. Por la mañana esos mismos gaiteros habían estado interpretando *Flower of Scotland*, himno oficioso escocés, mientras se incineraban sus restos y nosotros esperábamos fuera del tanatorio. Ni que decir tiene que tanto Errol como Laura o yo lloramos sin pudor. Y no solo por recordar la muerte de mi padre, sino porque escuchar este himno pone la carne de gallina a cualquiera. De esa forma acabaron los días de mi padre en Madrid: con güisqui escocés de malta, música de gaita y una urna metálica con sus cenizas.

Sobre esto, sobre sus cenizas, mi padre también había dejado las indicaciones precisas. Una parte había que aventarlas desde Castle Rock, donde se encuentra el castillo que jalona Edimburgo desde hace la intemerata de años; la otra, por los jardines de su casa materna en Belgrave Crescent y el resto, en el puerto del barrio de Leith, lo más próximo posible al yate real Britannia, que está allá fondeado desde que el Gobierno de su majestad la reina Isabel II decidiera en 1997 sustituirlo por otro nuevo.

Durante el cóctel en el Hotel Monte Real, rodeado por primos de mi madre, amigos, conocidos, clientes, vecinos de urbanización, colegas... comencé a preparar el periplo de vuelta al Reino Unido. Lo iba a hacer —en principio— con tío Errol porque mi padre había escrito que fuera Laura la que debía aventar en el castillo una parte de sus cenizas; yo tendría que hacerlo en el jardín de su casa materna y el resto, su hermano en el puerto, ya que había servido en el Britannia dos años.

La historia de este yate y la forma en que la tripulación se relacionaba con los miembros de la familia real británica en su trabajo diario es fascinante. Errol MacDonald podría escribir toda una enciclopedia sobre el tema.

El tiempo pasaba a borbotones: incineración, funeral, besos y abrazos de sus amigos y, por fin, llegó una noche en la que dormí a pierna suelta después de tomarme dos pastillas de no recuerdo qué. Sucedía todo tan deprisa que no tuve tiempo de hacer una llamada al banco para el que trabajaba. Me faltaron minutos y también ganas porque no tenía el estado de ánimo necesario para presentarme en la sede central y decir que pedía el traslado a Madrid. O a donde fuera, siempre que no apareciese Londres en el horizonte. Tampoco tenía temple para dormir dos o tres días en la casa de Majadahonda, así que decidimos, Laura y yo, quedarnos cuatro noches más en el Hotel Petit Palace Embassy. Fueron cuatro días de descanso, aunque eso es relativo, ya que con las muertes vienen los trámites y tuve que enfrentarme a una gran cantidad de papeleo.

Resultó que mi padre había hecho bastante dinero debido a su trabajo e inversiones y a lo heredado de su familia. Cuando supe con cierta precisión lo que me acababa de llegar de bóbilis bóbilis sonreí con perversidad. Tenía la vida asegurada —si quería— y ese apoyo económico tan importante me permitía ir al banco, dar unos cortes de mangas a muchos meapilas que habían sido mis jefes y decirle «que te den, capullo» al director general.

Eso era lo que me pedía el cuerpo. Pero la cabeza obedecía a otro razonamiento. Yo trabajaba en una entidad producto de la fusión sucesiva de tres bancos, que sufrió, por decirlo de alguna manera, un golpe de Estado para que un tipo sin escrúpulos —y sus adláteres— tomaran el poder respaldados por apoyo político; esta menda estaba en el lado de los perdedores y declaré como testigo en uno de los juicios durante la época en la que era responsable de Global Trade Finance en la división del Reino Unido.

Una vez pasado el tiempo de ostracismo imperioso que había transcurrido desde que en el banco se produjo aquella ciclogénesis y saltaron como metralla el presidente y su consejero delegado, nada me impedía pedir plaza en Madrid y seguir dedicándome a lo que profesionalmente más me gusta: el análisis jurídico de las inversiones corporativas en el extranjero (soy masoca, que quede claro). Sin embargo, cualquier plan que considerase obligaba a tener claridad sobre qué quería, dónde lo quería y cuándo lo quería. Dado que un banco es tan rígido en su estructura organizativa y jerárquica como el Ministerio de Defensa, no había lugar para improvisaciones.

Por eso decidí, mientras me tomaba una copa de vino blanco frío como la escarcha, un Gaba do Xil que estaba superior, y un bocadito de salmón escocés, que lo primero era dormir a pierna suelta cuatro días, lo segundo marchar a Edimburgo vía Londres, lo tercero retornar a nuestra casa de Chelsea y, por último, regresar a Madrid con todas las garantías. No digo laborales ni económicas. Me refiero a las emocionales, a volver con fuerza, instalarnos en Majadahonda e iniciar mi segunda vida. Los nuevos comienzos siempre traen consigo oportunidades para crecer y reinventarse.

Laura, a sus doce años, se portó como una persona adulta y la segunda noche que dormíamos en el hotel se durmió acurrucándose en mi tripa mientras veía vídeos musicales en la MTV. Al despertarse me advirtió de que me seguiría a donde yo fuera pero que, puestos a elegir, prefería vivir en Madrid. Creo que me estaba leyendo en las pupilas el rumor de los pensamientos y le respondí que, por el contrario, sería yo quien iría adonde ella dijese.

—Madrid, mamá. Majadahonda. La casa de los abuelos.

Nos dimos un abrazo tierno, de esos que se dan cuando una está muy sensible.

—También tengo un deseo, mami.

Me incorporé un poco en la cama porque temía lo peor: una moto cuando tuviera quince años. Sentí un batiburrillo de angustia y sorpresa.

—Un perro.

—Coooooñooooo. ¿Un perro?

—Sí. Un *alaskan malamute*.

Sacó de su carterita una foto de revista con la cabeza de un perro que me pareció peludo y barbudo, y la puso frente a mis ojos.

—¡¡¡Aaaahhhh!!! ¿Esos que son como lobos, los que aparecen en no sé qué película?

Laura dibujó un gesto para indicar que acaba de decir una solemne tontería. Pero me contestó con amabilidad, como si fuera mi propia maestra.

—Bueno, sí, aparecen en películas. La que más me gusta es *Colmillo Blanco*; más que *Vuelve Colmillo Blanco*. Y también *Hachiko*, *El último cazador* y *Bajo Cero*. El perro que aparece en *Hachiko* no es de la misma raza, pero se le parece.

— Claro, la de Ethan Hawke, ¿no? Me refiero a *Colmillo Blanco*...

—Sí.

—Está basada en una novela de Jack London. Digo basada... aunque de lejos.

—Bueno, eso me da igual, mami. ¿Tendremos en Majadahonda un *malamute*?

Hice como que lo ponderaba y a Laura se le pusieron los ojos saltones. Me dio pena hacerle pasar un mal trago y pensé en un suspiro que a falta de marido por qué no un perro con aspecto de lobo bonachón. Ya lord Byron, ese poeta brillante, cojitranco y ácido lo había dicho unos doscientos años antes: «Cuanto más conozco a los hombres, más me gusta mi perro». Y si George Byron —que se pasó media vida rodeado de perros, un oso, lobos y demás fauna— lo había mencionado, probablemente sería verdad. Así que tomando aire respondí:

—Tendremos perro. Ocúpate tú de todo y tendremos perro. Pero dime: ¿cómo sabes que hay tantas películas sobre perros de esa raza?

—Cosas mías —musitó tras darme un beso de rosca en la mejilla y un abrazo de niña enamorada.

3
El cementerio de Greyfriars

DECIDIMOS hacer el viaje a Edimburgo por separado. Laura y yo fuimos primero a Londres para ocuparnos de los preparativos de la mudanza. Además, tenía la intención de mantener una conversación cara a cara con Justin, quien pronto sería mi exmarido, para discutir lo que ya le había mencionado en un correo electrónico. Tío Errol se dirigió directamente a Edimburgo ya que necesitaba estar con su único primo vivo, Duncan Claymore, que aún reside en Belgrave Crescent y es un apasionado del golf, la buena vida y el güisqui Glenkinchie. Continúa soltero y es pelirrojo, aficionado a las motos y de cincuenta y ocho años. Todo un personaje.

Nosotras llegamos a Londres y me pareció como si ese fuera el primer viaje de mi vida a la capital del Imperio británico: un sol que se exhibía esplendoroso, temperatura veraniega al final de la primavera, árboles más floreados que nunca y las calles de mi barrio llenas de gente. Vivíamos en Chelsea, en Royal Hospital Road, justo frente a un jardín y pegados al National Army Museum. Era realmente un lujo. Y en verdad, a veces también, una jaula de oro no solo para mí, sino también para Laura, que pasaba semanas y semanas sin estar con su padre, apenas viéndome a mí cuando se iba a la cama y haciendo una amistad casi materna con Eli, su *nanny*, una ecuatoriana vitalista que trabajaba para nosotros teniendo a sus tres hijas conviviendo con sus abuelos cerca de Guayaquil (y eso que es dos años más joven que yo), que sobreviven —supongo— con el dinero que mensualmente les envía. Hay algo de lo que estaba segura en este momento: pasara lo que pasara Eli se vendría con nosotras donde quiera que fuéramos y pensaba ayudarla en todo. Nuestro vínculo va mucho más allá de la relación laboral.

Elegimos un lunes como fecha para esparcir las cenizas de mi padre, suponiendo que habría menos gente y turistas en las áreas que él había elegido. Ahora pienso que si mi padre hubiera especificado el horario en su nota, habría sido adecuado proponer hacerlo en el *sunset* ya que en esa época del año, cuando la primavera se funde con el impaciente verano, los atardeceres son espléndidos. Sin embargo, lo hicimos por la mañana ya que íbamos a Edimburgo como turistas que nunca antes habían estado en Escocia.

Para ser honesta, en cierto sentido eso es lo que éramos. Tío Errol había reservado dos habitaciones en el Hotel Caledonian, al comienzo de Princes Street, con una vista panorámica centrada en el imponente castillo de la ciudad, que se alza majestuosamente sobre una roca. ¡Vaya *skyline*! Aunque Laura, que ya había visitado la ciudad tres o cuatro veces, no prestó atención al monumento y sus ojos se posaron en un enorme restaurante de comida rápida, ubicado en la misma calle del hotel, que compartía mi apellido, una mala coincidencia. Mi vida, a causa de esto, ha sido de mucha broma, de soportar mucha broma, quiero decir, porque hace falta tener mala suerte para que tu apellido (con una a menos y una ese más) se convierta en marca hamburguesera. Pero en fin, es lo que hay y no me queda otra que la resignación: ya me llamaban Big Mac en la facultad (es que soy alta), incluso en casa, y con ese mote vivo desde entonces donde quiera que vaya. En mi pasaporte dice que me llamo Marta MacDonald Sanabria (MMS), nacida en Madrid hace treinta y nueve años.

Nos encontramos con mi tío en la tarde de un domingo. Él quería que recorriéramos a pie Princes Street hasta llegar a

Royal Mile, una calle en pendiente que conecta dos palacios: el de Holyrood y el majestuoso castillo de Edimburgo, el verdadero símbolo de la ciudad, construido sobre una roca que ha sido demolida y reconstruida innumerables veces desde el siglo VII. Decidimos seguir su sugerencia, pero solo en parte: Laura había decidido que, una vez en Royal Mile, lo más interesante no era visitar el palacio ni el castillo, sino dirigirnos hacia Candlemaker Row para entrar al cementerio de Greyfriars.

—¿Un cementerio? ¿Quieres ver un cementerio? —le pregunté atónita.

—Sí, mami. Es que no es un cementerio cualquiera. Allí está enterrado el perro Bobby, un *skye terrier* muy mono....

—¡Qué excentricidad! —exclamé sin pudor.

Para mis adentros pensé: estos escoceses son extravagantes hasta la exageración o el ridículo.

—Mamá: yo vi la película… —insistió Laura.

Entonces intervino el tío Errol para decirme en voz baja que Bobby era una celebridad y que su fama se incrementó cuando la factoría Disney produjo una película sobre su vida.

—Y, ¿cuál fue su mérito? —pregunté sin salir todavía de mi asombro: jamás había oído hablar de ese perro. Ni siquiera a mi padre.

—Que cuando en 1858 falleció su propietario, John Gray, que era un vigilante nocturno, Bobby se colocó junto a su tumba y de allí no lo separaron en los catorce años siguientes, hasta que murió —respondió Errol—. Está enterrado a pocos metros de su dueño, aunque no dentro del mismo cementerio. Allí hay un pequeño monumento en memoria de su lealtad. Esta es la historia oficial. De ahí a que sea real queda un trecho. Hay que decirlo todo.

—Es que es tan mono, mami… —añadió Laura sin dar crédito al comentario de Errol.

Esa misma tarde me di cuenta de que la obsesión de Laura por los perros no era un asunto trivial. También comprendí que la llegada de nuestro futuro *malamute* era algo irreversible. Con el tiempo, llegué a descubrir que un perro puede desempeñar un papel casi milagroso en la vida de una persona. Eso es exactamente lo que nos sucedió a nosotras.

4
Güisqui y antibióticos

Mientras desayunábamos en el hotel, tío Errol lucía el tradicional atuendo escocés, con su *kilt* rojo oscuro de los MacDonald de Ardnamurchan, el clan al que pertenece nuestra familia. Durante la conversación, compartió algunas noticias recientes sobre mi padre. Aún continuaba con sus rutinas diarias de paseos en bicicleta, jugaba al golf dos o tres veces por semana y cuidaba el jardín de nuestra casa hasta el último detalle. Sin embargo, en los últimos días, había estado preocupado debido a un dolor de muelas que lo estaba volviendo loco.

Finalmente, tuvo que visitar al dentista por primera vez en veinte años, y allí recibió una mala noticia: su tercer molar izquierdo, conocido como cordal, estaba intentando salir en una zona del maxilar casi imposible. Por lo tanto, era necesario extraerlo. Pero antes debía tomar antibióticos para eliminar la infección, una decisión difícil para alguien que apenas conocía el ibuprofeno o la amoxicilina hasta entonces.

—La noche anterior a su fallecimiento…

—¿Cómo descubriste que había muerto? —demandé intranquila porque esa era la pregunta crucial, y no la había formulado. Había pasado casi una semana y mi cabeza seguía desorientada.

—Sabes que tengo llave y entraba en vuestra casa sin llamar, como hacía tu padre en la mía. Subí a su habitación y ya estaba… inmóvil, muerto. Lo hice porque habíamos quedado a las diez para jugar al golf y media hora después no había aparecido. Además, la señora de servicio, María de la Victoria, tenía su día libre.

—Y, ¿qué hiciste entonces?

—Llamé al 112. Y después, simplemente lloré.

—Perdona: ¿qué me querías decir?

—Realmente una frivolidad: que tu padre me llamó la noche anterior, tres días después de que hubiese ido a un dentista que le recomendé, para preguntar si el antibiótico lo podía tomar con un vaso de güisqui, el que consumía todas las noches antes de acostarse. No había comenzado todavía con las medicinas que el dentista le había recetado. Había estado soportando el dolor como si fuera una penitencia.

—¿Papá se resignó?

—Para nada. Me dijo que esa noche se tomaría dos güisquis mezclados con hielo porque esperaba encontrarse con Víctor Fonseca, el número 12. También bromeó con algo que solemos decir todos en Escocia: si algo te duele o tienes un resfriado, debes acostarte en la cama y mirarte los pies mientras vacías una botella de güisqui. Y no dejar de beber hasta que, en lugar de ver dos pies, veas cuatro. No sé si eso fue lo que hizo, porque creo que Fonseca no es de beber mucho.

(Una aclaración: en la urbanización The Four Seasons, que era conocida por los alrededores simplemente como la For, los vecinos generalmente se distinguían entre ellos no por el nombre o el apellido, sino por el número de su vivienda. Mi padre era 1, tío Errol, 18 y Fonseca, 12. A mi padre también le llamaban Number One los que le tenían más confianza. A fin de cuentas, fue él quien promovió y diseñó aquellas casas tan singulares).

—El 12, ¿es ese tipo que se tiñe el tupé? ¿El que tiene un Aston Martin gris cupé? —pregunté disculpándome por un pareado tan cutre.

—Ese mismo. Tomaron unos güisquis con hielo, algo raro en tu padre porque él era un fanático del *single malt*, y hablaron durante bastante tiempo ya que habían quedado a media tarde. El 12 comentó que lo vio algo inquieto, incómodo.

—¿Yyyyyyyyy? —resolví la conversación enarcando las cejas.

— Y nada. Solo quería que lo supieras. Es que si en la autopsia aparece alguna referencia al alcohol será por los güisquis que Ian se bebió, que no sé si fueron dos o dos botellas porque el licor, aplicado en la zona de dolor de la boca, actúa como anestesia. Eso es todo.

—¿Qué plan tenemos para esta mañana; por dónde empezamos? —pregunté cambiando de tema—. ¿Qué has previsto?

Mi tío miró su reloj tomando el último sorbo de una taza de té.

—Son las nueve y media —respondió—. Creo que deberíamos de ir a casa de Duncan, luego que mi primo nos acerque al puerto de Leith —preparaos porque nos va a contar cuestiones sorprendentes de ese yate real— y acabamos en el castillo. Para finalizar la jornada quiero llevaros a un *pub* que a Laura le va a encantar.

La niña, que hasta ese momento no había abierto la boca porque estaba entretenida tratando de conectarse por wifi a Internet, resopló:

—¿Vamos a McDonald's, tío? Guay.

—No exactamente, querida. Quiero llevaros a un *fish and chips* que conozco. Seguro que te va a gustar.

Laura dio a entender que en realidad pretendía ir a una hamburguesería, pero no planteó batalla y se limitó a emitir un «vale».

—¿Cuándo regresas a Madrid, tío?

—El jueves. ¿Y tú?

—Nosotras vamos mañana a Londres, me reúno con Justin si no hay contratiempos —estaba en tránsito de Nueva York a Miami con destino final Heathrow—, paso por la oficina para despedirme, recojo lo poco que me voy a llevar de casa y salimos pitando para Madrid. No sé cuánto tiempo me llevará. Espero que poco. Y que Justin no falte.

—Disculpa: ¿en tu banco permiten que te vayas de Londres sin más ni más?

—Bueno, sin más ni más, no. Mi jefe está advertido de la situación que tengo porque hablé con él antes de ir a Madrid para el funeral de papá. He pedido, verbalmente, los treinta días de vacaciones que me corresponden; estas fechas coinciden con el inicio del año fiscal británico y no tengo demasiado trabajo, no hay nada importante que esté pendiente.

—Veo que la declaración que tuviste que hacer ante el juez por la dimisión, o lo que haya sido, de los altos directivos de tu banco no ha tenido un impacto negativo en tu carrera profesional.

—Es que tengo mucho conocimiento sobre los métodos y las tácticas utilizadas por aquellos que actualmente gobiernan para derrocar al presidente anterior y al consejero delegado, que también era vicepresidente. Debido a que el tema generó tanta controversia en los periódicos, algunos de nosotros tuvimos que testificar ante un juez. Bueno, creo que eso me afectó un poco en términos de promoción, pero...

Iba a decir algo más fuerte, pero me mordí la lengua mansamente, aunque por dentro una procesión de anguilas recorría mis tripas: en el trabajo me habían puteado. El banco lo había hecho por despecho, y eso me afectó de forma notable. Pero no iba a hacer mala sangre ese día, precisamente ese día. Además, había bajado en mi cerebro la palanquita de desconectar, *turn off*, y problemas superados eran ya agua pasada que no refresca garganta alguna (aunque la mala sangre todavía supurase por la herida, todo hay que decirlo).

—¿Sabes lo que te digo? Que me importa una higa lo que piensen en el banco. A mí, si me lo propongo, no me va a faltar trabajo. No es fanfarronería. Es la verdad: conozco perfectamente cómo está el mercado.

Se me ocurrió alguna otra cosa más, pero frené los impulsos. También, cambié de tema.

—Un añadido, tío Errol: habrás visto que a Madrid fuimos solas y que en Edimburgo sucede tres cuartos de lo mismo.

—Me había dado de cuenta, querida, pero no me atreví a preguntar nada porque tu marido pasa mucho tiempo viajando...

—Tiene una explicación: mi matrimonio con Justin acabó. No me hagas preguntas, por favor. Hoy, estos días, no es el momento. Hablaremos.

Errol, con su flema de siempre, asintió y yo se lo agradecí con una media sonrisa de circunstancias. Me atusé el pelo. Y di una larga cambiada sin ponerme de rodillas.

—Y ahora, venga, vamos a casa de tu primo Duncan, el fabulador de historias —dije.

—Algún día me tienes que hacer un resumen de lo que sucedió en tu banco —dejó caer, resbalando, tío Errol—. Porque aquello fue bastante turbio, ¿no?

—Mucho.

—Hasta que llegue ese momento, *andiamo*.

A tío Errol le gustaba esa palabra italiana: *andiamo*. Y también decir:

—*Andiamo presto, subito*...

5
Duncan saca el Jaguar

DUNCAN CLAYMORE, primo hermano de mi padre, esperaba en la puerta de su casa, en Belgrave Crescent, sacando lustre al guardabarros delantero de su moto, una Norton Commando 850 de mediados de los setenta. Yo había oído hablar de esa moto, mítica, y de cómo Duncan la sacaba de paseo durante el invierno prácticamente en mangas de camisa; de camisa de manga corta de tejido cosido tipo *ribbed twill* cubierta por un chaleco de cachemira con estampado de rombos verdes y rojos. No era una excentricidad porque en Edimburgo he visto muchos coches sin capota conducidos con un frío polar por tipos que llevan una cazadora de piel liviana, guantes mitones, una gorra de cuadros (mi padre decía que los escoceses sienten el frío menos que el resto de los europeos, islandeses incluidos) y las nubes como techo.

Duncan nos vio, se quitó la gorra, hizo lo propio con unos guantes de látex, se arregló su alborotado pelo y dijo en inglés (no habla una palabra de otro idioma, excepto algo del gaélico de la zona):

—Bienvenidos a casa.

Tío Errol contestó por todos en gaélico escocés:

—¿*Ciamar a tha thu*? —Que quiere decir, según explicó, ¿cómo estás?

Duncan contestó en inglés:

—Mal. La muerte de Ian me ha dejado muy mal, fatal. Nos hemos quedado —dijo mirando a tío Errol— en primera línea. ¿No escuchas cómo silban las balas sobre nuestras cabezas?

—Olvida todo eso y saluda a las mujeres.

Duncan se acercó, me dio dos besos y dijo algo en voz tan baja que no lo entendí. Supongo que era su pésame. De seguido comentó:

—Cómo se parece la hija a su madre. Cada día más...

Dio otros dos besos a Laura, que apenas si recordaba a Duncan de su última visita, cuando tenía unos ocho o nueve años.

—¿Comenzamos la ceremonia? —preguntó el motorista—. Propongo que tomemos un té en casa y estrenemos este lunes.

—Sugiero que arranquemos ya —dijo Errol.

—En ese caso, entrad por favor en vuestra casa. Me cambio y vamos al garaje.

Así lo hicimos. Por lo que yo me acordaba de otras veces la casa seguía igual. Techos exageradamente altos, ventanales también exageradamente altos y de madera pintada en blanco que encajaban mal en las guías, muebles de hace una eternidad y papeles por todos lados. Y polvo, mucho polvo. Se notaba que era la casa de un soltero resabiado. Con todo, es una vivienda magnífica de dos alturas (el sótano era un domicilio diferente y tenía su pequeño patio arbolado), victoriana, que nunca había sido reformada (excepto la cocina y los baños). Se encuentra cerca del Dean Bridge, un puente que semeja, en su altura y forma, al de Ronda y que da entrada a una zona de película de Disney, como es el Dean Village.

Mis abuelos, mi padre y tío Errol habían vivido allí, aunque la heredó Duncan porque provenía de su familia, los Claymore. No de los MacDonald. A fin de cuentas, para mi padre, que era de familia muy corta, la residencia de sus padres le daba un poco igual porque su domicilio estaba en Madrid y a Errol, lo mismo: su casa también estaba en Madrid porque había sido el promotor de casi todas las viviendas que mi padre diseñó. Uno era arquitecto y el otro su agente de ventas, además de licenciado en Económicas por la Universidad de Oxford y antiguo oficial de la marina británica. Otra fábula.

Cuando bajaba por las escaleras, vistiendo un traje soberbio, un príncipe de Gales beis cruzado con un pañuelo florido en el bolsillo superior a juego con el tono rosáceo de su corbata, Duncan hizo un alto en el rellano y preguntó:

—¿Os importa que vayamos al puerto en el Jaguar?

Errol me miró. Yo miré a Laura.

—Iremos en el coche que tú quieras —respondió mi tío sorprendido—. Supongo que no ha variado el plan: primero esparcimos las cenizas por el jardín y luego nos acercamos al puerto, ¿no?

—Claro. Pero antes prefiero sacar el coche del garaje, aparcarlo en la puerta, ir al jardín y luego, sin más demora, nos vamos a Leith. Tengo que subir a la habitación. Las llaves de ese coche las guardo en una caja de la mesilla.

Nos volvimos a mirar extrañados. Y todavía nos quedamos más patidifusos cuando, ya en la calle, camino del garaje que estaba en la trasera del edificio, Duncan dijo:

—Voy a arrancar el Jaguar E-Type para vosotros porque es el coche que más le gustaba a Ian. Lo conduje por última vez hace unos dos años, precisamente para ir a un entierro en Glasgow. Vaya coincidencia...

—¿Tú crees que se pondrá en marcha un coche que lleva parado dos años y que fue construido hace casi medio siglo? —preguntó mi tío con mucho desconcierto.

—Sin duda, querido Errol. Ese coche se arranca dos veces al mes y tiene conectado permanentemente un artilugio que funciona como cargador-descargador de baterías. Si no fuera por esos aparatitos ninguno de los coches o motos estaría en funcionamiento. Son imprescindibles.

—Aaaaahhhhh —respondió Errol.

Duncan no nos había explicado cuestión alguna sobre su garaje, que era más bien una nave industrial con diez o doce coches de época y otras tantas motos. Ni tampoco sobre el Jaguar verde oliva, muy bonito, precioso, pero diminuto por dentro: éramos cuatro pasajeros. En ese momento me armé de valor y pregunté:

—¿Cómo has previsto que vayamos? Lo digo porque resulta pequeño —me refiero a su interior— para los que somos.

—En absoluto, querida —respondió—. Este modelo es el de cuatro asientos, muy difícil de conseguir. Si no te disgusta, Errol y yo iremos en las plazas delanteras. La niña y tú, en las traseras. Quitaré la capota. Hoy hace un día espléndido.

Si me disgustaba o no, o si el coche era un modelo exclusivo, no tuvo la mínima importancia porque Duncan se montó, y aquí paz y después gloria. Entramos en la parte posterior de su deportivo como piojos en costura, pero Duncan no se dio por aludido. Así regresamos hasta el portal de su casa, paró el coche frente a las escaleras de acceso, nos bajamos y explicó:

—Tengo que entrar para tomar la llave del jardín. Es otro momento.

Fue, efectivamente, otro momento.

El jardín de la casa de Duncan, y del resto de las viviendas de esa manzana, estaba al otro lado de la calle, frente a las entradas. Y no es un jardín cualquiera, sino propio de Edimburgo: un pequeño bosque con ligera cuesta que finaliza en la ribera del río Leith, que allá llaman eufemísticamente Water of Leith. Y no era un jardín común porque estaba diseñado para el disfrute de personas y, sobre todo, animales domésticos.

La parcela, de unos cinco o seis mil metros cuadrados, calculo, es un parque con sus caminos empedrados, zonas de césped tan cuidado como los *green* de St. Andrews y unos cuantos agujeros cuadrados excavados en la hierba junto a los que estaban colocados sus respectivas palas de plástico para retirar las cacas de los perros. En algunos árboles colgaban a media altura del tronco letreros de este porte: «Se recuerda a los propietarios que deben de recoger los excrementos de los animales y depositarlos en los agujeros. De lo contrario, pueden acabar siendo expulsados de la comunidad de propietarios».

A esa hora de la mañana, las once y pico, había, al menos, media docena de perros husmeando los suelos y Laura parecía feliz. Pero no habíamos ido al parque para ver animales y tío Errol nos condujo hasta un levante desde el que se veía bien el río. Allí sacó de una bolsa plástica de los almacenes Jenners (el equivalente en Edimburgo a Harrods de Londres) la caja de metal que contenía las cenizas de mi padre y la puso en mis manos. Por un momento quise volar con la urna y pasarme el resto de los días en el aire; una mirada de Laura me devolvió a la realidad y abrí la caja, tomé un puñado como a repelones y levanté el brazo. Cuando extendí la mano y las cenizas comenzaron a levantar el vuelo, Errol, entre sollozos que retumbaban por la maleza que rodeaba al río, gritó:

—*Beannachd leat, beannachd leat...*

Que en gaélico escocés quiere decir adiós.

Laura me dio un abrazo, al que se sumaron Duncan y Errol. Abrazados, arrebujados, notamos a las cenizas pajarear sobre nuestras cabezas y pasaron unos segundos sin que sintiéramos que los cuatro éramos casi una misma persona. Luego, tío Errol y Duncan se santiguaron. Acabábamos de devolver a la tierra y al agua del Leith algo de mi padre.

—Ahora nos vamos al puerto —dijo Duncan.

Abandonamos el jardín con una melancolía tan lánguida que dábamos pena.

Volver a entrar en el Jaguar fue una nueva aventura, aunque el pelirrojo Duncan me dijo que no nos preocupásemos porque el trayecto era corto. Unos diez minutos. Ya lo creo que nos preocupamos: ¡dos pívots de baloncesto íbamos sentadas en asientos de niños lactantes! En fin, que fueron de verdad diez minutos, aunque fueran diez minutos bastante incómodos. Y quedaba la vuelta.

El puerto de Leith, que es el barrio marinero de Edimburgo —aunque a sus moradores creo que les gustaría tener su propio municipio— y conserva casitas propias de un cuento de hadas, nos recibió con la mar planchada y una ligera brisa sur. Laura y yo salimos hechas un cuatro de la trasera del Jaguar sin que los hombres hiciesen comentario alguno. Tío Errol nos llevó en dos saltos hasta la Ocean Terminal, en la que fondea the Royal Yacht Britannia; en sus ojos se veía el brillo que precede a la lágrima. Sin embargo, mantuvo el tipo y no dio tregua al programa: volvió a extraer de la bolsa de Jenners la caja, retiró la tapa y dejó que fuera el viento quien se llevara las cenizas de mi padre. Estábamos más enteros y solo nos abrazamos por turnos: primero los hombres y luego las mujeres.

—¿No os gustaría —preguntó entonces Duncan mirando a Laura— visitar el buque?

Errol zanjó la cuestión diciendo:

—Eso será otro día. Ahora tenemos que ir al castillo.

La controversia se acabó ahí, si bien yo esperaba que hubiésemos estado un rato más, aunque fuera mirando al barco desde el muelle. Pero tío Errol, que a veces es muy hermético en lo que dice y hace, no dejó resquicio y sin decir más palabras se dirigió al coche. A la vista de lo que nos esperaba comenté en voz alta:

—Quisiera que fuéramos al castillo andando desde tu casa, Duncan.

—Ah, querida —respondió el pelirrojo economista—,

como gustes. Pero te advierto de que pasaremos por delante de mi empresa, el Bank of Scotland, y no me gustaría cruzarme con alguno de mis subordinados porque se supone que estoy en una ceremonia fúnebre.

—Y lo estás —terció Errol—. Lo que sucede es que participas en una ceremonia peripatética. No aristotélica, sino peripatética. ¿Lo comprendes?

—Afirmativo.

—Bueno, volvamos a Belgrave y marchemos andando —zanjó tío Errol.

Nuestros huesos y articulaciones se lo agradecieron; el camino de vuelta se me hizo liviano como un suspiro. Además, para no hacernos esperar, Duncan aparcó el Jaguar en la puerta de su casa, junto a la Norton, y fuimos paseando con parsimonia por la ribera del río Leith hasta subir a los jardines de Royal Circus, seguir hacia Dundas Street, cruzar más jardines en Queen Street y por Hannover acabar en Royal Mile, un placer para la vista que disfrutamos yendo a paso de tortuga coja. Con ese recorrido evitamos pisar la acera del banco de Duncan, aunque a mí me hubiera gustado volver a ver la entrada porque es un edificio, además de soberbio, emblemático. Sí, me gustan las sedes de los bancos que tienen historia. Debe de ser una variante de la deformación profesional que padezco.

Cuando tuvimos al alcance de nuestros ojos el majestuoso castillo, Duncan preguntó a Laura:

—¿Prefieres entrar o quieres hacerlo afuera?

Se refería a aventar las cenizas. Y mi hija, que no da puntada sin hilo, respondió:

—Fuera y hacia abajo.

Señaló el sur.

—¿Por qué? —se interesó Duncan.

—Porque allá —indicó con su brazo derecho— sé que está el cementerio de Bobby.

—Buena respuesta, joven —añadió el pelirrojo bancario—. Muy buena respuesta. ¿Te gustan los perros?

—Mucho. Enseguida voy a tener uno.

—Qué interesante. Luego me lo cuentas, querida.

En esas estábamos; es decir, Laura tenía ya en sus manos el recipiente con los restos de cenizas que quedaban de mi padre cuando una salva de pólvora disparada desde los cañones del palacio —como sucede todos los días del año a la misma hora— señaló que era ya la una del mediodía y todas las palomas, las gaviotas, los pájaros en general que sobrevuelan la hondonada que existe entre la fortaleza y Princes Street comenzaron a revolotear. Eso no estaba en el guion y a la pobre Laura, del susto, la caja y las cenizas se le fueron al suelo, por la hierba, volaron, y mi hija se quedó inmóvil, paralizada y con cara de aturdida.

—Vuelve el cuerpo a la tierra —dijo entonces Duncan y dimos por concluida la ceremonia.

Errol encendió un pitillo y nos anunció:

—La familia come hoy en el jardín de un *pub* que os va a gustar: Beehive Inn. Os voy a contar historias del Britannia. Sé que os habéis quedado con ganas. ¿Verdad, Duncan?

—En efecto. Con ganas. Me sé unas cuantas y hoy confío en aumentarlas.

6
Historias del Britannia

CUANDO se refería al Britannia, tío Errol siempre decía que la persona que más leyendas conocía sobre el yate era su primo Duncan. Pero no era cierto. Lo que Duncan sabía era porque el propio Errol se lo había contado, y también por lo que había escuchado a marineros en los *pubs* de Grassmarket y alrededores. La verdad es que Duncan no tenía alma de marino y tío Errol, sí. La ha tenido siempre, aunque en muchos años no se haya subido a un barco por sus problemas físicos.

En su juventud fue un buen estudiante de Económicas en Oxford hasta que una mañana decidió que su verdadera vocación estaba en la Marina británica, la Royal Navy, que tiene como lema «*Si vis pacem para bellum*», que es similar a lo que escribió el patricio romano Flavio Vegecio Renato hace unos diecisiete siglos: quien quiera la paz, que prepare la guerra.

Aunque nunca ha sido capaz de explicar con coherencia qué se le pasó por la cabeza en aquel tiempo, lo cierto es que solicitó al rectorado de su universidad un aplazamiento por cinco años en sus estudios para no perder la plaza en la facultad que tanto le había costado conseguir. Argumentó que quería servir en la Marina, y recibió por escrito un sí muy solemne como respuesta.

La idea que tengo sobre el particular, aunque sea solo una impresión personal, es que después de mucha lectura acalorada quería emular a *sir* Francis Drake, a lord Cochrane, al capitán Cook, al almirante Nelson o a lord Mountbatten. Sea como fuere, estudió en el Britannia Royal Naval College, en Dartmouth, Devon, con un expediente tan completo que en tres años pasó a formar parte, como subteniente, de la exclusiva tripulación del buque Britannia, la casa flotante de la familia real británica y garaje de su prolongación en tierra durante cuarenta años, el Rolls-Royce Phantom V de la reina Isabel II.

Su buena estrella se apagó una noche varios años más tarde navegando cerca del atolón Puka Puka, en las islas Cook, Oceanía, cuando un golpe de mar lo volteó y su cuerpo se estampó con estrépito en la brazola. Lo que en un principio fue una fractura de tibia y peroné de la pierna izquierda, amén de otros estropicios menores en la cadera, los brazos y la frente, significó al final tres operaciones para fijar y recomponer los huesos, y tras estas el abandono forzoso de su empleo en la Armada por invalidez.

Errol dice ahora —lo repite desde que yo tengo uso de razón— que la mar le retorció una pierna, pero que a cambio enderezó su vida. Regresó a Oxford, acabó los estudios y después de pasar un año en la República Dominicana como ayudante de Tim MacTanistry —un amigo de su padre, mi abuelo Murray, que importaba güisqui de su país— y, también, aprendiendo castellano, decidió seguir los pasos de su hermano e instalarse en España para hacer negocios juntos.

Mi tío tiene en la actualidad sesenta y siete años, una cojera en la pierna izquierda que trampea con plantillas de silicona y tacones en los zapatos, hechos a medida. Además, conserva una sonrisa de niño travieso que a lo largo de su vida ha sido la perdición para muchas mujeres. No se ha casado, pero mantiene amigas por Madrid, Málaga y las Canarias (algunas, ricas escocesas que conoce desde la juventud) que le bailan el agua, como decía Sancho Panza que haría con don Quijote en caso de batalla. No pelear sino bailarle el agua, que entre los extremos de cobarde y de temerario está el medio de la valentía, en opinión de Panza.

Junto a todo lo anterior existe en esta historia naval un

poso de amargura que resulta evidente. Lo conozco porque fue mi padre quien lo dijo claramente durante unas vacaciones que pasamos en Cartagena de Indias, Colombia, cuando paseábamos por las casamatas del fuerte de San Felipe de Barajas:

—Perdió el interés por la monarquía cuando vio de cerca que la reina se comportaba como señora feudal, y que el buque en su totalidad estaba compuesto por siervos de su graciosa majestad y no por ciudadanos del Reino Unido. Algún día, espero; vamos, estoy seguro, él te lo contará —comentó mi padre hace unos diez años.

No sé si aquel día de junio, y en Edimburgo, era el elegido, pero decidí tirarme a la piscina y sacar el tema a colación. Para aburrimiento de Laura: ella quería era regresar al hotel y conectarse a Internet para chatear con sus amigas.

Cuando ya nos habíamos tomado tres botellines por gañote y todavía estaban por llegar unos platos de salmón con salsa cremosa de espárragos, sentados en una mesa de los jardines del *pub* Beehive Inn (dicen en Edimburgo que este local tiene más de cuatrocientos años), por los arrabales del castillo, aproveché la ocasión para tirarle de la lengua.

—¿Por qué dejaste de servir en el Britannia? —pregunté mirando hacia ninguna parte.

—El yate me dejó a mí, querida. ¿Te parecen pocas tres operaciones en quince meses? Mi pierna no era apta para una cubierta hecha con madera de teca —respondió Errol con melancolía.

En su respuesta, precisamente, vi la veta para entablar una conversación, aunque fuera breve.

—¿De madera de teca? De ahí viene el problema, tío Errol. Es madera tan dura...

—A mi pierna izquierda y a su cadera se lo vas a decir, *darling*. Si la cubierta hubiese sido de polímero, incluso de aluminio o acero, hoy no tendría la pierna que tengo. Pero es que la teca...

—¿Cómo se limpia una superficie así, estando el barco en movimiento? ¿Cómo se hacía en el Britannia? —pregunté al tuntún.

Errol entró al trapo. El salmón no llegaba y los botellines de McEwan's Scotch Ale, una cerveza local marrón oscura, masticable, comenzaban a abrir la puerta por su generosa graduación.

—Mira, Marta: un yate que decora su casco, de proa a popa, con una cinta de pan de oro de un metro de ancha debe de llevar las cubiertas tan relucientes como ese metal. Los suelos son de teca y tienen cinco centímetros de grosor. Todos los días un equipo de marineros barría y trapeaba la teca hasta dejar una pátina reluciente; y cada cierto tiempo la madera, además, recibía una fina capa de un aceite especial, producido en Indonesia. Hay que tener en cuenta que el buque tiene cinco cubiertas. Todos los días se limpiaban, excepto si había tempestad. Lo hacían marineros sin gorra y zapatillas blancas.

—Supongo que bracear con gorra debe de ser algo extremadamente incómodo —aseguró Duncan tras el último sorbo de su cerveza.

—No es esa la explicación. Los marineros iban sin gorra para que, en el supuesto de encontrarse con alguien de la familia real, estos no tuvieran que saludar constantemente. Los marineros, si aparecía alguien de la familia, debían de quedarse quietos mirando al frente, como si fueran estatuas. No podían mirar nunca a la cara de los invitados. Ni hablarles, claro. La familia real no se relacionaba jamás con la tripulación. Eran sus súbditos.

—¡Qué fastidio! —dijo el economista motero.

—Fastidio el que teníamos los oficiales: nos cambiábamos de uniforme más de diez veces al día.

—¡Gran problema de lavandería! —volvió a interrumpir Duncan.

—Ninguno, créeme. La lavandería de este buque está sobredimensionada. Tened en cuenta que la reina navegaba con cinco toneladas de ropa y objetos varios para la belleza y salud. En el barco había cerca de cien armarios de acero con ruedas, todos numerados, que eran su ropero. Viajaba con al menos tres cambios de ropa al día. También llevaba un conjunto totalmente negro para el luto, por si fuese necesario. La ropa siempre iba a tono con los colores de los lugares que iba a visitar. La preparaba con su estilista, que viajaba anticipadamente a los países que visitaban para componer una paleta de colores. Posteriormente, la reina elegía su ropa. Y cuando saludaba desde el barco, lo hacía en una zona de proa protegida por un parapeto curvilíneo de caoba construido para que la soberana no padeciera los vientos —si los hubiera— y no se le levantara la falda.

—¿Cinco mil kilos? —preguntó Laura, levantando la vista de su teléfono móvil.

—Cinco mil kilos de ropa, querida. Todas las comidas se servían con cubertería de plata diferente —que se limpiaba a diario por tripulantes—, servilletas de hilo almidonadas y menús impresos en francés. Y siempre había flores cortadas en los jardines del castillo de Windsor. Se conservaban en enormes frigoríficos.

—¡Dios mío, qué trajín! —volvió a interrumpir Duncan—. Debía de ser un sinvivir…

—Pues no te cuento nada los días que había bailes y se retiraba la moqueta y las alfombras de los salones, para poder mover los zapatos sobre la madera… Es que en aquel barco había mucho de irreal. De fantasía. Voy a reseñar una anécdota para ilustrar cómo actuaba la reina. Durante el viaje a un país asiático, que ahora mismo no recuerdo el nombre, le regalaron a su majestad una cría de cocodrilo filipino en una caja metálica de galletas bastante grande, perforada para que no se ahogara. La reina ordenó subirla a bordo y el cocodrilo hizo el viaje en la bañera de la habitación de su secretario, comiendo carne de ternera a diario hasta que llegó a Londres y la llevaron al zoo. ¿No es fantástico? ¿O es irreal?

Iba a responder que sí, que las dos cosas, pero en ese momento llegó la comida porque hasta entonces estábamos entreteniendo el estómago con aceitunas y patatas fritas. Ya sin conversación nos pusimos como locos a untar en la salsa esparraguera del salmón. Entre mordiscos pregunté una tontería:

—Y, ¿tanto lujo, tanto boato, tanto esplendor para acabar amarrado en Leith y alquilar sus salones por horas para que se celebren bodas o comidas de amigos? ¿Tanta pompa para finalizar siendo un motivo turístico propio de parque de atracciones?

—No lo iban a mandar al desguace, Marta. Con su millón y pico de millas náuticas el Britannia es historia viva de la Marina…

Tío Errol se removió en su asiento y continuó:

—Triste final, sí. Igual me sucedió a mí, que acabé siendo un inválido naval. Por cierto: ¿queréis más cerveza?

—Por supuesto, Errol. El calor de hoy está dejando mi garganta como una lija —aseguró Duncan.

—Mamá: yo, Coca-Cola —aprovechó Laura.

—Ah, querida Laura: la reina siempre llevaba en el Britannia a varios de sus perros, de raza *corgis*. Vivían en una zona de camarotes, separados por mallas de acero, sobre colchonetas. A la hora del té Isabel II les daba unos bollitos, los famosos *scones*, en uno de los salones. Los deshacía y dejaba trocitos a los pies de la mesa para que los comieran. Creo que sus perros eran lo más importante para ella.

—Me gusta la reina, tío Errol.

—¿Por algo en concreto?

—Por su amor a los perros.

La comida siguió con postres, cafés, güisquis en dosis de niño que consumimos en vasos tipo Glencairn. Laura se tomó tres helados. Ella es feliz con Internet en su móvil, una Coca-Cola o un helado de chocolate. Para alimentarse no es muy original: le gustan los locales de comida rápida.

A media tarde llegábamos al hotel con los deberes hechos y una facundia exuberante, propia del etílico que habíamos trasegado. Tuve la certeza de que en alguna parte mi padre nos había estado mirando, complacido. Tío Errol no había descubierto secretos inexpugnables del yate Britannia, pero algo sí que había dicho porque en otras ocasiones se había recreado en los países que tuvo la fortuna de visitar. No en su experiencia personal, que era lo que buscábamos.

Cumplida la tarea de aventar las cenizas, me quedaba ahora la papeleta más importante: hablar con mi futuro exmarido y, después, conseguir del banco que me concediera el traslado a Madrid. La tercera papeleta vital (las anteriores habían sido las muertes de mi pobre madre y la reciente de papá) también era desagradable. Aunque eso no era nada para lo que finalmente me esperaba. En la vida, quiero decir.

7
Una cena en The Botanist

Eli, Elizabeth Reyes Gaona, nuestra Eli, nos esperaba en casa con unas arepas de huevo y carne de ternera mechada. Desde que tuvo conocimiento de la muerte de papá me había llamado por teléfono varias veces y, cosa extraña en ella, se había puesto a la tecla para escribir un *e-mail* que me dejó tierna como un cruasán recién horneado. Es la bondad hecha mujer y vive en Londres desde hace cinco años, cuando dejó su ciudad y vino a Europa con su marido, José, para buscar trabajo. Tenía un hermano de su madre, sacerdote misionero comboniano, viviendo temporalmente en Madrid y en menos de seis meses, todavía sin papeles en regla, ya estaba trabajando en casa de un matrimonio de augustos londinenses que poseían un chalé en Sotogrande, Cádiz.

Con ellos vino a Londres, obtuvo documentación de residente y yo la conocí de casualidad en una fiesta del barrio, cuando acompañaba a Robert Thompson, su jefe, que murió de un cáncer en la próstata a los pocos meses. La viuda de Robert fue a vivir con uno de sus hijos a Dublín y ella se quedó colgando de la brocha. Me buscó, me encontró y se vino a nuestra casa: primero para cuidar de Laura y después como chica para todo. José, a quien ella designa por su apellido, Rivero, logró trabajo en una empresa de limpieza que tiene la contrata del estadio del Chelsea, Stamford Bridge, y la vida comenzó a mandarle señales de color rosa.

Por eso, cuando me la encontré en la cocina, con la mesa puesta y las arepas sobre un plato en el que había colocado papel absorbente para eliminar el poco aceite que supuraban, lo único que me salió fue abrazarla fuerte, estrujarla y darle las gracias por todo. Y Laura, que no me había dicho nada, le regaló una bufanda de lana de cordero que compró con sus libras durante nuestra estancia en Edimburgo.

Sentadas en la mesa le pedí que comiera con nosotras y que abriera una botella de tinto, un crianza de Fernández de Piérola que me entusiasma (siempre que volvía de Madrid me llevaba vino, todo el que podía).

—Eli —le dije sin más embozos—, muerto mi padre regresamos a Madrid. Quiero que sepas que nos vamos solas porque Justin y yo hemos acordado separarnos y que cada uno haga la vida por su cuenta...

—Eso no puede ser, señora Marta, no puede ser...

Hizo un amago de llorar y traté de cortar por lo sano. Era mejor dar un tajo a tiempo.

—Eso es lo que hay, Eli. Nosotras nos vamos y quiero que tú vengas. Que vengáis José y tú. Y de mi separación, ni una palabra. Te lo ruego.

—No puede ser, señora Marta —insistía.

Me puse un poco seria y continué:

—Nosotros nos vamos y esta casa, posiblemente, se quede sola porque ya sabes que mi marido realmente pasa poco tiempo en Londres. Tú vienes y te traes a José; todos los gastos del traslado corren por mi cuenta. Le encontraremos trabajo en muy pocas semanas porque mi tío Errol así me lo ha asegurado.

Era verdad: Errol me había dicho que conseguiría para el marido un puesto en la empresa de jardinería que llevaba el mantenimiento de varias urbanizaciones porque él era uno de los accionistas. Se lo comenté a Eli.

—Ay, señora Marta, pero si Rivero no conoce más césped que el de Stamford Bridge...

—Suficiente. Venga, vamos a comer. Te adelanto que no voy a dejar que me digas que no. Viviréis junto a nuestra casa, en la de invitados, y no te preocupes por el dinero ya que cobrarás lo mismo que aquí, pero con menos gastos. Más adelante hablaremos sobre cómo traer a tus hijas...

—Gracias, señora Marta... Ay, se me ha quitado el apetito de golpe...

—A nosotras, no.

Nos pusimos a comer como si tal cosa; era ya un asunto solucionado.

Por la tarde comencé a embalar cajas y preparar maletas. Ni en los correos electrónicos ni en mi teléfono móvil había rastro de Justin, a quien suponía perdido en algún aeropuerto, pero todavía con capacidad para mover los dedos y pulsar una tecla. Más atónita, si cabe, me tenía su actitud con Laura, tan hija suya como mía, porque únicamente le había mandado mensajes por WhatsApp. Cierto es que Laura tenía dos llamadas perdidas desde números de teléfono desconocidos, pero incluso si fueran de su padre, era anormal que no hubiese conseguido hablar con ella.

Llamé al banco y me respondió la voz de Fiona, la secretaria de mi jefe, a quien informé de que al día siguiente volvía a mi trabajo, pero solo para recoger objetos personales. Le pedí que dijera a Juan Carlos Álvarez-León, el responsable del banco en el Reino Unido, que mañana quería tener una breve conversación con él a las doce del mediodía. Y si no podía reunirse conmigo a esa hora que me lo hiciera saber.

Hice una segunda llamada a un amigo de Justin, que también lo es mío: Paul Davidson, un abogado mercantilista con el que siempre tuve mucho contacto, y supuse que ya estaba al tanto de que mi matrimonio había muerto. Le dije que quería verlo esa noche, pero de entrada, sin que avanzara más la conversación, me informó de que había recibido un mandato de Justin para organizar nuestro divorcio y no sabía cómo decírmelo. Como yo tenía todo muy claro, fui directa:

—Nuestro matrimonio es civil y conforme a la legislación española porque allí nos casamos. Sugiero que antes de fin de año presentemos una demanda amistosa de separación en el juzgado correspondiente de Madrid y que pactemos el régimen de visitas y demás para que Justin vea a Laura cuando quiera o pueda. Nosotras volvemos a Madrid y Laura estudiará en un colegio bilingüe. Justin podrá verla cuando considere oportuno y llevársela de vacaciones, si la niña quiere, claro. Respecto a los asuntos económicos, únicamente tenemos que liquidar la cuenta conjunta que tenemos en su banco y...

—Tengo orden expresa de Justin de cancelarla y enviar el saldo resultante a una cuenta tuya. La que me indiques —interrumpió Paul.

—No quiero dinero que no sea mío.

—Es la voluntad de tu marido, Marta. No hagas un Himalaya de un grano de arena. Justin quiere adelantar el dinero que costarán vuestra manutención y los estudios de la niña...

—¿Podríamos hablarlo esta tarde noche con más sosiego?

—Claro. Nos vemos, si quieres, en The Botanist, en Sloane Square...

—Sí, sí. Lo conozco de sobra. A la seis —dije al tuntún.

—Perfecto. Un beso.

Seguí a lo mío, y lo mío aquella sobremesa era seguir sacando la ropa, los objetos, los zapatos, los bolsos, los cinturones, las pocas joyas... y meterlo todo en maletas o en cajas, según conviniera. Como vi que me iba a quedar corta opté por llamar a DHL y pedir que me enviaran cajas de cartón reforzado para transporte internacional. Una hora después llegaba un camión de la mensajería con treinta cajas. Eran demasiadas, pero no quería quedarme corta.

Así continué hasta que llegó la hora de la cita. Sin cambiarme de ropa, solo con atusarme el pelo con un cepillo, pedí un taxi y salí en dirección a The Botanist. Me esperaba Paul en la puerta y de su brazo entré en el local. Había reservado mesa y, conociéndome como me conoce, también el menú: una ensalada de la casa y su excelente *risotto* primavera con trufa. Para beber Paul eligió una botella de Mitolo Savitar, un shiraz australiano que me encanta y está bien de precio. Porque a mí, el vino me vuelve loca. Que quede claro de una vez y para siempre.

Antes de cenar brindamos y Paul me dijo que estaba esperando una llamada de Justin, porque creía que estaría llegando a Heathrow. Comenzamos a hablar y entendí que, al menos en el divorcio, no tendría más problema que el de dar carpetazo a unos quince años de relación y una hija en común. Pensé que Justin, de quien no tenía duda sobre sus aventuras extramaritales —pero ninguna duda (soy mujer)—, también quería acabar con buenos modales porque, de lo contrario, los dos teníamos mucho que perder y había una niña de doce años que iba a ser víctima de la situación sin merecerlo.

La cena iba sobre raíles, algo que no me había atrevido a pronosticar, hasta que sonó el teléfono de Paul y nuestro amigo me miró con un interrogante en la cara que venía a decir: «Es Justin, ¿contesto?». Para que no hubiera duda me enseñó la pantalla.

—Dile que estamos cenando juntos, por favor.

—Ok, Marta.

Paul se levantó de la mesa y salió del local. Tardó… qué sé yo, un par de minutos quizás, y regresó con una sonrisa de bondad.

—Justin está en vuestra casa. Te espera. Mañana por la tarde tiene que estar en Liverpool. De verdad que este marido tuyo no tiene vida…

—Exmarido en breve —puntualicé—. Y ya te digo yo que sí la tiene. Intensa. Pero fuera de su casa. Por ahí, por el mundo… Buena vida, además.

—Entonces, ¿te llevo a casa?

—Será lo mejor. Déjame invitarte a la cena. No es un ruego, es una orden.

Paul se quedó algo sorprendido; eso parecía mirando su cara.

—Como quieras. Hoy no es un día para discutir.

Por el camino de vuelta apenas si cruzamos tres frases. Yo estaba concentrada en la escena: entrar en casa y encontrarme de cara con Justin, seguramente hablando con Laura. Creo que Paul adivinó mi zozobra y se limitó a comentar qué bueno era el vino, cómo estaba de sabroso el *risotto* y qué aspecto tan delicioso tenía la tarta Tatin que no llegaron a servirnos.

Luego, llegamos a casa.

Viéndolo ahora con algo de perspectiva, estaba menos nerviosa de lo que me esperaba. Tomé el ascensor, subí a casa y abrí la puerta: escuché risas y aquello me dejó fundida. Entré en el salón y el mundo comenzó a funcionar en cámara lenta. Laura se separó de su padre, Justin se levantó del sofá, yo dejé las llaves y el bolso sobre un aparador y lo siguiente no lo recuerdo con nitidez. Creo que nos dimos un beso maternal y Laura se fue a su habitación para jugar con la videoconsola.

Eran las siete y media de la tarde, todavía de día, y estuvimos en el salón hablando cerca de dos horas. Me contó que el banco le había propuesto trasladar su residencia a Miami para trabajar como vicepresidente de no me acuerdo qué. Que pensaba decírmelo, pero… En fin, que mi *e-mail*, deduje, no le había pillado desprevenido porque era algo que estaba esperando. No sé si también había cierta provocación en su manera de comportarse conmigo desde hacía tiempo: fría, muy fría y carente de afecto. No éramos una pareja ni tampoco compañeros. Yo lo tenía tan asumido que había decidido cortar por lo sano. Ya no quería a Justin, estaba segura de que él tampoco a mí y lo mejor era poner muchos kilómetros de por medio entre nosotros. La muerte de mi padre no hizo sino prender la mecha del barril de pólvora que había ido acopiando desde tiempo atrás.

De todo lo que hablamos, que fue mucho, recuerdo que sus palabras sobre Laura me dejaron *offsite, out of place*:

—Tú la vas a educar con excelencia. Yo no puedo. Quiero, pero no puedo. Nunca seré un buen padre.

Con esa frase me desarmó y advertí que la razón estaba de mi parte. Así, desarmada, seguimos hasta que miré el reloj y vi que era suficientemente tarde como para que Laura se fuera a la cama, yo a la mía y Justin a la suya. En siete horas vendrían a buscarlo para llevarlo a su oficina, mantener una reunión y dejar sus huesos en Gatwick con destino Liverpool, según dijo. Por eso propuse que desayunáramos los tres sobre las siete de la mañana y, aunque Laura no puso buena cara porque estaba de vacaciones, así se hizo.

Un miércoles de mañana se acabó mi matrimonio de una manera tan extremadamente suave y educada (también fría) que pensé si no me había adelantado a las propias intenciones de Justin: vamos, que le hice un gran favor porque era cuestión de tiempo que él me hubiese planteado lo mismo para irse a vivir con otra.

8
El último servicio

Después de desayunar volvimos a la cama. Digo volvimos porque Laura se metió en la mía, acurrucada como una boa. Yo quería dormir, pero el desayuno se había convertido en una bola. El café y la tostada con mermelada de piña y jengibre estaban atascados en la garganta. Así estuve un buen rato hasta que me levanté, fui a la cocina, abrí el frigorífico y bebí de la botella de leche aromatizada con corteza de limón y canela, que yo misma preparo.

Debí de dormir una hora, y fue suficiente. Me levanté a las diez y dejé a Laura viendo la tele. Después de una ducha larga que me supo a gloria me planté en el vestidor y elegí ropa como para ir de viaje. Así me presenté en Cannon Street, donde me estaba esperando Juan Carlos Álvarez-León en mangas de camisa, cordial como siempre. La conversación fue bastante concisa, como el resultado: un mes de vacaciones, otro mes por jornadas atrasadas en los últimos años (muchos fines de semana en la oficina reunida con compañeros preparando propuestas a inversores y otros servicios a la causa bancaria) que ni las había cobrado ni las había disfrutado y, si quería, otro mes renunciando al sueldo. Contesté que con los dos meses tenía suficiente y que antes de que finalizase el plazo pretendía dejar resuelta mi situación en el banco.

Juan Carlos, que es muy buena gente y no tiene el colmillo retorcido de la clase bancaria, me recomendó que no dejara pasar el tiempo para entrevistarme con el director general de Recursos Humanos y Servicios, así como con su homólogo de Global Risk Management, en Madrid. Después de despedirnos me acerqué al despacho y encontré sobre la mesa de reuniones una pila de cajas de cartón plegadas con una nota de Juan Carlos:

—Empaca lo que quieras que el banco te lo lleva a casa. Es nuestro último servicio.

La verdad es que me hizo gracia lo del último servicio. Regresé a casa como había llegado, en metro, y me enfrenté a más cajas, a muchas más cajas. Parecía que en la vivienda no había nada mío, pero lo había, desde discos a libros, cuadros, fotos, esculturas, el ajuar con mis iniciales (qué previsora fue mi querida madre: ¡solo mis iniciales, MMS!), montañas de zapatos, qué sé yo. Pensé en si los de DHL no se habían quedado cortos con las cajas… Por la tarde hice un repaso mental de las cosas que me quedaban: despedirme de mis tres amigas (Sue, Helen y Christina), llamar a tío Errol, a DHL, a Skylink Travel & Tours, la agencia de viajes con la que trabaja el banco, a…

Estaba en eso cuando sonó mi teléfono móvil. Horror, horror, horror: era el teléfono de mi padre, que todavía no lo había borrado. La verdad es que no tuve fuerza para mover el dedo y contestar. Me quedé agarrotada. Hasta Laura se dio de cuenta.

—No puede ser, mamá. Alguien está utilizando ese teléfono. Llámale tú.

Para eso estaba yo, para llamar al teléfono de mi padre.

9
Suena el teléfono del muerto

CON los nervios de la reunión prevista con Álvarez-León, con los nervios de despedirme de mis amigos, de hacer una fiesta para que la niña se despidiera de los suyos, de llamar a la agencia de viajes, de localizar a tío Errol, de revolver armarios tratando de no dejarme nada que fuera mío, con los nervios de todo había olvidado la comida. Laura, no: sobre la mesa del salón, entre revistas, había un plato con restos de crema de chocolate que la delataban. Mi hija, cuando tiene hambre, se esmera con el chocolate: le da igual el duro que el blando. El que más le gusta es el Bubbly, de Cadbury, una empresa de Birmingham que lleva doscientos años endulzando la vida de las gentes.

Yo no había picado nada y me dispuse a comer algo cuando Eli preguntó:

—Doña Marta, ¿se va a llevar todas las cremas que hay en el baño?

Vaya cuestión. La verdad es que tenía muchas, y de todos los tipos, porque mi difunta madre me enseñó a cuidar la piel desde que era adolescente. Algunas de estas cremas eran potingues hechos ex profeso para mí en una tienda que está cerca de casa, y costaban una pequeña fortuna.

—Sí —respondí al tuntún—. Y si hay alguna a que te gusta, te la llevas.

—Yo no uso esas cosas, doña Marta.

—Por cierto —dije cambiando de conversación—, ¿has comido algo?

—Una ensaladita.

—¿No tienes hambre?

—Lo que tengo son ganas por acabar de empacar, señora. Parece que no se acaba nunca.

—Ven, siéntate. Voy a cocinar para ti unos huevos fritos con jamón y papitas, como dices tú. Dime también qué piensa José del viaje a Madrid.

—Uy, doña Marta, Rivero está feliz, de verdad. Le parece un sueño. ¿Sabe? Londres no le gusta. No le gusta el clima, no le gusta la comida, no le gustan los precios, no le gusta el idioma, vivimos en un apartamentito chiquitico...

—Pero él se expresa bien en inglés, como tú...

—A la fuerza ahorcan, doña Marta. El difunto señor Thompson, cuando nos trajo a esta ciudad, dejó de hablarnos en español. Me dijo que el inglés se aprende en la calle y, sobre todo, viendo los informativos de la BBC. Empecé con dos palabras: *yes* y *goodbye*. Rivero con tres: *yes, goodbye* y *perhaps*. Aprendió esa palabrita y la usaba para todo. Cuando no entendía algo siempre respondía *perhaps*. Ahora tiene otra que se le escapa también cuando habla en español: *anyway*. Y así vamos, *you know*...

Me salió una gran carcajada. *You know*... No, si iba a resultar que Eli echaría de menos su inglés por las tiendas de Majadahonda. Qué bueno.

—Fríe las patatas con aceite bien caliente y te sientas. ¿Tomas vino?

—Vino, no, señora. Una cervecita negra tipo Foreing Extra Stout de Guinness, sí, ¿le molesta?

—Saca del frigo lo que te apetezca.

La comida me supo a gloria, pero no así el pan, que era de molde. Acabé la botella de Fernández de Piérola que había comenzado el día anterior y Eli se tomó dos cervezas de las suyas.

Iba a preparar un café cuando Laura entró en la cocina como una loca, con mi móvil en la mano y diciendo a voz en grito:

—¡Mami: llama otra vez el abuelo!

Volví en mí. Con el barullo que tenía por los alrededores de mi vida no había respondido a esa llamada que, por fuerza, debía de ser una equivocación de algún usuario telefónico. Mi padre estaba muerto.

—Dame el teléfono —dije con un hilo de rabia.

Desplacé por la pantalla el icono de teléfono verde y respondí bastante seca:

—Dígame.

Al otro lado se escuchó una carraspera. Y luego una voz que decía:

—Señorita Marta, soy María de la Victoria, la asistenta de su señor padre que en gloria esté.

Tragué saliva e hice una señal a Laura para que me diera algo líquido. La niña abrió una Coca-Cola y me pegué un trago.

—Dígame, María, dígame. Me ha dado usted un susto de muerte. Me llama desde el móvil de mi padre...

—Señorita, es que no tengo su número, su tío Errol no está, aquí no hay nadie y yo ya no sé qué hacer en la casa...

Qué gran verdad. El maldito vértigo que me acompañaba los últimos diez días había conseguido que olvidara algo tan importante como llamar a María y decirle que volvíamos a Madrid para instalarnos en casa de mis padres.

—Nadie me dijo nada, y por eso no fui ni al entierro ni al funeral. Me he sentido muy mal, señorita, créame. Ya sé que ustedes estarían mucho peor... pero es que ni la pude ver a usted y darle el pésame. Y tampoco don Errol me comentó nada. Bueno, sí: que me avisaría. Y, ya ve, hasta hoy. Por eso he decidido utilizar el teléfono de su señor padre. Y no vea, señorita Marta, cómo me ha costado dar con su número. Aparece usted en su lista de teléfonos como Babe...

—Sí — dije con mucha nostalgia—. Babe.

Me disculpé porque, sin quererlo, había cometido un

atropello. Errol me dijo que había hablado con ella y yo lo dejé ahí. Y ahí seguía, por lo que estaba escuchando.

—Mire, María: ¿sería usted tan amable de darme el número de su teléfono móvil?

Me lo facilitó. El del móvil y el fijo de su casa.

—Bien, ahora que vamos a estar conectadas la llamaré mañana con más tiempo. Le anuncio que dentro de unos días estaré en Majadahonda con mi hija; nos quedamos a vivir allí.

—Uy, qué noticia tan buena. ¿Se quedarán por mucho tiempo?

—Por todo, María, por todo. Laura y yo dejamos Londres, en principio para siempre.

—¿No viene su esposo?

—No. Ya se lo contaré. María, por favor, dígame una cosa: ¿a qué hora dejó usted la casa el día que murió mi padre?

—El día de su fallecimiento no fui a trabajar porque tenía la jornada libre. Trabajé el miércoles hasta las cinco de la tarde, como siempre, pero no el jueves, que fue cuando su tío encontró muerto a don Ian en la cama.

Pasaban otras muchas preguntas por mi cabeza, pero hice solamente una:

—Cuando volvió el viernes, ¿vio algo raro? Por ejemplo: ¿había botellas de güisqui en el salón? ¿En la cocina, en su habitación?

—No, señorita. Sí las había, como siempre, en una caja de cartón de la despensa donde las dejaba el señor para que las tirásemos al contenedor de vidrios. Pero no recuerdo si había más o menos que otras veces. La caja estaba llena.

—Entiendo. Bien, mañana la llamo y ya nos vemos en Madrid. ¿Le parece bien?

—Lo que usted mande, señorita. Con Dios.

Respiré muy, muy hondo. Tanto que un músculo de los

pulmones me dio un pequeño pinchazo. Pero allí estaba Laura para que no se me olvidara el tema del año:

—Mami: ¿el abuelo te llamaba Babe?

—Bueno, me tenía así en la libreta de direcciones de su teléfono, por lo que parece. No lo sabía.

—Es que, mami, *Babe* es el título de una película que he visto hace poco. Es de un cerdito huérfano, muy listo, que quiere ser perro pastor y lo adopta un señor que se pone enfermo. ¡Gana un campeonato para perros, mami! Es tan mono... En la peli, una amiga suya, que es caniche, se casa con un *pitbull* y nacen unos cachorros taaaannnn monos...

Laura me dejó petrificada; deduje que hacía mucho tiempo que yo no iba al cine.

10
Tuvo un infarto

De improviso me di cuenta de una tonta evidencia: iba a tener dos personas de servicio en Majadahonda. Había dicho a Eli que se viniera conmigo sin haber preguntado a María qué le gustaría hacer con su futuro profesional. Además, no sabía nada de su situación laboral, excepto que llevaba en casa de mis padres unos cuantos años y que la relación era totalmente legal. Mi madre vivía y ella ya estaba trabajando en casa, aunque dormía en la suya, si no me fallaba la memoria. O sea, unos cinco años en la casa MacDonald.

Recuerdo, también, que una ocasión en la que nosotros estábamos allí de paso hacia Sotogrande, María no pudo venir a trabajar porque sufría mucho de la ciática y nos envió tres días a una hija suya, que era una calamidad limpiando. Era ordenada hasta el exceso, amable como pocas, pero no sabía manejar una mopa o la plancha. Sí me acuerdo de que era una maniática del orden y solo tenía veintidós o veintitrés años. Y que era rubia con mechas, muy guapa.

Mientras intentaba buscar una solución sonó el teléfono de casa, anormalmente mudo los últimos días. Era tío Errol que acababa de llegar a Majadahonda.

—Te llamo —me dijo— para que sepas que estoy en Majadahonda y que el informe preliminar de la autopsia de tu padre dice que falleció de muerte súbita de probable origen cardíaco y que las muestras que se le extrajeron están siendo analizadas para realizar un informe posterior, que puede modificar el pronóstico anterior y que...

Interrumpí la conversación:

—¿Y eso qué quiere decir?

—Que tuvo un infarto y murió por esa causa.

—¿Nada más?

—Todavía no existe un documento oficial. Te describo lo que me acaba de contar el doctor Villar, su médico. Ya lo conoces.

—Sí. Déjame que te haga una pregunta: ¿es normal que mi padre se muriese tan de sopetón estando, como estaba, hecho un tigre?

—La muerte no avisa, generalmente. Si es normal o anormal es una cuestión a la que yo no puedo responder. No tengo los conocimientos médicos necesarios.

—Cambiando de tema: ¿qué hacemos con María de la Victoria, la empleada?

—¡Ah! Tú sabrás, querida. ¿Por qué me lo preguntas?

—Porque acabo de hablar con ella y resulta que nadie le ha dicho nada. Por no saber, desconocía que a mi padre lo habían incinerado.

Hubo un pequeño silencio.

—Tienes toda la razón: dije que la llamaría y se me había olvidado...

—¿Qué hacemos?

—¿Qué hacemos de qué? Si tú vienes a Majadahonda necesitarás alguien que te haga la casa, planche, prepare algo de comer...

—Es que viene conmigo Eli. Si ya te lo comenté, si te hablé de su marido y me dijiste...

—*¡Oh my Goooooooodddddd!* Es verdad: si además hice la gestión con Jardines y Servicios, S.A., que es la empresa de la que soy accionista... Bueno, si vienes con tu asistenta su marido tiene trabajo desde el primer día.

—Entonces no me queda otra que hablar con María y llegar a un acuerdo. ¿Tú sabes cuánto cobra, sabes algo de su contrato?

—Todo eso lo conoce Roberto Cámara, nuestro gestor.

Estoy seguro de que no habrá problema. María de la Victoria ya está casi en edad de jubilarse. Quizás le tengas que pagar unos meses sin que vaya por tu casa. En fin: voy a llamar a Cámara y te lo digo. Por lo demás, ¿alguna novedad? ¿Cómo te fue en el banco?

—Sin variaciones sobre lo que había previsto. Tendré que negociar en Madrid el futuro y eso, ahora mismo, me queda lejos. Pero déjame que te diga algo: Laura quiere tener un perro y le he dicho que sí.

—Me parece bien. ¿Qué raza? ¿Algún bichón, un *silky terrier*, un *yorkshire*, algo de ese tipo?

—No. Un *alaskan malamute*.

Se produjo otro silencio.

—Uffff, perro grande, pariente del lobo, raza dominante, poco obedientes, no sirven para defender casas…

—Para. No sigas. Tendrá alguna virtud, ¿no?

—Bueno, no defienden la casa, pero tampoco ladran. Aúllan. En fin: intimidan bastante.

—Pues es lo que hay. Vamos, lo que va a haber.

—Son guapos. Muy guapos. Hubo uno en The Four Seasons, en la 8, la casa de Felipe García Montero, que un día se escapó, con tres años, y no regresó. Eso pasó hace algún tiempo. Tienden a fugarse, según dijo el 8.

Madre mía de mis amores la que se me viene encima, pensé. Porque en mi casa ya sabemos lo que es tener perros: dos *cockers spaniel* y un *beagle*. Perros adorables. Lloramos mucho cuando fallecieron. Tío Errol tuvo un *fox terrier* blanco y leonado que se le murió con catorce años. Mientras vivió, el perro fue su hijo único y le dedicó mucha atención porque esa raza necesita educación para que el animal cumpla lo que se le ordena y no vaya a su aire.

—Ya veremos qué tipo de perro nos toca en suerte —dije para salir del atolladero—, porque imagino que dependerá de cómo sean los padres. Vamos, que no todos los *malamutes* serán iguales... Otra cosa: ¿sigues teniendo relación con Ana Castillo, la decoradora?

—Por supuesto, querida.

A juzgar por la rotundidad de la respuesta deduje que tío Errol la tenía en su harén.

—Dile que iré a verla a su estudio en cuanto llegue a Majadahonda. Quiero hacer algunos cambios en casa. Mejor: avísale y la llamo.

—Cambios, dices.

—Cambios, sí, cambios. ¿Te parece mal?

—Ni bien ni mal. Es tu casa.

Seguimos hablando de cuestiones sin trascendencia y me pidió día, hora de llegada y vuelo, para irnos a buscar a Barajas.

—Te lo mando todo en un *e-mail*, pero no te preocupes por ir al aeropuerto. Tomaremos un taxi. Ah: por favor, vete poniendo en suerte a María porque tengo que llegar a un acuerdo.

—*No problem,* Big Mac —dijo entre risas.

Hacía por lo menos veinte años que tío Errol no me llamaba de esa forma.

11
¿Me crees tonta?

AL fin llegó el día, tras una liquidación por cierre (o por derribo; no lo sé muy bien). Laura se había despedido de sus amigas con una fiesta en la hamburguesería que lleva su segundo apellido, yo había hecho lo propio en casa con las mías, había escrito a Justin comunicándole el viaje, a Paul para decirle que iba a enviarle un documento sobre la separación, había llamado a Duncan para ofrecerle mi casa en Majadahonda, había telefoneado a María de la Victoria para advertirle de nuestra llegada y de que hablaríamos en persona de su situación, había vendido mi coche a la vecina del segundo... Había hecho todo en horas y mi casa, en ese momento, era cuatro maletas, dos bolsos y veintiséis cajas de cartón amarillo que previsiblemente llegarían a Barajas al día siguiente por DHL.

La vida en Londres había llegado a término. Por fin la primera parte de la mudanza se había acabado y yo había acabado, también, hasta las tetas de semejante lío. Jamás hubiese pensando que empaquetar, con cierto orden, fuera un coñazo tan enorme. Si Justin hubiese estado en ese momento en la habitación habría dicho:

—*Waltzing Matilda*.

Que en inglés australiano quiere indicar, más o menos, viajar con todo encima, como en un hatillo. Justin lo decía a menudo porque es australiano y descendiente de Andrew Barton Paterson, el autor de la canción popular más conocida en aquella isla gigantesca, que se titula —obvio— *Waltzing Matilda*, y que recomiendo escuchar en la versión de Kylie Minogue. Mi futuro exmarido se pasa casi todo el año viajando (en sus propias palabras él se considera *a suitcase with legs*. Una maleta con piernas) y tiene vocación de joven perpetuo y soltero a sus treinta y ocho años; vamos, un Peter Pan. Pero yo no era su Wendy, que quede claro. Ni vivo en el país de Nunca Jamás.

Cuando al fin los empleados de DHL se llevaron las veintiséis cajas que contenían quince años de vida en común con Justin, suspiré. Y sabiendo lo que me costaba el transporte de semejante paquetería le di dos mil libras a Eli como adelanto, para que ella hiciese lo propio con su casa y enviara a Majadahonda sus cosas. Lo mío había costado casi el doble. Y así, con cuatro maletas y dos bolsos, nos presentamos Laura y yo en ese caos monumental que se llama Heathrow Airport. Laura iba anormalmente contenta con una mochila, una bolsa apropiada para sus dimensiones y un bulto envuelto en papel de Marks & Spencer. Llevábamos más de una semana pegadas como botón a la chaqueta y, sin embargo, habíamos hablado muy poco de nosotras. Por no saber ni siquiera sabía qué pensaba de la separación de sus padres. Yo andaba buscando un momento de relajo para hablar de la cuestión, pero siempre se interponía algo: Internet, su teléfono móvil, una amiga, la televisión, un iPad, Eli... Y así fue hasta que nos sentamos en el avión. Por cortesía de la agencia de viajes viajábamos en clase *business*, por lo cual Laura pudo desplegar sobre los asientos la multitud de cosas que llevaba encima, casi pegadas con cinta adhesiva.

Cuando el avión había tomado altura y la niña se estaba tomando ricamente una Coca-Cola con su dosis de frutos secos, acerqué mi cabeza a la suya para susurrarle:

—No me has preguntado todavía nada, pero papá ya no vivirá con nosotros. Se queda en Londres y te verá en vacaciones o cuando pueda. Seguirá siendo tu padre, pero no mi marido. ¿Lo entiendes?

Laura me miró como solo una niña de doce años puede hacerlo. En sus ojos vi una mixtura de comprensión, alivio y picardía.

—¿Me crees tonta, mami? ¿Es que no sabes que alguna de mis amigas también tiene a sus padres separados?

Me dieron ganas de darle un beso y luego decirle que tenía toda la razón; y que su madre era una tonta al completo. De capirote.

—Vosotros siempre seréis mis padres —añadió.

Con esa frase tan obvia comprendí que Laura ya no era la niña de doce años que para su madre no podía crecer, sino una persona que había comenzado el camino de la adolescencia. Era más bien Wendy enamorada de un lobezno, como en la película.

—Eso, por supuesto, cariño —dije abanicando las sílabas—. Por cierto, que tú también tendrás que hacer amigas nuevas.

—Claro. Como tú. Pero yo tengo ya una ventaja, mami.

—¿Cuál? —pregunté con alarma.

—*Esta* —dijo mientras desenvolvía de su hatillo el papel de los grandes almacenes.

Esta era un ejemplar de la revista *Modern Dog* abierta en una página donde había una foto, preciosa, de un *malamute* con la lengua fuera y su dueña apoyándose en el animal. Cabeza con cabeza.

—Tengo más revistas sobre perros, mami.

Así era porque el hatillo forrado con papel contenía una docena de revistas, en varios idiomas, sobre perros y otras mascotas. Con una sonrisa descomunal Laura me dijo a unos diez mil metros de altura:

—Mamá: has perdido un marido y yo un padre al que veía poco. Pero ambas hemos ganado: tú, un hijo y yo, un hermano. El perro se llamará Lobe y te adelanto que lo he comprado con mi dinero en un pueblo que está cerca de Majadahonda.

Me quedé tan atónita que llamé a la azafata y le pedí una copa de vino. Cuando di el primer sorbo pregunté cómo lo había hecho.

—Mis amigas me han ayudado. Ellas han localizado a un criador... Bueno, mami, te voy a decir la verdad: el perro nació hace unas nueve semanas, pero yo lo compré hace tres meses, en las vacaciones de Semana Santa, un poco antes de que su madre diera a luz.

—¿Cóóóómoooo?

La verdad: no salía de mi asombro. Estaba descubriendo a otra Laura.

—Por Internet. Pero he hablado con ellos lo menos seis veces. Papá me dio trescientas libras en mi cumpleaños... Y yo les he mandado a los dueños de Lobe cien. El perro me cuesta casi cuatrocientas libras. La hermana mayor de mi amiga Rosemarie envió el dinero por Western Union hace tiempo. Ahora esperan que pague el resto y nos llevemos al perro. ¿Iremos mañana sin falta?

Iba a responder que mañana sería un día duro, que mañana sería imposible, que mañana tenía que hacer de todo y todo a la vez, que mañana era uno de los peores días de los últimos años. Iba a responder eso, pero Laura puso frente a mis ojos su iPad y presionó en la pantalla. ¿Qué vi? Pues un vídeo casero donde se veía a una bolita blanca, peluda, realmente preciosa, contorsionándose junto a un perro mayor, también guapo de veras.

—Es Lobe. ¿Te gusta?

Sin darme tiempo a responder trasteó con su iPad y comenzaron a salir fotos del cachorro que me dejaron sin habla. Es verdad: acababa de ganar un hijo (a los perros se les quiere como si fueran la familia, porque lo son) y Laura, un hermano. La historia de Lobe MacDonald acababa de iniciarse en un avión de Iberia sobrevolando el canal de la Mancha. Con él vendrían muchas más cosas, más historias. No todas agradables.

12
La raza no es cariñosa

LOBE. Love. Loving Lobe. No sé cómo definir la figurita de peluche que trajimos a casa porque ni en el mejor de los sueños hubiese imaginado un perro tan guapo y de pelo tan sedoso, con esos ojos sombreados, tipo máscara, que parecen retocados a base de rímel.

La propuesta inicial de Laura era ir al día siguiente de la llegada, pero no pudo ser porque las ganas de tener al perro no la dejaban vivir. Así que aterrizamos en Madrid y cuatro horas más tarde viajamos de Majadahonda a Collado Villalba, vimos parte de la camada, a la madre, a los criadores, teníamos al perro con su microchip y la cartilla sanitaria, y ya solo quedaba enseñarle lo elemental para que hiciera sus necesidades en la zona de perros que tiene la urbanización. Es decir: quedaba lo malo. Digo lo malo porque lo peor estaba por llegar. Y era que llegábamos a una casa, a una urbanización, a una ciudad que me eran extrañas. Había pasado tanto tiempo fuera de Majadahonda que The Four Seasons, la casa de mis padres, la zona en general, suponían una vida nueva. Era como vivir en isla MacDonald (que está entre Australia y la Antártida, y fue descubierta por un antepasado mío), por decir algo.

De entrada, estaba la casa: alrededor de cuatrocientos metros cuadrados en una parcela de casi tres mil, con una construcción a la entrada de unos cien para el servicio, una huerta generosa con frutales, piscina, pérgola, cenador, un garaje enorme… vamos, el sueño de cualquiera. No el mío. Por eso la primera llamada que hice por la tarde fue a Ana Castillo, la decoradora:

—Te quiero mañana a las ocho aquí. Tenemos que cambiar esta casa y hacerlo en un mes.

El interior de la vivienda de mis padres estaba hecho a su medida, y aquella medida estética no era la mía. Había que cambiar la decoración, el estilo, el mobiliario, qué sé yo, hasta conseguir que fuera nuestra vivienda.

La segunda llamada fue a María de la Victoria. Me disculpé por no haberme comunicado antes y la cité a las nueve en casa. Fue un error de principiante porque la conversación me dejó muy mal cuerpo; una sensación de mosqueo, intriga, cabreo y desconcierto salpimentada con mala conciencia. Luego lo cuento porque la estrella de nuestro aterrizaje en Majadahonda fue el perro Lobe.

Verlo y quedarnos atónitas fue una misma cosa. Habíamos ido en el Range Rover que tenía mi padre porque Laura no pudo soportar el hecho de que su mascota estuviera a veinte kilómetros y no traerla a casa de inmediato. Subimos las maletas a la planta de arriba y cinco minutos después estábamos haciendo el recorrido en sentido inverso porque la niña lo primero que hizo al llegar fue tomar el teléfono, llamar a la guardería canina y decirme alterada:

—No puedo pasar un minuto más sin ver a Lobe, mamá. Te pido como favor especial que vayamos ahora. Ahora mismo, no mañana.

—Ahora mismo, Laura, con este lío de maletas, sin saber qué hay en el frigo, sin mirar la casa…

—Ahora mismo, mami. Estoy que me muero de ganas…

Cuando dijo eso su cara no mentía: estaba con el subidón propio de no aguantarse y, de los nervios, mearse encima. En esta tesitura una madre *viuda* no tiene más remedio que claudicar. Nos cambiamos de ropa, bajamos al garaje y busqué detrás de un cuadro cutre que hay colgado en la pared una pequeña caja metálica empotrada donde mi padre guardaba las llaves de sus coches. Tomé las del Range.

Media hora después habíamos llegado a la guardería y cuando Laura tuvo enfrente a su mascota, a Lobe, ocurrió algo chocante: de los nervios se puso a llorar y el perro, agitando la cola como el péndulo de un reloj de pared, se acercó para darle con la pata en su zapatilla, como pidiendo permiso para jugar con ella. ¡Vaya escena! Laura se agachó y lo cogió en brazos. Lobe le lamió la cara y la criadora nos dijo:

—No es una raza de perros especialmente cariñosa, pero os hará feliz. Este saldrá dominante… Bueno, ya es dominante, es un macho alfa pequeño.

—¿Cuántos meses tiene? —pregunté al ver el tamaño.

—Casi tres y pesa doce kilos. Está desparasitado, vacunado, lleva el microchip y no necesita nada más para ser un animal sano.

—Compraremos un saco de pienso, la correa, un collar, algún juguete…

En ese momento Laura despertó. Dejó al perro en el suelo y sacó de su bolsillo trescientas libras en billetes de veinte. Quería pagar la compra de su mascota.

—Lo siento —dijo la criadora después de mirar los billetes—. Preferiría que me pagaran en euros. ¿Tiene usted una tarjeta de crédito?

—Claro —contesté—. Le pago con Visa y asunto resuelto.

La niña me miró compungida. Había hecho sus cuentas, pero no imaginaba que comprando el perro se iniciaba un proceso de más gastos. Me dio tanta pena la languidez de su mirada que en un arranque tomé sus manos y le dije:

—Yo me ocupo de todo. Es mi regalo de cumpleaños…

—Pero, mamá, si ya me regalaste el iPad…

—Este año. Lo de ahora es para el que viene. Un regalo por adelantado.

—Gracias, Babe —me dijo.

Dejamos las casetas de los perros y entramos en la tienda. Allí Laura eligió y yo, mansamente, pagué. También conocí a la veterinaria del centro, Ana Sagredo, que tenía al lado una clínica grande y preparada como si fuese un hospital. Aquello me dio más seguridad.

Cuando llegamos a casa me di cuenta del problema que se nos avecinaba: un cachorro inevitablemente nos iba a destrozar lo que estuviera a la altura de sus dientes los próximos seis meses. Me puse algo seria para decir:

—Laura: el perro tiene que estar fuera, en la caseta que hay detrás de la cocina. Que entre en casa lo menos posible.

—Pero, mamá, es que yo quiero que Lobe duerma conmigo.

—No es posible, Laura. En esta casa hemos tenido perros y sé de lo que hablo.

—Mamá: déjame los primeros días...

Eso me lo dijo con una cara de cordero degollado y ojos de pez que no pude negarme.

—Está bien: los primeros días. Pero nada más. Y te adelanto que tienes que enseñarle a hacer sus necesidades fuera de la casa. En la zona de perros de la urbanización. Y recogerlos en una bolsa plástica.

—¿Y eso cómo se hace, mami?

—Ah, querida, mira en Internet. ¿No buscaste a Lobe por Internet? Pues ahora haz lo mismo. Hay libros y programas de televisión. Y revistas. Y foros. Hay de todo —añadí cortante.

—Bueno... —contestó Laura con un fárrago de temor y sorpresa.

Así comenzó la vida de Lobe en nuestra casa y así comenzó, también, la pelea para que Laura asumiera su responsabilidad y se ocupara del perro. Porque el perro ya se ocupó de dejar huellas —la primera tarde— de su estancia en nuestra casa: dormía Laura una siesta y Lobe se había comido una de sus zapatillas, había meado encima de una alfombra y había encontrado una esquina de la habitación para dejar un regalito de caca. Mi hija, cuando se despertó, no podía entender qué había pasado y fue a buscarme angustiada:

—Mamá: Lobe es un guarro. Se ha hecho de todo en mi cuarto y ha destrozado una zapatilla.

—Querida —le respondí—, estabas avisada. Edúcalo, edúcalo...

—Déjame tu iPad, mamá. Voy a rastrear todos los sitios de perros...

Así comenzó la estancia en casa del nuevo miembro de la familia y eso me animó para llamar a tío Errol y anunciarle la nueva.

—Somos uno más en la familia —le dije—. Ha llegado Lobe, el *malamute*.

—¿Lobe?

—Sí, Lobe.

—Ah: Babe, Laura y Lobe. Mañana paso a tu casa a primera hora. Tengo algo importante que decirte.

13
Entre todos la mataron

EN realidad, Errol no tenía nada importante que contar, excepto ponerme en antecedentes del lugar al que llegaba para vivir; sorprende que mi casa familiar fuera extraña, pero así era. La For es una urbanización —ocupa una manzana— diseñada de principio a fin por mi padre: él había comprado un terreno que llamaban, creo, El Plantío de Remisa, a los herederos de un marqués treinta y cinco años antes, y dedicó todo su tiempo libre a preparar un proyecto de urbanización que fuese único por su estilo, el concepto de jardines, las dotaciones, por todo un poco. Formó una sociedad con su hermano, La Four de Madrid, S.A., y estuvo un año buscando compradores entre sus amistades; en realidad los seleccionaba porque tuvo más demanda que oferta.

Cuando finalmente reclutó los clientes —mi padre y mi tío se quedaron, cada uno, su vivienda—, los juntó en un hotel de Madrid y después de empapuzarlos y ponerles de alcohol hasta la coronilla les hizo firmar en una hoja de cuaderno un texto que venía a decir lo siguiente: The Four Seasons es una urbanización de dieciocho chalés donde las ventas o los alquileres se han de comunicar al resto de propietarios, para que lo aprueben por unanimidad. Si no hay acuerdo, ningún propietario puede actuar por su cuenta. Y todos tienen derecho preferente en las operaciones.

Es decir: mi padre les pidió un acuerdo entre caballeros (la hoja de cuaderno firmada no daba, legalmente, para más) con el objetivo de que la urbanización fuera una zona familiar de personas conocidas entre sí donde no cupiese alquiler o venta que no se comunicara previamente al resto. Con ese acuerdo mi padre pretendía que todos los propietarios fueran conscientes de que vivir en la For era como ser miembro de un club de élite. Un deseo muy loable (y una ingenuidad, por qué no) que se mantuvo en pie durante mucho tiempo, hasta que un día se rompió. No se sabe a ciencia cierta quién dio el primer paso, pero un día el 13 ya no era Corrales, Jacinto Corrales y familia, sino un señor que había llegado de Galicia. Ese día la For perdió el encanto que había tenido porque sus propietarios dejaron de verse tres veces al año en unas comidas donde se bebían hasta el agua de los charcos (*to drink like a fish*, que decía mi padre de aquellas jornadas) y se limitaron a la reunión anual en la que se aprobaban las cuentas. Entre todos la mataron y ella sola se murió.

Tío Errol añadió que de los vecinos iniciales quedaban ya pocos, unos ocho, y que había casas cerradas, otras alquiladas y algunas más, que no concretó, ya eran propiedad del Banco Santander, BBVA y Bankia. Sí precisó que alguna de estas últimas —las que eran de los bancos y estaban en venta— no se encontraban al corriente en los pagos de la comunidad. O sea, que los bancos eran morosos. También me informó de que una de las viviendas era propiedad de una persona detenida en la operación policial que denominan Gürtel, y quiso explicarme de qué estaba hablando.

—Como llevas tanto tiempo en Londres quizá no sepas que la Fiscalía Anticorrupción inició a comienzos de 2007 una investigación a raíz de una denuncia de un concejal del Partido Popular en este pueblo sobre una supuesta red de corrupción que afectaba a su propio grupo político, que uno de los detenidos es propietario de un chalé en la For y que...

—No me cuentes más que estoy al día en esta cuestión; vamos, como para no estarlo con la que han organizado. Que viviera en Londres no significa que fuera sorda y ciega sobre lo que ocurría en mi país. Pero si yo arranco el día consultando por Internet los diarios de Madrid...

—Ah, querida... En fin, que uno de los que está metido en esa trama hasta las cejas tiene casa en esta urbanización.

—¿Y eso cambia algo las relaciones entre vecinos? —pregunté enarcando las cejas.

—No, es un dato más. Supongo, porque de la Gürtel parece que hay muchas ramificaciones, según vamos sabiendo por la prensa... Otra cuestión: lo que sí se ha alterado es el acceso a la zona de animales. Desde hace unos cinco años entran los propietarios y los amigos de los propietarios. También los amigos de los amigos porque en verano hay muchos más perros que personas residentes en la For. Te lo comento porque ahora que tienes perro verás a gente que no vive aquí. Me lo ha dicho el 12.

—Fonseca. La última persona con la que estuvo papá, ¿no?

—Sí. Tiene perro, un *border collie* con unos ojos azules magnífico. Otra cosa: ¿has hablado con Cámara? Ha mostrado mucho interés en estar contigo cuanto antes. Tiene el testamento y la relación de bienes de Ian. Es hombre de confianza total. A tu padre y a mí nos ha asesorado desde que comenzamos. Buen economista, mejor gestor y administrador de fincas. En su oficina llevan todo lo de la For.

—Tengo tantas cosas en la cabeza que no sé por dónde empezar.

—Comienza con Cámara.

—Primero, creo, está María de la Victoria. Detrás va todo lo demás.

—Se me olvidaba: el doctor Villar llamó ayer para explicarme que han enviado al Instituto Nacional de Toxicología las muestras de la autopsia de Ian.

—¿Y eso?

—Prudencia profesional. De todos modos, Villar pinta poco en esto. Es el forense quien lleva la batuta. Sé que son amigos y nada más.

Debí de poner una expresión tan desquiciada que Errol se atropelló con las palabras para tranquilizarme:

—No es importante... no importa...; vamos, que no le des importancia.

Ahí dejamos la cuestión. Tío Errol me dio dos besos y se fue por el jardín. Faltaba un cuarto para las ocho.

El tiempo pasaba volando y no había tenido tiempo de mirar la despensa porque habíamos comido y cenado *pizza* de entrega a domicilio. Laura no había dicho esta boca es mía desde la llegada: estaba con su amor y ya tenía bastante. A mí me sucedía algo parecido porque tenía tantas cosas revoloteando en el cerebro que no era capaz de centrarme en una. Bueno, no fui capaz hasta que Ana Castillo llegó a casa y se me abrieron de golpe todas las ventanas de la sesera. De entrada, le dije:

—Quiero que hagas un trabajo de maquillaje fino: no se tira un tabique ni se modifican los espacios. Pero el salón, la cocina, el comedor, la habitación principal y los baños los quiero nuevos. Y todo en no más de un mes. Quita la sobrecarga estética que tiene esta casa: las cortinas, el papel, la pintura, los sofás, los tresillos, algunas alfombras... Elige tonos claros, pastel, que iluminen. ¿Cuándo me puedes enseñar bocetos? —pregunté acelerada.

—¿Para cuándo los quieres?

—Mujer, para ahora mismo. Bueno, para la semana que viene. El tiempo que inviertas en diseñar hay que ganarlo en amueblamiento y demás. Pido rapidez y buen gusto. Lo segundo sé que lo tienes. Y lo primero lo intuyo. Ah, y el presupuesto.

—Como hay que ganar tiempo... ¿Te importa que salga por el jardín?

—¿A estas horas?

Eran las ocho y media de la mañana.

—Tu tío me espera.

No dijo más. Se fue por el jardín y quince minutos después llamó Errol con una disculpa que sonaba a coartada.

—Le he pedido que me cambie la cocina entera. Es que tiene casi treinta años...

—¿Ana Castillo? —pregunté divertida.

—No, mujer, la cocina. Ana es de tu edad, más o menos. Más más que menos. Creo que ha pasado a la cuarentena.

—Como a ti te gustan —indiqué juguetona.

Se quedó algo pasmado porque tardó en responder.

—Quería decirte que acabo de hablar con el gestor. Irá a tu casa a las doce. Por cierto: cómprate un móvil español. Cada vez que te llamo es una conferencia internacional.

—Lo sé. Y quiero hacerlo cuanto antes. Chao

14
Don Ian era de la familia

María de la Victoria Navarrete Sagasta tiene cincuenta y ocho años, aunque aparenta diez menos. Se presentó a la hora con bailarinas de charol azul Francia, un pantalón de lino y una camiseta de tirantes verde mar que remarcaba su busto. Es alta (más o menos como yo, que mido 1,78), de pelo castaño corto, ojos marrones y una expresión que al personal lo emboba. No la había visto desde hacía dos o tres años y de ahí que al abrir la puerta me quedase varada. Era ella —se había identificado en el videoportero—, pero yo no la recordaba así. Me sonaba, de su vida, que se había separado del marido y sabía que tenía una hija. Nada más.

Al verla debí de quedarme mirando tan fijamente que dijo señalándose la cara con los dedos:

—Señorita Marta: soy yo. ¿No me recuerda?

No la recordaba, desde luego. Quizá era que se había cortado el pelo, o que era verano en lugar de invierno, que fue cuando debí de verla por última vez.

—Pase, por favor. Vamos al salón. ¿Desea tomar algo? —pregunté como un latiguillo de buena educación.

—Agua, si no es molestia, señorita Marta. Vengo andando desde casa y hoy hace calor desde bien temprano, que parece que han llegado los calores de agosto…

Entonces recordé un detalle: María era de Las Rozas, nacida allí, y vivía en Majadahonda desde hace muchos años. Casi siempre venía a casa andando. Nos sentamos en un sofá y tomé la delantera para explicar mi situación.

—La muerte de mi padre ha coincidido, casualmente,

con mi separación matrimonial. Por eso hemos dejado Londres y nos quedamos aquí. Nueva vida, ya sabe.

—Si lo dice porque yo también me separé, sí. Nueva vida, dura vida. El matrimonio es un paraguas que protege bastante bien de la lluvia.

¡Andá!, dije para mis adentros. No está mal la frase.

—Algo así. Lo malo es que en ocasiones el paraguas pierde las varillas y ya se sabe. Bueno, María: la he citado en casa porque voy a entrevistarme ahora con el gestor de mi padre, el señor Cámara. Tengo que hablar del testamento y de su propio futuro, María, porque he de decirle...

Tragué saliva. Por fortuna había llevado dos vasos y el mío seguía teniendo agua. Tomé dos tragos.

—He de decirle que a partir de ahora no es necesario que siga viniendo porque llega de Londres en unos días la persona que trabajaba allá en nuestra casa y que también lo va a hacer aquí.

María me miró atónita. Le salió una voz de ultratumba con la que me respondió:

—Ay, señorita, no me diga usted eso, que me rompe el corazón... Pero si yo llevaba con sus padres casi diez años...

—¿Tanto?

— Tanto, señorita.

—Llámeme Marta, por favor. Eso de señorita me suena a otra época.

—Como diga, doña Marta. Desde que falleció su madre, don Ian era para mí de la familia. No le digo más.

—Mire, María —comenté para no alargar una conversación que comenzaba a discurrir por el lado menos propicio, el sentimental—. Voy a hablar con Cámara, le vamos a proponer una indemnización y...

—Perdone que la interrumpa, doña Marta. Pero hace unos dos años tuve una oferta muy buena, se lo dije a su padre, y fue don Ian quien me aseguró que de esta casa no me iba. Que aquí me jubilaba. Le contaré más: su padre me dijo que quería tenerme cerca más allá de los sesenta y cinco. Y me faltan siete... Incluso, semanas antes del trágico suceso de su muerte, me aseguró que preparaba una donación para ayudarme con un problema familiar. Pero no he sabido nada más, excepto un papel que me envió por correo electrónico. Y ya ve usted...

Comencé a perder la fuerza que había tenido al sentarnos, en el comienzo de la conversación. De entrada, me parecía una faena enorme despedirla, pero no tenía otra. De salida, estaba qué era lo que mi padre le habría dicho, si es que le hubiese dicho algo ex profeso, si de verdad le había prometido una cantidad a cambio de algo. Me sonó tan extraño que dudé y la deformación profesional que llevo encima colocó frente a mis ojos una palabra: chantaje. La señora Navarrete podía estar chantajeándome porque no tenía forma de replicar sobre la presunta donación. Mi padre estaba muerto, lo que hubieran hablado no tenía más testigos y lo del papel que había enviado me sonaba a chino. Pero no perdí la calma y seguí en la conversación fingiendo, como si nada hubiera escuchado.

—Tenemos que arreglar su situación, María. Tenemos que arreglarlo.

Iba a decirle que mi propia circunstancia personal tampoco permitía más cambios y que su sustituta, Eli, era para mi hija una segunda madre. Iba a decirle eso y algo más, pero me contuve porque estaba desfondada. Y algo más: desconcertada.

—Si le parece la llamo esta tarde y seguimos conversando. Entenderá usted que debo de mantener una conversación con el señor Cámara porque yo, de asuntos laborales, no sé nada.

—Sí, sí. Me parece bien.

Se puso de pie y metió la mano en su bolso.

—Tome —dijo mostrando una funda de cuero—. Era de su padre. También le dejo la llave de esta casa.

En la funda estaba la Blackberry de mi padre. ¿Qué hacía el teléfono de papá en manos de su asistenta? ¿Y la llave de la casa? Del desconcierto pasé al enojo. La pregunta más obvia me salió espontáneamente:

—¿Por qué tiene usted el móvil de papá?

—Me lo llevé de esta casa para que nadie pudiera mirar sus contactos y todo lo que hay en un móvil hasta que usted llegara. Me pareció lo más prudente. Sin él no hubiera podido localizarla a usted —dijo bajando la mirada.

La respuesta no me convenció del todo. Me pareció que allí había gato encerrado, aunque no tuviese una sola prueba.

Despedí a María con sendos besos de circunstancia, cerré la puerta de la calle y me agarré a la Blackberry con las dos manos, alterada. Seguro que fue el último aparato que usó mi padre. Parte de su colonia seguía perfumando la funda y eso me dejó con la lágrima a punto de caer por la mejilla. De una manera inusual comencé a trastear con el teléfono, que seguía conectado y con la batería *full*. Eso me desconcertó todavía más. Me entretuve en los correos electrónicos, casi todos con Cámara, un banco y su hermano. Luego con los SMS, más tarde con los números de teléfono de su agenda y finalmente con los wasaps.

Mi padre tenía una costumbre que yo también he adoptado: algunos de los nombres de mis amigos o de gente que me interesa los tengo en clave. Yo era Babe. Laura, Baby. Errol era Bro, Duncan era Norton, Cámara era Chamber y Darling… ¿Quién era Darling?, ¿quién era la querida que aparecía en multitud de llamadas? Pensé que era el viejo número de mi madre, que todavía lo conservo en la agenda. Pero no y, además, es que había llamadas, muchas llamadas a Darling repetidas en los últimos treinta días. Me sonaba, pero no era el de ella. Es que no podía serlo. ¿De quién era? Pues muy sencillo: solo había que llamar. Pero antes me tomé la molestia de apuntar el número y hacerlo desde mi móvil. Marqué, pero no contestaba nadie. Repetí. Lo mismo. Dejé pasar cinco interminables minutos. Volví a marcar y al quinto repique sonó una voz que me dijo:

—Perdone, doña Marta, pero veo que me ha llamado usted varias veces. No he contestado porque estaba en la frutería y allá no hay cobertura. Dígame, la escucho.

A causa de la sorpresa perdí la consciencia porque la tensión arterial se me puso por los suelos. De no haber sido porque estaba sentada me hubiera ido al suelo. Cuando me recuperé, el móvil tenía un sonido agudo continuo, que corté aplicando un dedo sobre el icono rojo de teléfono. Y al momento mi móvil sonó, pero frenéticamente. Eso me pareció. Era María y las únicas palabras que me salieron fueron:

—Disculpe. Me equivoqué al marcar. Luego hablamos.

Del sillón pasé al sofá y me tumbé. Miraba al frente, pero no veía. No sé cuánto tiempo pasó hasta que Laura entró en el salón seguido por Lobe. El perro movía la cola y mi hija llevaba en sus manos un vaso con leche y cacao.

—Mami, tenemos que cambiar los móviles ya, ¿no? —dijo la niña como quien no quiere la cosa.

Ni se me había pasado por la cabeza, aunque fuera algo evidente. Por eso decidí hacerlo sobre la marcha. Llamé a Telefónica pensando que los mismos teléfonos servirían, pero no. Tenía que cambiar de aparatos. Me dieron la dirección de una de sus tiendas, que está relativamente cerca de casa. Miré el reloj: las diez de la mañana.

—Voy a cambiar los móviles ahora mismo —dije a Laura—. Si quieres, me acompañas.

La gestión nos llevó hora y media. Ya teníamos números españoles, pero seguí conservando los británicos. Al menos durante un tiempo.

15
Talisker, la bebida de Stevenson

LLEGARON a la hora y, además, lo hicieron en tándem. Un dúo: Roberto Cámara, economista, asesor y viejo amigo de la familia, y Roberto Cámara, notario. Desconocía que Cámara tuviese un hijo notario, pero así era. Incluso, en los prolegómenos de la conversación, el notario Cámara, que vino con un maletón cargado de escrituras, me hizo partícipe de una confidencia: me conocía de referencias porque su mujer, que se llama Susana Álvarez de la Cuesta, estudió conmigo Derecho en la Complutense. Y sí, me sonaba que hubiese una Susana Álvarez de la Cuesta en mi curso. Me sonaba el apellido, al menos, y el notario Cámara acabó de desabrochar mi memoria cuando concretó:

—La recordarás porque su padre era catedrático de Mercantil.

Ya lo creo, pensé. Susana Álvarez, regordeta y empollona. Me pasaba los apuntes de Procesal y yo le ayudaba con el Administrativo. Las dos éramos empollonas (quizá, yo más. Estudié Derecho, pero en cuarto de carrera me matriculé en Económicas. Acabé las dos en menos de ocho años).

—Sí, la recuerdo. ¿Qué vida lleva? —pregunté con algo de nostalgia.

—Trabaja en el Ministerio de Hacienda, en la Dirección General de Presupuestos.

A partir de ahí, entramos en materia. El padre venía con un estado de cuentas y extractos bancarios con información de fondos y demás. El hijo, con las escrituras de todos los bienes. El padre quería hablar primero, pero el hijo se empeñaba en volver sobre su mujer, la universidad, mi experiencia inglesa y demás cuestiones que no venían al caso. Y yo no tenía interés en esos asuntos; por eso les propuse llevar un orden. Primero el testamento y luego todo lo demás.

—El testamento es el de hermandad que tus padres firmaron hace años. No tiene salvedades por lo que eres la única heredera de los bienes de tu difunto padre. De todos modos, vamos a indagar en todas las notarías para el supuesto de que existiera un certificado de actos de últimas voluntades de don Ian. Te adelanto que, salvo sorpresa mayúscula, no existe. Pero hay que seguir el procedimiento.

—Entonces, vayamos a los bienes. Bien sabe usted, señor Cámara, que mi padre jamás comentó conmigo nada referente a sus asuntos económicos, a pesar de que trabajo en un banco. No necesitaba mi ayuda.

—Al tener la doble nacionalidad, tu padre tenía cuentas en España, Reino Unido y Gibraltar. Alguna en tu banco.

Realmente sabía muy poco de las cuentas de mi padre porque, voluntariamente, así lo decidí en su momento. Tan solo lo que el cotilla de tío Errol me había adelantado en Edimburgo: que heredaba varios millones de euros.

Según las notas de Cámara, mi padre era titular de veinticuatro cuentas, y allí había de todo: desde saldos hasta fondos de inversión, acciones de empresas que cotizan en bolsa, depósitos en dólares y libras, estructurados, una participación del cuarenta por ciento en una sicav… Había mucho, la verdad. Unos doce millones de euros (la vida resuelta), ladrillo al margen. Muchísimo dinero. Tanto que puse una cara de sorpresa enorme cuando leí la hoja en la que estaban resumidas las posiciones bancarias, y eso le hizo intervenir a Cámara padre:

—En estos documentos que te entrego (me pasó una carpeta con unas setenta hojas) está el detalle de todo. Los remitiré en una hoja de cálculo si lo prefieres.

—Sí, lo prefiero

—Esta es la parte de dinero líquido, para entendernos. Luego está la otra parte...

—La del sólido, ¿no? —pregunté con una gran carcajada.

—La otra parte, sí, es la sólida. Viviendas, locales, suelo. De todo ello tenemos las escrituras originales, por expreso deseo de tu padre. Hace muchos años me dijo que prefería que yo custodiara todos los documentos de compra.

Intervino Cámara el notario.

—Las propiedades a las que alude mi padre, y cuyas escrituras traigo...

Hizo un ademán para abrir su cartera y me salió un gesto espontáneo con las manos.

—No es necesario. Me mandas un *e-mail* con los documentos digitalizados y lo veo con detenimiento en casa. Pero otro día, que hoy no tengo el ánimo para revisar escrituras.

—Bien, como gustes. Pero es que hay alquileres que se cobran por encargo de tu padre. Vamos, los cobraban en la asesoría y se ingresaban en las cuentas que tu padre había indicado. Son los que habrá que cambiar.

—Insisto: me envías el detalle por correo electrónico y lo veo. No esperaba que en esta reunión fuésemos a realizar un inventario...

—Es que debemos de ponerte al día —respondió el padre circunspecto.

—Además, tienes que pasar por la notaría y aceptar el testamento para, a continuación, cambiar el titular de las cuentas, propiedades, fondos y demás. Como sabrás, en Madrid el impuesto de sucesiones entre padres e hijos es muy bajo y tienes seis meses para hacerlo efectivo.

—Conforme. ¿Cuándo quedamos?

—Mañana a las nueve en mi despacho. Puedes venir andando. Está a la vuelta de este edificio, en la calle...

Me extendió una tarjeta.

La reunión iba a tal velocidad que en algo más de un

cuarto de hora me habían puesto, más o menos, al día. Pero no dejaba de mosquearme el gesto de preocupación que mostraba Cámara padre cuando hablaba su hijo y yo hacía como que me caía de un guindo. Que me caía, pero no tanto. Intuía que mi padre era un hombre con posibles, pero no era el día para hablar de dinero.

Quise proponerles tomar una cerveza, pero caí en la cuenta de que en aquella casa no habría cervezas porque a papá no le gustaban. Mi padre aplacaba la sed o con agua o con güisqui. O con los dos líquidos mezclados en su proporción debida.

—Me gustaría servirles algo de picar, pero es que en esta casa hay muy poco de comer —dije como quien no quiere la cosa—. No he tenido tiempo para ir al súper...

—Muy agradecidos, Marta —respondió el padre—. Ya nos tomaremos algo la próxima ocasión.

—Si me lo permite, quisiera preguntarle algo, señor Cámara.

—Adelante —dijo el padre.

—¿Cuál es la situación laboral de María de la Victoria, nuestra asistenta? —disparé.

A Cámara le cambió el gesto.

—De eso queríamos hablarte, Marta. Verás...

Les dije que me iba a la cocina para traer agua. Y lo hice. Pero yo me serví un güisqui, un Talisker 18 años, que tanto le gustaba a mi padre (y al escritor Robert Louis Stevenson, que fue su principal propagandista cuando escribió que ese licor era el rey de las bebidas). Los Cámara no dijeron nada porque conocen a los MacDonald y saben que nosotros bebemos a cualquier hora del día, con mesura.

Recordando a mi pobre padre —y también para romper el formalismo verbal y gestual que teníamos— les aderecé la misma broma que él hacía cuando abría una botella en presencia de amigos (más bien conocidos) de poco trato:

—Este güisqui debe de beberse con moderación: esa es la

norma. Nueve o diez vasos es un refresco razonable, ya que después de eso se tiende a degenerar en la bebida...

Los Cámara rieron de manera forzada. Seguro que conocían el dicho, pero hicieron como si no lo hubiesen escuchado jamás. Ellos bebieron agua, más que nada para aclarar la voz. Yo ignoraba qué venían a contar y me dejé caer en un sillón para saborear el *uisge beatha*, el agua de la vida que dicen en gaélico. No presagiaba nada bueno.

El primer güisqui lo tomé de trago cuando Cámara padre dijo de sopetón:

—Diez días antes de fallecer, diez días exactos, recibí un *e-mail* de tu padre en el que me explicaba esto.

Me pasó una copia impresa del correo electrónico, que ni siquiera miré.

—Ahí tu padre me comenta que, al margen del testamento, quiere que cuando la asistenta María de la Victoria Navarrete cumpla sesenta y cinco años y deba de jubilarse, se le haga un pago de 60 000 euros para compensar su dedicación a la casa. Me añadió que, si era necesario cambiar el testamento, porque él podía fallecer antes, lo haría.

Intervino Cámara hijo:

—Yo estaba preparando un documento porque tu padre quería que la beneficiaria lo supiera en el momento de firmarlo. Vamos, para este mismo mes. Le mandé un borrador con una síntesis, pero eso fue poco antes de su fallecimiento y no tuve respuesta.

—¿Y usted cree que la señora lo conoció, que llegó a ver ese texto? —pregunté mostrando asombro.

No me sorprendió exclusivamente el dinero, que en sí mismo era una barbaridad, sino por la generosidad de mi padre. El señor MacDonald siempre había sido bastante mirado con los asuntos económicos.

—No lo sé. En cualquier caso, considero que se ha quedado en una mera intención sin validez legal alguna. Excepto que de este *e-mail* tuviese una copia la mencionada María de la Victoria con explicaciones de don Ian. U otros documentos o comunicaciones que le hubiese entregado tu padre. Eso deberías de averiguarlo tú.

Me serví otro güisqui. Este con agua, para despegar las capas de la bebida, como decía mi padre. Di un sorbo generoso y me incorporé sobre el sofá.

—Les había preguntado por la situación laboral de María, pero veo que hay más sorpresas. Yendo al grano: ¿cuál es su sueldo mensual?

—970 euros netos por catorce pagas —dijo Cámara padre sin revisar un papel.

—¿Desde cuándo trabaja en la casa?

—Desde hace nueve años y siete meses.

—Si la despidiera, ¿cuánto tendría que pagarle?

—Eso no lo puedo responder ahora mismo. Hay que calcular el finiquito —respondió el padre atusándose el pelo. Añadió:

—¿Quieres despedirla?

—Algo tengo que hacer porque en días llega a Madrid un matrimonio que ya trabajaba conmigo en Londres. Trabajaba ella, vamos. Es la segunda madre de Laura, mi hija. Como si fuera de la familia... Vivirán aquí, en la casa de la entrada, la de invitados.

—Tienes un problema —dijo Cámara hijo.

—Que todos los problemas sean como este... —solté sin darle mayor importancia.

—De todos modos —interrumpió Cámara padre—, está el documento que estábamos preparando sobre los 60 000 euros. No tiene validez porque es un texto incompleto, pero esa era su voluntad...

—La intención de hacer una donación a la señora Navarrete ya la conoce la interesada —les comenté mirando su cara de desconcierto—. Desconozco más detalles. Lo sé porque ella me lo ha dicho. Pensaba que podía ser una jugada de farol o un chantaje, pero veo que no. María de la Victoria no me habló de cantidad alguna, añado.

Los Cámara se observaron, pero no hicieron comentario alguno. Y yo me acabé el segundo güisqui mosqueada porque con tanto circunloquio, tanto juego florentino, tanto baile de máscaras veneciano estaba comenzando a perder la paciencia. Me puse en pie, resoplé y fui al grano:

—Vamos a hablar sin rodeos, señor Cámara. ¿Mi padre estaba liado con María de la Victoria Navarrete Sagasta? ¿Sí o no? Por favor...

El asesor miró a su hijo, que ya miraba al suelo. Se miró las manos. Luego, los zapatos. Miró por la ventana. Y cuando ya no le quedaban lugares para mirar se dirigió a mí. Me miró, justo es decirlo, pidiendo árnica. A fin de cuentas, los Cámara eran, en este asunto, unos mandados.

—Veamos, Marta. No sé si liados o qué. Pero tu padre no tenía en consideración a María de la Victoria como si fuera exclusivamente su empleada doméstica. Era otra cosa.

—¿Qué otra cosa? —pregunté tozuda porque la conversación estaba llegando a un punto que me irritaba. No era precisa tanta perífrasis para contar lo que estaban describiendo.

—Lo que había entre tu padre y María de la Victoria solo lo sabían ellos. Pero he de decirte que tu padre me dijo recientemente que era feliz con su asistenta. Incluso proyectaba hacer un viaje por Escocia para que ella conociera su país de origen...

—Vamos, que la única que no sabía nada de este lío sentimental era yo, su hija...

Se hizo un gran silencio, que yo misma rompí para intentar acabar la reunión.

—Volvamos al despido. Me gustaría saber qué necesito para hacer efectivo el despido y qué costará el finiquito.

—Hombre, Marta, no actúes por despecho —dijo Cámara el notario.

No iba a actuar por despecho porque María no me parecía una mala persona, a pesar de la conversación del día anterior. Lo que hubiese habido entre mi padre y ella era cuestión de los dos, personas mayores. Ni siquiera pensaba que María se hubiese podido camelar a mi padre, que era hueso duro de roer en semejante materia. Al menos esa era la imagen que yo tenía de él.

—Señores: el asunto del servicio en esta casa lo tengo resuelto, como acabo de indicar —dije a los Cámara elevando un poco el tono—. Lo que quiero saber es cómo arreglo lo de María del mejor modo, porque ella no tiene culpa alguna. Ni de que se haya muerto mi padre, ni de que fueran amantes, ni de que yo vuelva de Londres, ni de que mi hija quiera a su *nanny*... Ninguna culpa. Y si hay que pagar lo que sea de más, también lo haré.

—En ese caso, primero prepararemos el finiquito. Otro asunto diferente es que ella tuviese algún documento que probase que tu padre quería hacerla beneficiaria de lo que antes he mencionado. Sería extraño, pero puede ser. Insisto: deberías de mirar en los papeles de Ian, en su ordenador.

—Voy a hacer todo eso y les adelanto que María ya tiene un documento, o lo que sea, enviado por mi padre.

Quería decir, también, que el asunto de la asistenta no era menor para mí, ya que tenía un compromiso firme con Eli y con Rivero (que llegaban a nuestra casa en, más o menos, tres semanas), y que por muy millonaria que fuese a partir de la aceptación del testamento no era viable tener a dos señoras en casa haciendo el mismo trabajo. Ni lo necesitaba ni era procedente. Cuestión distinta era no perjudicar a María, que bastante perjudicada debía de estar si lo de mi padre y ella había sido como me lo acababan de contar. Quería decir todo lo anterior, pero vi entrar a Laura sujetando de la correa a Lobe que, a su vez, se arrastraba por el suelo evitando que lo llevaran al cadalso.

—¡La que ha liado Lobe, mamá! He subido arriba diez minutos para ir al baño y ha entrado en la huerta: ¡lo ha arrancado todo!

Salí pitando para la huerta, que está a la entrada rodeada por seto y una puerta metálica totalmente camuflada entre la vegetación. Nadie se había fijado en nuestra huerta y sus frutales con anterioridad. Nadie, excepto el *malamute* llamado Lobe, que vio la puerta abierta y se dedicó a arrancar las matas de las alubias, las tomateras, los pimientos, las lechugas, las patatas, los puerros... De haber estado vivo, mi padre se hubiese muerto allí mismo. Del sobresalto.

Los Cámara vieron la escena y dijeron que se iban, que les comunicara lo que decidiese, que preparaban el finiquito y que tal y cual. Cámara el notario, además, me comentó que el forense que había practicado la autopsia a mi padre era primo carnal de su mujer.

—Tu padre fue encontrado muerto y alguien avisó al 112.

—Mi tío Errol.

—Bien: los médicos del 112 llamaron a la Guardia Civil, que a su vez avisaron al juzgado y luego intervino Alfonso Cervera, nuestro primo forense. Me ha informado Alfonso de que tu padre tenía el corazón un poco grande, una leve hipertrofia, y con unas coronarias que tenían una obstrucción de entre un 50 y un 75% de luz. Literal. Dice Alfonso que esa patología indica poco: puede ser la causa del fallecimiento o no. Y no ser en sí misma la causa.

—Vaya lío —afirmé.

—Es el procedimiento ordinario —comentó Cámara el

notario—. La causa del fallecimiento es lo que ellos llaman muerte súbita de probable origen cardíaco. Las muestras que se recogieron en la autopsia las enviaron al Instituto Nacional de Toxicología y Ciencias Forenses. Ya sabes, sangre, humor vítreo…

—No conozco nada de esa materia.

—Lo decía por precisar. Sin más. En unas semanas tendremos el resultado de los análisis y las conclusiones sobre el origen del deceso.

—Sí, sí. Pero ¿a quién se le comunica el informe final?

—Al juez.

—¿Lo conoces?

—No. Pero me puedo enterar.

—Hazlo. Sin prisas, pero hazlo. No sé, a mí todo esto me huele mal…

Los despedí en la puerta de la calle; en la cocina me esperaba Laura.

—Mamá: hay que hacer la compra. ¿Preparamos la lista?

—Sí. Voy a mirar antes las neveras y la despensa. Apúntame en un papelito las cosas que tú quieras.

16
Llave de seguridad

Cuando se fueron los Cámara comencé a preparar la lista de la compra porque la despensa tenía telarañas. Ignoro si mi padre comía y cenaba fuera de casa a menudo, pero lo cierto es que la cocina estaba muy escasa de provisiones. Había bastante vino, casi todo de Rioja (y más en la parte trasera del garaje, vino que mi propio padre elaboraba con la uva de sus viñas, las del huerto), mucho güisqui, algo de ron, alguna botella de ginebra desconocida, coñac francés y otros destilados y licores. Comida, casi nada. Además, la casa no estaba en condiciones. No digo sucia, no. Pero tampoco lo limpia que me hubiera gustado.

Ante esta situación hice dos cosas: llamé a Eli para preguntarle qué día venía y me dijo que tenía problemas con los vuelos a Madrid. Ahí me di cuenta de que no le había dejado dinero para el viaje; solo para los bultos. Le comenté que no se preocupara. Con mi móvil británico llamé a la agencia de viajes del banco en Londres y arreglé el asunto en menos de diez minutos. Les dejé el teléfono de Eli y quedaron en llamarla para entregarle los billetes. Un asunto resuelto.

El segundo también lo arreglé con una llamada a María. Le pedí que durante las próximas cuatro semanas siguiera viniendo a casa, en las mismas horas que lo hacía con mi padre. Se quedó tan encantada que me sugirió ir esa misma mañana. Le dije que no. Que la esperaba al día siguiente. Teniendo los deberes hechos tomé el Range y me llevé a Laura al súper.

Hice una compra muy grande en un Alcampo y pedí que la llevaran a casa. Entre el fárrago de bolsas había tres juguetes para Lobe, porque recordé que un perro de tan corta edad necesita juguetes con los que entretenerse. Cuando regresamos, Errol nos estaba esperando en el salón viendo por televisión un torneo de golf. Sin que me diera tiempo a saludarlo, se puso en pie y estiró su brazo derecho mientras decía:

—Te entrego la llave de esta casa. Ya no la voy a necesitar…

Me salieron las palabras sin pensarlo.

—Quédate la llave, por favor, Errol. Aquí no ha cambiado nada.

Asintió. Luego se llevó la mano derecha al bolsillo y sacó otra llave:

—Toma —dijo—. Es la de mi casa. Tu padre la tenía hasta hace unas semanas. Me dijo que la había extraviado y, como es de seguridad, han tardado unos días en hacerme una copia. Me gustaría que se guarde en esta casa de nuevo. ¿Conforme?

—Sí, me parece bien. Quiero que hagas, a partir de ahora, lo mismo que hacías con mi padre: vienes cuando quieras, estemos o no, sorpréndenos con alguna comida, tómate un güisqui conmigo… En fin: lo propio de la familia, ya sabes.

Se acercó para darme un beso y abrazarme.

—Gracias —dijo—. ¿Y el perro?

—Ahhhh, es verdad: no te lo hemos presentado.

Laura intervino:

—Está en su caseta, tío. ¿Vienes?

Salimos y nos encontramos a Lobe durmiendo, estirado.

—Qué cosa tan bella —dijo Errol poniéndose en cuclillas.

Acarició al perro, que lo miró con indiferencia. Movía la cola, pero seguía tumbado a lo largo.

—Como te dije, se llama Lobe, tío. Es un *alaskan malamute*.

—¿Love?

—Noooooo, tío. Lobe, de lobezno.

—Ah, Lobe. Muy bien. ¿Quieres que esta tarde lo llevemos al parque de la urbanización, Laura?

—Por supuesto que sí. Me encantaría.

—A las siete vengo a buscaros. Ahora me voy. Tengo que arreglar el contrato del marido de tu *nanny*. No se me ha olvidado…

—Muchas gracias —dije—. Te comentaré algo más: José es una persona tan buena que tu empresa de jardinería ha hecho el mejor fichaje de su historia. Con decirte que era uno de los encargados del campo del Chelsea, de Stamford Bridge…

—Oohhh, eso sí que es una novedad, querida. Y la mejor tarjeta de presentación. A las siete nos vemos. *Bye*.

Era una exageración, pero me quedó bien.

Mientras Errol se iba por el jardín, estaban llamando a la puerta: traían las bolsas del supermercado. Unas treinta y cinco. O cuarenta, qué sé yo. Muchas. Sentí pánico cuando pensé que no sabría cómo distribuir la compra en el frigo, el congelador, los armarios de la cocina y la despensa. Se me ocurrió que, echándole cara, porque hacía horas que había rechazado que viniera a limpiar, podía llamar a María de la Victoria para que colocara todo en su sitio y vaciara las primeras doce cajas que tenía en el garaje con la ropa de Londres para colgarla en armarios, y eso es lo que hice. La mujer me respondió que iba al momento, acompañada por su hija, para hacer el trabajo más rápido. Me pareció bien porque suponía un alivio; nunca fui ni gran cocinera ni mucho menos una buena organizadora de armarios de cocina o ropa, ni cosas semejantes. Doy pena (y parezco una pija, me temo).

No pasaron diez minutos y ya estaban en casa. La hija,

María a secas, no tenía el pelo rubio como la última vez que la vi: ahora era castaño, con coleta, y seguía igual de bella. Desembolsaron la compra en un santiamén, subieron las cajas de DHL del garaje y en otro santiamén dejaron entre madre e hija la cocina, el frigorífico, los congeladores, la despensa y los armarios de mi habitación en perfecto estado de revista. Como no tenía ganas de cocinar propuse a Laura ir a una pizzería que está cerca y elegir lo que quisiera, con una condición: que lo llevásemos a casa. Quería almorzar *pizza* con vino tinto. Una excentricidad que me gusta desde la primera vez que la probé. Mi hija quería hamburguesa, pero al final la convencí.

—¿Podemos llevar a Lobe en el coche, mamá?

—A los perros no les dejan entrar en los restaurantes y pizzerías.

—Puede esperarnos en el coche...

—Mira, Laura: no. Te lo voy a explicar. La temperatura es alta y el perro no puede soportar estar cerrado dentro del auto, achicharrándose. Podría, incluso, morir por un golpe de calor. Pero es que hay más: un perro de esta edad nos destroza el interior del coche en diez minutos. ¿Lo comprendes?

—Claro, claro —respondió Laura mansamente.

Despedí a las Marías y, discretamente, metí a la hija, en un bolsillo trasero de su vaquero, un billete de cincuenta euros. Ella me lo agradeció con una sonrisa. Noté entonces que tenía los ojos como hundidos. Algo hundidos. Seguía siendo, como dice mi hija Laura de alguna de sus amigas, un pibón.

Cuando regresamos con las cajas de la pizzería me fui directa al garaje para buscar una botella del vino que elaboraba mi padre, vino del año, tipo beaujolais. Su bodega, siempre a temperatura constante porque se encuentra climatizada, estaba bastante completa. No es que mi padre produjese una gran cantidad de litros con sus cepas de la uva tinta del país, el tempranillo. El vino que madura temprano, que hubiese dicho don Ian MacDonald. No era eso: pensé que había bebido poco o, quizás, había regalado poco. O que la cosecha no había sido todo lo buena que él hubiese esperado. Tomé dos botellas, las miré al trasluz y tenían un aspecto imponente. Regresé a la cocina y allí estaba Laura dándose un atracón de *pizza* con Coca-Cola; tenía a su vera al perro Lobe, sentado sobre sus patas traseras, observándola con esa mirada de angustia que solo los canes saben utilizar cuando nos quieren romper el corazón.

La *pizza* era de queso y jamón con vegetales: pimiento, champiñones, algo verde que no logré identificar, aceitunas negras y cebolla. La sorpresa llegó con el vino *made by* IMC, que estaba excelente. Lo estaba tanto, y tenía tanta necesidad de vino, que entre mordisco y mordisco me acabé la botella. Noté que me encontraba muy locuaz y, a la vez, tenía algo de sueño. Cuando acabamos de comer me fumé un cigarrillo con un dedal de güisqui y le dije a Laura que me iba a la siesta.

—Buenas noches —respondió mi hija.

A Laura no se le escapa una.

A las siete llegó Errol por el jardín. Yo estaba ordenando ropa en la que había sido mi habitación y Laura jugaba con el perro. Me puse a hablar con mi tío de cosas sin trascendencia, sobre todo relativas a la urbanización y los vecinos. Errol hacía muecas y me adelantó que aquel grupo de vecinos idílico que había soñado mi padre era pura historia. La urbanización seguía teniendo portero, pero era nuevo y no se le notaba especial interés por su trabajo. El primigenio se había jubilado hacía unos meses y el nuevo, que se llama Antonio, todavía no se conocía los nombres de los inquilinos.

En la parte vegetal también había novedades porque el

nuevo portero ya no se ocupaba de nada: simplemente estaba en su garita, repartía la correspondencia y sacaba las basuras. El cuidado de los jardines, de los árboles, los arbustos, la vegetación, en suma, estaba a cargo de una empresa local que no satisfacía a nadie. Menos a Errol, que conocía del negocio pero que, a su vez, no tenía interés en que su sociedad fuese proveedora de servicios en la urbanización. Me dijo que llevaba semanas hablando con empresas del ramo y estudiando presupuestos porque la For no debía de seguir con las zonas verdes tan desmejoradas. Yo no había notado nada.

Una hora y media más tarde salimos por el jardín y nos encaminamos a la zona de perros, que linda con nuestra casa en uno de sus laterales: es un rectángulo de unos ochenta metros de largo por veintipico de ancho, aproximadamente. Una idea de mi padre que llamó la atención en sus comienzos porque significaba que los promotores de la urbanización renunciaban a edificar otra casa más en detrimento de un espacio para el disfrute de los perros.

La zona estaba bastante concurrida: al menos ocho perros y unas diez personas, cada una por su lado, la mayor parte hablando por sus teléfonos móviles. Entramos y Lobe se puso a husmear. Luego fue meando por las esquinas y, cuando se encaminó hacia el centro, en donde estaba una perra de color chocolate, salió de no sé dónde un *setter* inglés blanco moteado de negro que fue derecho y al trote contra Lobe. Nuestro perro quiso jugar, pero el *setter*, macho como el nuestro y mucho más grande, lo enganchó del cuello con sus colmillos, lo zarandeó y se organizó un barullo monumental porque Errol y Laura trataron de separarlo y se llevaron sendas tarascadas. Todo fueron gritos, lloros y una angustia exasperante porque el *setter* había mordido bien el cuello de nuestro cachorro y no lo soltaba.

Fueron segundos de congoja hasta que desde el fondo del jardín vimos llegar corriendo a una persona y tirarse en plancha sobre el *setter* tratando de separarlo del nuestro. Cuando al fin lo consiguió Lobe aullaba, Laura lloraba, Errol se mesaba el cabello y yo estaba paralizada: la persona que había separado a los perros era Agustín Parra Jiménez, compañero en la Facultad de Derecho, el hombre que a los diecinueve años me había desvirgado. Y yo a él.

Agustín, que no se había dado cuenta de que yo estaba allí, tenía a su perro tumbado, sujetándolo por el cuello y tratando de que recobrara el ritmo normal en la respiración. Laura había atado a Lobe y estaba tras un árbol. Cuando Agustín se puso en pie y me reconoció, pegó un grito de campeonato:

—Martaaaaa, por favor: ¡no me lo puedo creeeeeer!

Sin esperar una respuesta me dio un abrazo. Luego, dos besos. Que yo correspondí. Más tarde, me preguntó:

—Pero ¿qué haces aquí? ¿No vivías en Londres?

—Eso te lo contaré más adelante. Soy la dueña del perro que tu *setter* ha intentado asfixiar. Bueno, en realidad la propietaria es aquella joven que nos mira con miedo detrás del árbol: Laura, mi hija.

—No me lo puedo creer, Marta. Es que estoy atónito...

Tío Errol, que venía de revisar a Lobe, llegó hasta nosotros para informar:

—El *malamute* sangra del cuello. Creo que hay que llevarlo a un veterinario...

—Vamos de manera inmediata al mío, que está aquí mismito, bien cerca —dijo Agustín—. Déjame que lo llame.

Eran casi las nueve y el perro Lobe acababa de conocer en qué consiste la dominancia de los perros del mismo sexo. El veterinario le tuvo que dar tres puntos de sutura en la papada y yodo en una oreja y en el belfo superior. Así estrenó Lobe el parque de la For.

Agustín, por su parte, llevó el perro a su casa, la 7, nos acompañó al veterinario, pagó la factura del desaguisado, nos escoltó hasta el jardín y no tuve más remedio que pedirle que pasara y se tomara algo, aunque fuese agua. No nos habíamos visto en los últimos quince años. Era un tipo interesante y había sido el primer amor serio de mi vida, asunto que acabó cuando comencé a tontear con un vecino de la urbanización que estudiaba Medicina. Historia pasada. Muy pasada.

Mi tío se fue a la 18, Laura estuvo haciendo mimos a Lobe y Agustín y yo tuvimos tiempo para contarnos las vidas, incluida mi separación de Justin. La suya era más escabrosa que la mía: su mujer, Cuca Iribarren, había fallecido veinte meses atrás en un accidente de coche, con treinta y seis años, cuando el auto que conducía chocó de frente contra un kamikaze que en la autovía de Madrid a Pozuelo circulaba en sentido contrario. Agustín tuvo únicamente una fractura abierta del fémur izquierdo que, según me contó, prácticamente había superado. Es auditor, trabaja en la mayor empresa del sector y recientemente lo han ascendido a socio. Me dijo también que su tío, un empresario muy acreditado en Madrid fallecido soltero tres años atrás, lo nombró uno de sus herederos y que con parte de la herencia se compró una casa en la For hace año y medio. Desconocía que la urbanización hubiese sido proyectada y diseñada por mi padre y construida por mi tío. Y que papá hubiese fallecido recientemente.

Comentó que estaba saliendo de un túnel muy tenebroso y que vivir en la For le había dado nuevos impulsos. Que le había sentado muy bien, aunque la casa le parecía enorme (y lo es) porque vivía solo. Le dije, mientras nos tomábamos un platito de jamón con picos y regañás, unos vasos de vino tinto y, más tarde, unas gotitas de güisqui, que me había hecho una ilusión enorme volvernos a encontrar, aunque debía de controlar más a su perro.

—Jamás le vi atacar, créeme, Marta. Seguro que había una hembra de por medio. Tiene algo más de cuatro años...

—El nuestro tres meses y pico, casi cuatro, y por poco no lo cuenta...

—No volverá a pasar. Si es preciso lo saco con bozal —me respondió entre carcajadas.

Laura, que lo miraba todo a lo lejos, estaba demudada. Lobe jugaba con una pelota de goma y lo probable es que ya no se acordara del empellón que el *setter* de Agustín le había regalado. Así nos despedimos, pero ya en la puerta del jardín, le dije:

—Agus: me encanta haberte encontrado. ¿Por qué no te vienes a cenar el sábado?

—¿Pasado mañana?

—Sí, el sábado. Es que no sé exactamente en qué día vivo. Desde que murió mi padre y resido aquí estoy algo descolocada con las fechas y los días de la semana.

—¿Si saliéramos a cenar fuera?

—¿Y qué hago con Laura?

—Coño, es verdad. Se me había olvidado.

—Entonces, ¿te espero?

—Claro. Pero yo traeré el primer plato, el postre y unos bombones. ¿Te parece bien?

—Pues yo te sorprenderé con un segundo de rechupete, un vino superior y el mejor güisqui escocés.

—Hecho.

Nos dimos dos besos, un abrazo y se fue en la oscuridad de la noche. Madre mía, qué descubrimiento.

17
La obra de tres meses

—El finiquito de doña María de la Victoria Navarrete, la asistenta de tu padre, asciende a...

—No me interesa la cantidad, señor Cámara, al menos por el momento. Quiero consultarles otra posibilidad.

Estábamos reunidos en el despacho de Roberto Cámara padre. Por un despiste mío, uno más, me había presentado en su oficina a la hora acordada creyendo que la reunión era allí y no en el despacho de Cámara el notario. Pero los Cámara trabajaban en portales casi contiguos de calles que se cruzan y lo que al comienzo me pareció una metedura de pata solemne acabó siendo un simple contratiempo: el notario llegó al despacho de su padre cargado de papeles que sobresalían de sus maletas, ya que la distancia era mínima. Quizá por el vino que había tomado la noche anterior o por el estado de nervios que arrastraba, me arrostré. Estaba acostumbrada a no dar la espalda cuando llegan los problemas porque lo que no se resuelve bien, y en su momento, se queda colgando de por vida. No era ese mi propósito.

—Volvamos al principio, don Roberto. Fallece mi padre, usted me comunica que él le había pedido redactar un documento en el que se reconociese, de forma dineraria, los derechos que le asistían a su asistenta María de la Victoria por su trabajo en estos años o por amorosa generosidad, pero que no sabía si la interesada conocía ese propósito hasta que yo le comenté que sí. ¿Voy bien? —pregunté.

—Vas bien.

—Entonces me gustaría conocer el texto que, supongo, usted tenía preparado para enseñar a mi padre...

—No vas bien, Marta. Ese documento, el definitivo, se quedó sin escribir. Redactamos un borrador, que se lo envié a tu padre; ya te lo dije. Pero no me gustaba y lo eliminé. Luego pasó lo que pasó, ya me entiendes... Por favor, dame unos días.

—Me gustaría que lo hiciera y, cuanto antes, mejor. He hablado con María de la Victoria y le he pedido que siga, al menos, un mes más. Pero cuando venía para esta oficina he pensado que, de momento, no voy a tomar decisión alguna. Seguirá trabajando y veré las disfunciones, si se producen, cuando lleguen Eli y José. La *nanny*, además de imprescindible, es muy buena cocinera. Si yo quiero no se verán, porque María estará en nuestra casa y Eli en la de invitados.

Cámara padre se quedó sorprendido —eso lo había notado al segundo de comenzar a hablar—, pero recondujo lo que, seguro, tenía previsto decirme e improvisó un discurso. En resumen: le parecía bien lo que acababa de decir, estaban a mi servicio y en cuestión de días me haría llegar por *e-mail* el famoso documento sobre la donación de 60000 euros al término de la relación laboral. Ya no hablamos más de la cuestión, pero sí de otra.

—Para hacer las cosas bien, como es debido, lo primero es que aceptes la herencia, se liquide a Hacienda y tengamos una cuenta corriente en la que hacer los ingresos por arrendamientos y los pagos de lo que corresponda.

—Se la doy ahora mismo. ¿No recuerda que trabajo en un banco español?

—Carajo, es verdad —dijo Cámara padre—. Disculpa. Me había hecho un lío mental.

—¿Y lo relativo a la herencia? —pregunté al hijo notario.

—Lo vemos ahora mismo, si quieres. Está todo preparado...

Abrió sus dos carteras.

—Lo tengo aquí. Ya te he enviado al *e-mail* que me diste

un archivo Excel con las propiedades, cuentas, depósitos, fondos... Con todo. ¿Hay algo que te interese en concreto?

—Todavía no he visto el archivo al que haces referencia. Era solo por curiosidad. Supongo que no me llevaré sorpresas. Quiero decir: mi padre, supongo, no era propietario de una residencia de monjas...

Los Cámara se rieron y con ganas. A ese punto quería llegar. Al del relajo.

—No, no, por favor, Marta. Tu padre fue un emprendedor que tenía muy bien organizada su cabeza. Era arquitecto...

—Bien: si no hay sorpresas, preparas la documentación, la firmo, te mando el número de mi cuenta en el banco y dejamos que todo vaya encajando. Cuando esté todo a mi nombre ya me encargaré de organizar lo relativo a dinero, acciones, fondos, el asunto de la sicav... Todo. Una pregunta: ¿quiénes son el resto de los socios en la sicav?

—Mañana te lo remito por *e-mail*. Y las memorias de los últimos cuatro años.

—Perfecto. Otra cosa, para finalizar: ¿mi padre murió porque le llegó la hora o por otras causas?

Padre e hijo se miraron. La expresión de su cara era insulsa.

—Sorprende la pregunta, Marta —respondió el padre—. Y al menos yo carezco de respuesta.

—A mí me sucede lo mismo. Pero ya te notifiqué que conocemos al forense porque es primo de mi mujer. Este asunto se resolverá a su tiempo, cuando haya informe.

—Si lo que preguntas —intervino de nuevo el padre— es: ¿sospechamos algo? La respuesta es no. Lo hemos hablado. Un fallo cardiaco lo puede tener cualquiera. Cualquiera de los que estamos aquí, por supuesto.

Terció el notario:

—Vamos a esperar. Pero seguro que fue una muerte natural. Ya lo verás, Marta —comentó el hijo poniendo su mano en mi hombro—. Hablando de otras cosas menos trascendentes: Susana quiere que vengas a casa y cenemos juntos. ¿Puedes este sábado?

—Uyyy, qué casualidad: este sábado no es posible. Dile que he quedado con Agus...

—¿Con quién?

—Con Agus. Ella sabe a quién me refiero. ¿Fin de la reunión?

—Creo que sí —respondió el padre—. Seguimos en contacto por vía telemática. Y, por favor, facilítanos el número de tu teléfono móvil...

—Ahora mismo. Un momento que no me lo sé...

—Lo mandas en un *e-mail*.

Cuando llegué a casa me dio por fijarme en los detalles escénicos y llamé a la decoradora Castillo. Me dijo que estaba con una clienta y preguntó si era algo urgente.

—Quiero que vengas esta mañana. Sin excusas.

—Dame tiempo. Ahora estoy en una casa tomando medidas.

—De acuerdo. Pero de esa casa te vienes a la mía, ¿sí?

—Venga, vale, de acuerdo.

Le faltó decir: vale, pesada. Subí a mi habitación, conecté el iPad y vi un *e-mail* de Justin deseándome suerte, otro de mi antiguo jefe en Londres pidiéndome que llamara a Fernando Rivas, director general de Recursos Humanos del banco en Madrid, un tercero de mi amiga Helen preguntando cómo me encontraba y un cuarto de Laura. Decía mi hija que era de prueba. Me quedé pensando en que tenía que comunicar a unas cuantas personas mi nueva vida, mi nuevo número de teléfono móvil y mis ganas de vivir. Pero como había traído del despacho de Cámara fotocopias de tantísimos papeles y escrituras me dediqué a hojearlas para hacerme una idea de lo que eran mis nuevas propiedades.

También pensé en que, tan pronto como pudiera, tenía que abrir una cuenta nueva en otro banco diferente al mío y me vino a la memoria el nombre de Carmela Zarza, otra compañera de la Facultad de Derecho, que trabajaba en Bankinter. Mejor tener cuenta en un banco pequeño, razoné. Estaba en el lío de papeles cuando sonó el timbre de la puerta y bajé. Era Ana Castillo, totalmente despeinada.

—Buenos días, Marta. Hay un bochorno... —dijo a modo de presentación.

—Lo noto en tu pelo, querida. Iba a preparar café. Bueno, no: té. ¿Te apetece?

—Claro.

—Vamos a la cocina.

Calentando el agua para la infusión también se me fue calentando la boca. O la lengua. El caso es que con las tazas en la mano le dije sin miramientos:

—Este fin de semana voy a comprarme todas las revistas de decoración que encuentre en los quioscos. Luego, miraré más por Internet. Y el lunes nos vemos porque quiero que empieces el martes.

Se le abrieron los párpados. Dejó su bolso sobre la placa vitrocerámica y me respondió con una pregunta.

—¿Crees que se trabaja así? ¿Crees que una decoradora puede, en tres días, preparar un proyecto como el de esta casa? ¿Lo crees?

—Por supuesto que sí. Mira, Ana: todo es más sencillo de lo que parece. ¿Tienes los gremios?

—Tengo los gremios. Pero no sé si estarán a mi disposición.

—¿Y los proveedores de cortinas, muebles, azulejos, electrodomésticos, Corian; lo propio del amueblamiento y decoración de una casa? ¿Los tienes?

—Qué cosas preguntas, querida. Es mi profesión. Claro que los tengo. De confianza.

—Entonces, ya tenemos todo. Te comenté que no quiero obra, excepto los baños. Lo demás es pintura, cortinas, sillas, sillones, sofás, mesas, muebles de cocina... Es decir: de quitar y poner. ¿Es tan complicado?

—Lo es. Todo tiene su complicación en esta vida. Y las reformas en viviendas, mucho más.

—Pongámonos en modo vitalista, positivas. Tienes un mes para ejecutar la obra. Mejor, cinco semanas.

—Necesito dos meses, Marta. Aquí hay mucho tomate porque la casa es muy grande.

—Perfecto. Dos meses. El lunes me enseñas lo que has pensado, yo te muestro lo que he visto y de esa reunión salimos con el proyecto de lo que quiero. No te voy a pedir un presupuesto previo. Quiero que la obra se haga ya. Y saber tus honorarios.

—Lo que me estás planteando es una locura. ¿Y si te digo que voy a cobrar 40 000 euros por este proyecto? ¿Qué te parece? ¿Otra locura?

—Me parece bien, IVA incluido.

La dejé fuera de órbita. Noté que no podía decirme que no, ni tampoco asegurar que el plazo se podría cumplir. Pero Ana se vino arriba.

—Está bien. Tendrás que irte a un hotel. Aquí no te quiero. No sé trabajar con inquilinos dentro.

—Me iré ahí —respondí señalando la casa de enfrente—. A la 18, la de Errol MacDonald. Así te tendré más vigilada. Y cuando acabes esta, le haces la reforma a mi tío. ¿Ves? Dos trabajos consecutivos. ¿Está bien o no está bien?

—¿Tienes ron? —respondió Ana—. Necesito un chute.

—Claro. ¿En una copa?

—No. Se lo pondré al té.

—Te serviré el té en su taza y el ron en una copa. Si quieres, los mezclas en la boca. Pero té y ron en un mismo recipiente… Eso nunca, querida. Soy hija de escocés, recuerda.

Nos tomamos la infusión, Ana un copazo de ron a las once y media de la mañana y se fue de lo más eufórica. Por mi parte tenía un trabajo nuevo: decirle a Errol que viviríamos los tres en su casa no dos, sino tres meses. El tiempo que de verdad iba a durar la obra. Además, había matado dos pájaros de un tiro: si quería ver a Errol en su casa, Ana Castillo debería de darse prisa con la reforma de la mía. Así de sencillo.

Crucé por el jardín interior llevando de la mano a Laura y esta, a Lobe con su correa. Cuando estaba en territorio de mi tío lo llamé por teléfono.

—Errol MacDonald al habla. Dígame.

—Soy yo, tío…

—¿Quién eres? Desconozco el número. ¿Quién me llama?

—Tu sobrina Marta, hombre.

—Eso se dice, coño. El número es desconocido…

Era verdad. Había cambiado de una compañía británica a Telefónica, pero no se lo había dicho a nadie. Así de lista soy en ocasiones.

—En fin, disculpa y graba este número. ¿Estás en casa?

—Claro. ¿Dónde iba a estar con este vendaval?

—Estamos los tres en tu jardín. Si nos abres la puerta, entramos.

—Vaya asalto…

Errol estaba descalzo, la camisa desabrochada y llevaba el pelo revuelto. Todo era por causa del trabajo que había tenido desde primera hora de la mañana con una empresa de jardinería. Me dijo que, al fin, había llegado a un acuerdo para que se ocupasen del mantenimiento de la For. No encontré relación entre lo que decía y su desaliñada vestimenta. En realidad, me importaba poco porque iba a comunicarle una sorpresa.

—Verás, tío: el martes que viene voy a comenzar en la casa de mis padres una pequeña reforma que la va a llevar a cabo tu decoradora de cabecera, Ana Castillo.

—Quiero que me haga una cocina nueva...

—¡Y yo! Y más cosas... Te iba a decir: yo la vi primero, pero sería incorrecto. Lo exacto es: la contraté primero. Y dado que hay que abandonar la casa he pensado que nos podemos instalar en la tuya, para hacerte compañía. ¿Te parece bien?

Errol se pasó la mano por la frente y se revolvió el pelo todavía más. No puso una cara especialmente rara. Es más: creo que le hizo gracia mi desparpajo.

—¿Tengo alguna otra posibilidad? ¿Os puedo pagar un hotel? —dijo entre sonrisas.

—¿Que admitan perros?

—No. Eso sí que no.

—Entonces no tenemos otra alternativa, tío...

—Haré un esfuerzo... Y el perro, por favor, siempre fuera. Pero vigilado. Sé que esta raza tiene una tendencia acusada a escarbar en los jardines, y eso sí que no. ¿Entendido?

Miró a Laura. La joven bajó la cabeza y le dijo a Lobe:

—Ya has oído: no.

—Si es así, adelante. Esta es vuestra casa, un diseño de Ian MacDonald. Un gran diseño, además.

—Claro —respondí.

—Laura: quédate por el jardín o lleva a Lobe a la zona de perros. Quiero hablar con tu madre.

—De acuerdo, tío.

Pasamos al salón y, de entrada, me pareció que estaba en una casa mucho más moderna, más actual. En todo. Le pedí que me enseñara la cocina y ahí radicaba el problema: no la había tocado desde el día que la estrenó. Además de antigua, era fea. No la recordaba así. Regresamos al salón y nos sentamos en un tresillo.

—¿Cómo va el papeleo?

—Va. Esta mañana estuve otra vez con los Cámara. Tengo documentación fotocopiada y muchos datos económicos en una hoja de cálculo.

—¿Hablaste de la sicav?

—Poco. He pedido conocer al resto de los accionistas.

—Ahórrate el trabajo. Somos tu padre, un montón de mariachis...

—Coño, tío: te expresas ya con el genuino lenguaje bancario. Mariachis...

—...un montón de mariachis, noventa y ocho, para ser precisos, y yo. Teníamos previsto disolverla el año que viene. Pero ahora que vas a ser mi socia, espero tu opinión. Quiero que lo mires y me digas algo. Creo que no está suficientemente bien gestionada y nos fríen a comisiones. Eso es todo.

—Lo haré.

—Respecto a la casa, deduzco que te vas a quedar aquí porque no pensarás hacer una obra y luego venderla, ¿no?

—Así es.

—Me alegro. Para mí es un alivio. Sin Ian me encuentro solo. Por favor, no lo olvides.

—No haré nada, jamás, sin hablar antes contigo. Y no tengo intención de irme de esta casa.

—¿Has conversado ya con algún vecino?

—Contigo y con Agus, el del *setter*. Nadie más. Creo que sois los únicos a los que conozco, junto a Fonseca. Agus me dijo que lleva como año y medio viviendo aquí...

—Algo así. Podría ser algo así. Me sonaba su cara. Nada más. ¿Quieres que avise a Fonseca?

La pregunta me sorprendió. No tenía una relación especial con él. Mi padre, sí. Pero yo...

—Si a ti te parece...

—Fue la última persona que vio con vida a Ian. Estuvo en vuestra casa esa misma noche.

—Llámalo.

—Por supuesto, querida. Voy a llamar a Fonseca.

Cuando estábamos acabando un refresco apareció el número 12. El del Aston Martin. Lo vi mejor de cómo lo recordaba. El pelo ya no lo llevaba teñido, pero su cara aparentaba menos años. Si tiene alrededor de sesenta, aparentaba diez años menos. Para mí que había pasado por las manos de un cirujano plástico y lo que fuera se lo habían hecho bien. Mi padre lo apreciaba y yo, no sé por qué, le tenía algo de tirria. Pero estuvo tan correcto y amable que desde esa misma mañana lo cambié de categoría. Era un hombre interesante, ingeniero de minas con empresa propia. Y viudo. Otro más.

Al comienzo de la conversación me sentí algo incómoda. Fonseca hacía continuas referencias a mi padre, sentidas, pero reiterativas. Creo que Errol también captó mi desazón y la conversa se fue por otro camino.

—Estos días, Víctor, he comentado con Marta que la For ya no es esa urbanización de los comienzos. No se ha respetado nada de lo que los fundadores firmamos y nos encontramos con que vivimos en un lugar magnífico, pero que ha perdido el aura. Ni nos relacionamos ni convivimos, no nos conocemos... Fíjate que el propietario del *setter* que ayer atacó al perro de mi sobrina...

—¿Qué pasó? —preguntó Fonseca.

Lo conté en forma rápida y abreviada. Errol continuó.

—Decía que la persona del *setter* es la primera vez que la veía. Y si no es la primera, la segunda o la tercera. Me sonaba su cara. Nada más.

—Lleva aquí hace año y medio. Compró la casa al enviudar —dije.

—La For va a acabar siendo la casa de los viudos —interrumpió Fonseca—. Somos ya casi media docena...

—Pues eso: que no nos conocemos. Y representa un incordio. Sobre todo, a estas edades...

—No pluralices, Errol. Marta y yo somos de otra quinta.

Me hizo gracia la observación. Fonseca se estaba quitando años.

—Lo que quieras. El resultado final es el que digo. Además: hay tres casas vacías, que son de varios bancos. Lo único que se incrementa es el número de perros. Desde que tu padre y yo decidimos aumentar el parque en el que estuvimos ayer, ¿lo recuerdas?...

—Claro —respondí—. No me acordaba de que se había ampliado.

—Fue una idea de Ian. Los dos tenemos más terreno contiguo, que no es edificable, al menos por el momento. Además, está en cuesta, en un desnivel. Hace aproximadamente un año añadimos, sin avisar a nadie y sin obra alguna, con solo aumentar la valla metálica, unos quinientos cincuenta metros, que nos protegen porque son monte bajo, pinares crecidos, algún álamo, maleza... Pensamos que era mejor incorporar más espacio porque teníamos una certeza: algunos propietarios con perro invitan a sus amistades, que vienen también con los canes. La zona se había quedado algo pequeña, en ciertas horas. El terreno sigue siendo nuestro, pero se lo alquilamos a la comunidad de propietarios por un euro al año. No te lo he dicho, pero el presidente de la comunidad, hasta fin de año, soy yo. De los trámites se encargó Cámara. Eso es todo.

—Perdona, Errol. ¿Conoce Marta lo que pasó con el 8, con Felipe García Montero?

—¿Qué pasó? —pregunté con intriga.

Respondió Fonseca.

—Que su mujer desapareció. Un día se montó en un taxi cargada de maletas, y hasta hoy. Era segunda esposa, bastante más joven que él. Nunca se ha vuelto a saber nada de ella, de Katerina, y han pasado ya unos tres años. Aquí estuvo la Guardia Civil, miembros de la Policía Nacional con y sin uniforme... Todo el mundo. Pero a día de hoy Katerina se ha volatilizado, sigue desaparecida y la Interpol no la ha localizado. García Montero ya no vive en la For. Alquiló su casa hace unos dos años y pico a un ingeniero de Iberdrola que, según me informó hace poco Cámara, recientemente ha dejado de ser inquilino. Es decir: esa casa vuelve a estar vacía. García Montero era un tipo algo extraño que tuvo algún roce con tu padre. No se llevaban bien. Mejor dicho: no se llevaban. Creo que al final dejaron de saludarse.

—¿Sabes por qué?

—Podría tener alguna hipótesis si rebobinara. Pero la verdad verdad la desconozco. Tu padre era hermético con sus asuntos personales.

Tío Errol no abrió el pico durante la conversación.

—Sí, eso es cierto. Otra cuestión: ¿ha habido algún robo en estos años? —me atreví a preguntar—. A mi juicio, parece que la For tiene poca protección.

—La que cada uno se procura, querida —respondió Fonseca—. La comunidad de propietarios carece de fondos y la seguridad es asunto particular.

—Sí, Marta —afirmó Errol—. Dos robos. Y bastante recientes, menos de un año. ¿Es así o no, Víctor?

—Lo es. En uno se llevaron de todo. En el otro, dos cuadros. Cámara padre, que tiene buenos contactos con la Policía, me dijo que los ladrones venían a lo que venían. Robaron un Miró y un Picasso. Al propietario de la 10.

—Casi nada —dije.

—Sí —añadió Fonseca—. Quienes lo hicieron vinieron a llevarse exactamente eso.

Intervine yo.

—Víctor: ¿notaste algo raro a mi padre en los últimos meses?

Se quedó sorprendido. Pero contestó sin alterarse.

—La palabra raro no es la correcta. En ocasiones lo vi extraño, disperso. Pero es que eso, a veces, nos pasa a todos. Es muy difícil estar todos los días con el mismo ánimo. A partir de una cierta edad, menos...

Iba a decir algo más, pero se calló. Eso de «cierta edad» lo acababa de traicionar. Se hizo un silencio que aproveché para entrar a matar.

—Y, ¿qué me decís de su relación con María de la Victoria Navarrete?

—Ufff —respondió Fonseca—. Eso son cosas de familia. Que responda Errol, que era su hermano.

—Yo también digo uffff —añadió mi tío—. De eso hablaremos otro día. Cuando nos hayamos tomado algún destilado.

Comprobé que Errol no quería seguir por ese camino.

—Por cierto, Víctor: Marta, su hija y el perro se vienen a esta casa varios meses. En la suya comienzan unas obras la semana próxima. Ahora ya no tienes excusa para invitarnos a cenar en tu porche.

—Por supuesto. Poned día y hora. El resto corre de mi cuenta.

—Mañana te lo digo —respondió Errol.

Cambié de conversación y pasé a algo más de andar por casa.

—Una cosa más, tío: necesito que el lunes, sin falta, venga un experto jardinero... Mejor: un especialista en huertas domésticas para que arregle el estropicio que hizo el perro el otro día. Debemos de conseguir que el huerto quede como estaba. Ayer regué hasta encharcarlo, para evitar que se sequen las raíces. Pero es necesario volver a plantar todo lo que el perro desplantó. Y si hay que sustituir alguna planta, lo mismo, aunque estemos en verano. ¿Me ayudarás?

—Por supuesto. El lunes lo tendrás todo como estaba. ¿Las viñas?

—Por fortuna, no las tocó. Tienen granitos que van cogiendo tamaño. Buena señal. Lo malo es que no me acuerdo bien de cómo papá producía el vino. Recuerdo con bastante precisión la teoría. Pero la práctica creo que la tengo algo oxidada...

—Eso corre de mi cuenta. En la 1, no ha de faltar vino propio. Te lo aseguro.

Nos marchamos de casa de tío Errol dejándolo con Fonseca. Dijeron que iban a probar un güisqui que acababan de recibir. No explicitaron quién de los dos. Nosotras nos fuimos a casa. Y, muy pronto, a la cama. Realmente me encontraba cansada y, por qué no decirlo, desorientada. Había preguntado por mi padre y no descubrí nada nuevo. Saqué el tema de su relación con María de la Victoria Navarrete y me respondieron con sendos uffffff. Me sentía extraña. Y como no sabía nada de su autopsia, la imaginación se había apoderado de mi cerebro. Y también, debo reconocerlo, de mi memoria. Se había producido un hiato en alguna parte de mi cabeza.

18
El robo

Me desperté bastante tarde. Creo que a las nueve. Para mi horario londinense es tardísimo. Laura me esperaba en la cocina preparando la comida de Lobe, que ya llevaba varios días durmiendo fuera en su caseta. Desayuné un mísero café con leche y cuatro galletas, me duché y salí andando a la calle. Fui buscando librerías y quioscos de periódicos con dos bolsas grandes. Me había propuesto comprar todo lo que encontrase sobre decoración, incluso libros. Creo que estuve en la tarea cerca de dos horas y regresé con las bolsas cargadas. Aquello pesaba un quintal.

Al llegar a casa, la puerta estaba abierta. «A Laura se le olvida dónde está viviendo», pensé cuando dejaba las bolsas. Pero al pasar por el *hall* noté algo extraño: había papeles por el suelo. Entré en el salón y me encontré con la casa patas arriba. Bajé al garaje y percibí que la puerta de la bodega había sido forzada. Subí al piso superior y tanto las habitaciones como los baños, el despacho de mi padre, la biblioteca, el saloncito... estaban revueltos, con muchas cosas esparcidas por los suelos. No hay que ser muy lista para deducir que algún intruso se acababa de colar en casa aprovechando que los fines de semana no hay portero, y había entrado a robar.

Me entraron unas ganas de gritar enormes, pero no me salió la voz. Presupuse, además, que el ladrón o los ladrones podían estar dentro todavía, y me encerré en un baño. Desde allí llamé a mi tío y con medias palabras, casi sin voz, acelerada como nunca me había visto, le pedí que viniera. Y que lo hiciera con cuidado porque creía que habían entrado a robar y desconocía si los ladrones se habían ido o no. Le dije que estaba encerrada en el baño de la habitación de mis padres. Que viniera, aporreara la puerta y buscara a Laura. Respondió que no me moviera y apagara la luz.

Un rato después escuché su voz, a gritos, y sin más ni más abrí la puerta. Me encontré con Errol apuntándome con un rifle Remington 750 Woodmaster con mira telescópica igual a uno que tiene mi padre en un armario blindado en el garaje. Me llevé un susto de campeonato cuando se llevó el arma a la cara y respiré aliviada cuando la bajó.

—¿Qué ha pasado, Marta? ¿Quién ha estado aquí?

No supe qué contestar porque nada sabía. Además, sollozaba. Estaba llorando.

—Lo ignoro. Llegué de la calle y... ¿dónde está Laura?

—No lo sé. Vamos a calmarnos. ¿Dónde la dejaste?

—Aquí. Con el perro.

—Espera sin moverte de la puerta. Si ves algo extraño, grita. Salgo para el parque de perros. Lo normal es que esté allí.

Errol regresó con Laura de la mano y Lobe arrastrado. Habían vuelto en diez zancadas. Nos abrazamos. Luego, mi tío dejó el rifle apoyado en una pared del aseo de la entrada y sacó su teléfono.

—Voy a llamar a la Guardia Civil. El cuartel está cerca y vendrán enseguida. No debemos tocar nada.

En un rato que se me hizo eterno, pero que en realidad no pasó de los diez, doce minutos, llegó un Nissan de la Guardia Civil y otro coche sin distintivos. Eran cinco personas. Nos identificamos, hicieron varias llamadas y en otros quince minutos apareció un furgón con más guardias vestidos con buzos blancos, mascarillas, guantes, aparatos de luz, cámaras fotográficas enormes...

Un guardia, que se presentó como el sargento Raúl Francés, sacó un cuaderno y comenzó a preguntar. Creía que Errol era mi padre y tuve que explicar quién era cada cual. La verdad es que no dije gran cosa, porque además de estar flotando y de los nervios, nada sabía. Pero después de muchas preguntas y de habernos sentado en el salón, hablé de lo que había hecho el día anterior, esa mañana y cómo al llegar a casa la puerta estaba abierta y me di de bruces con semejante desaguisado.

—¿La puerta estaba abierta?

—Sí. Espere y le pregunto a mi hija si olvidó cerrarla.

Fui hasta Laura, que estaba acurrucada con Lobe junto a su caseta, la tomé de la mano, ella colocó la correa al perro y juntos entramos en la casa.

—Vaya, hombre: un *alaskan malamute*. Mal vigilante. Buen compañero para los dueños. Este perro es un cachorro, ¿no?

—Algo más de tres meses. Casi cuatro.

—Viene grande —dijo el guardia—. Veamos: ¿cómo te llamas? —preguntó a mi hija.

—Laura Paterson MacDonald.

—¿De dónde eres?

—Nací en Londres.

No me quedó más remedio que aclarar al guardia cuestiones relativas a mi vida personal y cómo estaba de regreso en Madrid por haber fallecido mi padre. Y que aquella era nuestra casa, Errol el hermano de papá que vivía al otro lado del jardín y la urbanización una obra de los hermanos MacDonald.

—Dime, Laura: al salir, ¿cerraste la puerta? —preguntó el sargento.

—Claro. Con llave. Le di dos vueltas, como me enseñaron mis padres cuando vivíamos en Londres. Allá, todas mis amigas lo hacen.

—Y usted, doña Marta, asegura que la encontró abierta.

—Así es. Estaba como ahora. Con papeles por el suelo. Desde el despacho de mi padre hasta la puerta.

—¿Ha notado que falta algo?

—Mire, agente: llegué a casa, me entró miedo, me escondí en un baño, llamé a mi tío, que vive enfrente... —Señalé con la mano la casa de Errol. Y dibujé en el aire el espacio que nos separaba—. Y esperé. Mi tío vino con un rifle que está ahí —dije señalando el servicio de la entrada—. Durante unos minutos estuvimos bloqueados. Luego mi tío les llamó y... Bueno, eso es lo que puedo relatar. No hemos tocado nada. Está todo como lo dejaron los ladrones.

—Conforme. Les sugiero que vayan a la casa de enfrente. Vamos a revisar todo palmo a palmo. Yo les aviso y será entonces cuando deberán mirar con minuciosidad para saber qué les falta. ¿Hay caja fuerte en la casa?

—No —respondí—. Pero sí un cajón escondido, oculto, para guardar joyas y esas cosas, que ahora mismo ni yo sé dónde está. Se encuentra en la habitación de mis padres; eso es seguro. Tengo que pensarlo. Pero estoy muy nerviosa...

—¿Algo de valor? ¿Algún cuadro, cubertería, joyas, relojes de oro?

—No. Lo que haya de oro, estará en el cajón que acabo de explicar. Tengo que pensar en qué parte de la habitación se oculta...

—Vayan a la otra vivienda. Yo les aviso.

Salimos por el jardín, acompañados del sargento Francés, para que viese cómo se llegaba a casa de tío Errol. Allí esperamos sin hablar. Estuve todo el tiempo pensando en el cajoncito de mi madre y, después de devanarme mucho la sesera, a la media hora creía que ya lo podía ubicar. Mi tío nos sirvió Coca-Cola con hielo y él se tomó algún licor, creo. Íbamos a conectar la televisión cuando apareció el sargento.

—Si son tan amables, regresen conmigo.

—Por supuesto —dijo tío Errol.

—Sargento: creo que ya sé dónde mis padres guardaban

las joyas y lo que tuvieran de valor. ¿Quiere que vayamos directamente?

—Es lo mejor.

Cruzamos los jardines, llegamos a mi casa, subimos a la habitación, abrí un armario esquinero hecho a medida que tenía casi todo revuelto, retiré el último cajón, me tiré al suelo, estiré el brazo derecho, metí la mano hasta el fondo y alcancé con los dedos a tocar una lengüeta de cuero. Tiré y la arrastré hacia mí. La saqué del armario para colocarla encima de la cama. Era una caja del tamaño de una de zapatos en donde rebosaban pendientes, pulseras, anillos, relojes... Un batiburrillo.

—Esta es la caja. Ignoro su contenido al detalle, pero deduzco que los ladrones no la encontraron. Estaba en su sitio...

—Dejémosla sobre la cama. Quiero que mire con atención si echa en falta algo.

Pensé en decirle que llevaba viviendo en Londres muchos años y que aquella casa era mi casa. Pero solo de visita. Pedí ayuda a mi tío.

—Tú la conocerás mejor, supongo...

—El salón, la cocina, el despacho y la biblioteca de Ian. El resto, excepto el garaje, nada.

Francés nos dio una orden.

—Vamos a revisar. Los ladrones entran en las casas, últimamente, por dos motivos, dejando al margen las sustracciones por encargo: porque saben que hay objetos de valor, como cuadros, esculturas, grabados, algún libro antiguo de bibliófilo, quizás... Cosas de ese estilo. O en busca de algo concreto, algo que es de su interés. Ya no se llevan televisiones, equipos de música, cámaras de vídeo y objetos similares. Digamos que se han especializado y van a las piezas de oro, fundamentalmente, o a lo que consideran que tiene valor y lo pueden vender rápido, además del dinero en efectivo. ¿Me comprenden?

—Claro —respondí—. Vamos a mirar. ¿Por dónde empezamos?

—Por el despacho.

Sin quererlo —supongo— mi tío hizo bingo. Entró en el despacho y dijo:

—Falta el ordenador portátil…

—Y la Blackberry de mi padre —añadí—. La dejé encima. El ordenador estaba cerrado. Quiero decir: plegado.

Creo que me hice un lío con las palabras. No estaba fina. No me encontraba bien.

—Y dos botellas de güisqui que estaban expuestas en aquella balda —dijo entonces Errol señalando una pequeña librería—. Es que son excelentes, pero también carísimas…

—Sea algo más concreto, por favor —pidió el sargento Francés.

—Mire, sargento: mi hermano y yo somos escoceses. Si de algo sabemos es de güisqui. Aquí falta una botella de Macallan 1926, de la barrica 263, y otra de Dalmore Selene, la que llaman del 62. De esta última no hay en el mundo ni una docena. Mi hermano tenía una sin abrir. Como la Macallan. Las dos cuestan un buen dinero…

—¿Cuánto?

—No podría precisar…

—Aproximadamente…

—Unos cien mil euros, por decir una cifra. Y creo que me quedo corto… Son botellas para mirar y tomárselas el día anterior a morir. Ya sabe usted que no hay persona en el mundo que se muera la víspera…

A Errol se le escapó una carcajada tan enorme que el sargento se quedó de piedra.

—*Cojona:* sí que eran caras, sí. Volvamos a los dispositivos. ¿Creen que en el ordenador hay documentos de importancia, claves bancarias, extractos de cuentas…?

—No lo creo, sargento —respondió Errol—. A mi hermano

los asuntos económicos se los lleva un despacho que está aquí cerca y que dirige un abogado, el señor Roberto Cámara. Ignoro qué podía tener mi hermano en el ordenador, al margen de *e-mails* o archivos. Bueno, Ian solía hacer operaciones, como yo, a través de la banca electrónica, de Internet, quiero decir.

—Por ahí podrían ir los tiros... —respondió Francés.

Noté que mi tío no había entendido la respuesta.

—El sargento dice que es un buen dato. El de los *e-mails*. También tendría alguna hoja de cálculo con sus inversiones, rendimientos financieros y asuntos similares. Supongo. Jamás toqué ese ordenador —añadí.

—Lo que quiero decir —precisó Francés— es que a esta casa han entrado con una llave, porque no hay puerta alguna o ventana que haya sido forzada, y la han revuelto de arriba abajo. Se han llevado, de momento, dos botellas valiosas de güisqui, un ordenador portátil y un teléfono móvil. Ni siquiera sacaron todos cajones del armario del dormitorio principal para ver si había un fondo doble... El garaje parece en orden. Hay una puerta interior y parece que pretendieron forzarla. Pero con destornilladores, porque hemos encontrado uno, de buen tamaño, en una esquina, junto a un martillo.

Intervine yo porque creía que era la última persona que lo había utilizado.

—El garaje, como habrá visto, está dividido en dos partes: una para los coches, a la que se accede por una puerta abatible, y al fondo está otra zona, tabicada y con una puerta de seguridad; esa es la que han pretendido forzar, supongo. Le propongo bajar e intento abrirla, porque esa parte es el almacén de vino de mi padre y el lugar donde está una habitación pequeña, blindada, que contiene armas de caza.

Busqué la llave y la encontré donde siempre: en el interior de un tarro de Nescafé que está junto a la tostadora de pan, en la cocina. Mi padre tenía el interior del bote repleto de poliespán negro, pero con un espacio para dejar dos o tres llaves en el centro. Estaba tan a la vista y daba tanto el pego que a nadie se le hubiese ocurrido mirar si el frasco tenía o no café.

Bajamos y enseguida noté que la puerta tenía golpes y ralladuras, pero se encontraba bastante entera. La abrí y el sargento Francés y cuatro guardias más se quedaron solos un buen rato.

—No hay rastro de que hayan entrado —aseguró Francés al acabar—. Supongo que las armas que hay tras la puerta blindada...

—Puedo abrirla —dije.

—Hágalo, por favor.

Intervino tío Errol.

—Únicamente hay un rifle de caza. Demasiado espacio para tan poca arma. Llevamos unos años sin salir a dar una batida...

—Lo revisamos.

Cuando acabaron la inspección, los guardias hablaron entre ellos. No escuché nada, pero me quedé intrigada.

—¿Alguna novedad, sargento?

Francés miró a Errol y respondió.

—Parece que no han entrado. ¿Usted tiene un espacio parecido en su casa?

—Parecido. Pero mucho más pequeño. Es un armario. Tenemos las armas con licencia tipo D en vigor.

—Lleve las licencias al cuartel cuando presenten la denuncia. Subamos al salón.

Una vez arriba, me acordé de otra cosa.

—Una última aportación, sargento Francés: la cartera de mi padre, con su documentación, tarjetas de crédito y demás, la tengo yo. Ha estado unos días en la mesa del comedor, pero ahora la llevo en mi bolso.

—¿Me deja que la revise?

—Por supuesto. Ahora se la traigo. Hay un asunto, para acabar, al menos por mi parte, que no quiero que pase por alto: mi padre falleció de una manera... Bueno, que apareció muerto, aquí, en su cama, hace unas pocas semanas. Le hicieron una autopsia, de la que no sabemos nada.

—Perfecto. Tomo nota y lo incorporo al atestado —respondió Francés sin emoción alguna—. En fin: nosotros vamos a tratar de preparar el atestado mientras ustedes revisan a fondo la casa. Y mañana, aunque sea domingo, tienen que acudir al cuartel para presentar la denuncia. El resto trataremos de resolverlo nosotros.

Al final, los guardias estuvieron en casa hasta pasadas las tres de la tarde. A esa hora salieron llevando papeles que estaban por el suelo, el sargento se despidió, nosotros nos quedamos ordenando lo que estaba tirado y a eso de las cuatro de la tarde nos acercamos a la pizzería del día anterior para entonar el estómago. Fue entonces cuando me acordé de que a las nueve de la noche tenía una cena, en mi propia casa, con Agus. No la iba a cancelar. La vida, con robos incluidos, seguía. Se lo dije a mi tío y estuvo de acuerdo. Laura solo pidió cenar en un McDonald's. Errol se comprometió a llevarla y ella a dormir en su casa.

—He venido con más cena de la necesaria —dijo Agus dejando unas bolsas sobre la mesa de la cocina.

—Menos mal, querido. Esta mañana han entrado unos ladrones en esta casa y lo han dejado todo patas arriba.

—Pero ¡qué me dices!

—Lo que oyes. Todo patas arriba. Me he pasado la tarde mirando por todas partes y, al margen de lo que se han llevado, se me ha escapado el tiempo sin preparar nada. Eso sí: está todo en orden, como se puede ver.

—¿Qué han robado? ¿Joyas?

—No. Dos botellas de güisqui, pero güisqui del caro, el ordenador portátil y el teléfono móvil de mi padre. Ha estado la Guardia Civil y han revisado todo a fondo. Se han llevado hojas en blanco, tipo A4, que estaban por el suelo y otros documentos con información bancaria de mi padre que había impreso yo misma. Un sargento me ha dicho que, a su juicio, los autores del robo no vinieron buscando güisqui. Que seguramente querían otras cosas. Algo que podría estar en el portátil de mi padre, supongo.

—¿Nada más?

—No. Bueno, sí: echo en falta una carpeta con la lista de propiedades inmobiliarias de papá. Me las había dado ayer mismo su asesor. Son escrituras y contratos, que además los tengo escaneados porque las envió su hijo a mi *e-mail*. No sé qué decirte, Agus: aquí está pasando algo raro. Primero se muere mi padre de sopetón, luego entran a robar, ayer supe que en esta urbanización, en la 8, desapareció una mujer hace unos años y no se ha vuelto a saber de ella, que en la 10 entraron y se llevaron un Picasso y un Miró hace poco tiempo... ¿Qué quieres que te diga? ¿No es extraño?

—Extraño es. Pero dime, Marta: ¿sospechas algo? ¿Sospechas de alguien?

—Sospecho, en general. Creo que en mi entorno está pasando algo extraño. Y que se puede confirmar si la autopsia que hicieron a mi padre lo ratifica.

—¿Qué confirma, Marta?

—Que lo asesinaron. Que lo envenenaron. O algo así. No tengo pruebas de nada de lo que acabo de exponer. Pero que se muera papá, que a las pocas semanas entren a robar en casa sin forzar la puerta y que se lleven únicamente su ordenador portátil, el móvil, dos botellas de güisqui y documentos bancarios... ¿No es para pensar en algo extraño o es fruto de mi imaginación?

—Uffff, qué pregunta. No lo sé. Pero creo que podría ayudarte.

—Tú me dirás.

—¿Sabes que mi padre fue comisario jefe de policía?

—No me suena. ¿Me lo dijiste?

—Supongo que no. No iba contando que mi padre era de la pasma, ya me entiendes... Pero bueno, lo fue. Y uno de los más famosos de Madrid. Entre otras cuestiones, y al margen de sus méritos profesionales, por el nombre: Pompeyo Parra Pera, la Triplepé le llamaban. Fue comisario jefe de la Brigada de Homicidios, está retirado y hace unos años tuvo un problema salud. Sufrió un derrame cerebral y se mueve en una silla de ruedas con motor eléctrico. Por si esto no fuera suficiente, perdió prácticamente el habla. Se comunica con una pizarra táctil. Y una tableta. Maneja los dos aparatos como un fiera. Hace tres años resolvió, desde aquí, desde Madrid, un caso de asesinato por envenenamiento ocurrido en un país americano, porque se lo pidió la familia. De verdad, mi padre es un fenómeno. Y no ha perdido ni el olfato ni el instinto. En su silla de ruedas y casi mudo, sigue siendo un policía. Y con muchos contactos.

Estuve mirando a Agus embobada. Era una historia, además de nueva, algo sorprendente: el padre de mi amigo había sido un jefe de la madera.

—Te cuento todo esto porque mi padre, si quieres, viene unos cuantos días a casa y lo conoces. Le cuentas lo que te preocupa, lo que notas extraño, y él te dirá. ¿Te parece?

—Ya lo creo —respondí sin dudarlo—. No sé si me interesa más él o la historia que puedo contar... Sí, dile que venga y nos vemos. ¿Perdemos algo? No. ¿Podemos aclarar algo? Ya lo veremos.

—Déjalo de mi cuenta y te aviso.

—Por cierto, Agus: no tengo cena.

—Ahhh, querida: no hay problema. Vengo con provisiones para dos días. ¿Preparamos la mesa?

—Dónde quieres cenar: ¿aquí o en el comedor?

—Hija: en el comedor, que yo soy un invitado, ¿no?

—Venga, vamos.

Agus tenía razón. Había traído gambas y langostinos cocidos, una langosta pequeña, una docena de ostras, un pastel de marisco como para media docena de personas, doscientos gramos de caña de lomo del bueno y una tarta de manzana enorme. Teníamos la cena y también la comida del día siguiente. Le pregunté por la bebida.

—¿Algún tipo de vino en especial, Agus?

—El que tomes tú, querida.

Se me encendió la bombilla.

—¿Sabes que mi padre era viticultor, que producía su propio vino con las viñas que tenemos en el huerto? Es que esta casa, al ser la del arquitecto de la urbanización, es diferente a las demás. Es la única que tiene dos viviendas: la del propietario y otra para invitados. También es la de mayor parcela: algo más de 3000 metros.

—¡Qué barbaridad!

—Mi padre tenía un huerto y, además, sus viñas, sus cepas, que diría él. Son sesenta en unos trescientos metros cuadrados. La uva, tempranillo. El garaje de la casa, que es bastante grande, tiene al fondo su bodega. ¿Te cuento cómo hacía su propio vino?

—Por supuesto.

—La teoría, ¿eh? Que la cosa tiene su aquel. Bueno, cada cepa produce un kilo de uva aproximadamente, de uva que se pueda aprovechar: como son sesenta cepas, sesenta kilos, que los vendimiaba él mismo. De ahí mi padre sacaba unas cuarenta y cinco botellas de tres cuartos de litro. Prensaba el vino a mano, con un artilugio. Luego esa pasta (mosto, pulpa, hollejos, pepitas...) la pasaba a una cuba metálica, le añadía la levadura seca seleccionada, lo que él llamaba bacterias, esperaba a que comenzase a fermentar y el mosto quedase abajo formándose el sombrero. Cada cierto tiempo revisaba el sombrero sumergiéndolo en el mosto para ver qué color iba tomando el futuro vino. Cuando consideraba que tenía el color apropiado y había terminado la fermentación alcohólica, trasegaba el líquido a una pequeña barrica de madera que trajo de Jerez y esperaba a que realizase la fermentación maloláctica. Después, lo embotellaba con su propia etiqueta: La Four Wines. Es vino del año, lo llaman vino de garaje, para que lo sepas. He explicado la teoría, porque luego «esto» hay que llevarlo a la práctica, claro, y en materia de producción vinícola estoy muy pez. ¿Qué te parece?

—Que eres una caja de sorpresas. Hija de un arquitecto vinatero de tempranillo nacido en Edimburgo…

—Coño: y tú de un madero que era comisario jefe de la Brigada de Homicidios de Madrid… Bueno, Agus: ¿qué vino quieres?

—El de tu padre. Eso ni se pregunta.

—Siéntate en el salón y pongo la mesa.

—Ni me siento ni nada. Lo hacemos entre los dos.

—Venga.

La cena fue de órdago. Y lo fue porque, además de comer hasta empapuzarnos, nos bebimos dos botellas de La Four Wines by MacDonald. Con el postre, y tras el café, nos servimos un Glenkinchie edición especial. Luego, otro. Y alguno más. Hablamos hasta por los codos mientras sonaba música de los años ochenta. Nos contamos las vidas en seis horas, que se pasaron volando voy, volando vengo. Cuando nos despedimos, en el jardín, Agus me tomó de la cintura y me dio un morreo; en mi estado, aproveché para meter la lengua hasta su campanilla. Pero lo dejamos ahí porque ni él ni yo nos teníamos en pie. Agus, empero, estaba tan pletórico que se fue cantando hasta su casa, a grito pelado: «Mamá: yo quiero saber de dónde son los cantaaaaanteeeeeees, que los encuentro galantes y los quiero conocer con sus trovas fascinantes, que me las quiero aprendeeeeer…».

Qué noche la de aquel día.

19
La policía ayuda

—Mami: son las once de la mañana. ¿Estás bien?

Abrí malamente un ojo, pegado con calcina de legaña. El otro se quedó cerrado. Veía una silueta y enseguida noté un peso sobre el costado: era Lobe, que se había subido a la cama por su cuenta. El resto de la habitación era sombras que se fueron difuminando a medida que Laura iba subiendo las persianas y se colaba en la estancia una luz hiriente, un estilete que lanzaba rayos.

—Tienes una cara...

—La mía, Laura.

—Desmejorada, mamá. ¿A qué hora te acostaste?

A punto estuve de soltar una impertinencia, pero me callé. Laura me había cazado en toda regla y para qué negar la evidencia. Era la primera vez en sus doce años que me sorprendía *off site*, perjudicada de los pies a la cabeza. No tenía ganas de otra cosa que de seguir en la cama, pero no iba a ser posible. Hice un amago de incorporarme y la cabeza hizo algo extraño: noté cómo se desplazaba la masa cerebral, tal como si estuviera en un recipiente de aceite. Con paciencia me restregué los ojos y a medida que recuperaba la visión volví a la vida.

—¿A qué hora, mamá? Parece que hace poquito, ¿verdad?

—No lo sé, Laura. Hablamos tanto que la noche se pasó en un suspiro. ¿Y tú has dormido bien en casa de tío Errol?

—Magníficamente. Me ha dicho que te espera para ir a la Guardia Civil. No sé si estás para eso...

—Lo primero, la obligación, querida —respondí mientras sacaba un pie de la cama.

Todo me daba vueltas.

—¿Te ayudo?

Vaya. La niña se había dado cuenta de que ponerme en pie era algo harto complicado. En realidad, lo era. Lo estaba siendo.

—No hace falta. Vete a casa de tío Errol para avisarle de que llego en quince minutos.

—¿Seguro, mami?

—Media hora.

—Vale. Vaya cara que tienes... —dijo mientras salía.

Finalmente me puse en pie como pude y fui al baño. Sin mirar en el espejo abrí la ducha y, tal como salía el agua, entré para tratar de recuperar la consciencia. El agua fría opera milagros. Lo sabía, pero hacía tanto tiempo que no lo ponía en práctica que todo me pareció una novedad. A medida que resbalaba el agua por mi cuerpo, después de rebotar en el pelo, volvía a ser una Marta más o menos normal, aunque algo aturdida.

Así estuve unos cuantos minutos hasta que, por último, me lavé el pelo, apliqué una masa de crema suavizante y me apoyé en un lateral de la ducha, despierta pero bastante agotada. Entonces comprendí que los años no pasan en vano y que de noches alegres se derivan mañanas atormentadas. Salí de la ducha y me miré en el espejo: tenía la cara perfecta de un besugo capturado cerca de la costa.

Preparé café y me lo tomé todo. Quizá medio litro de café negro, un Blue Mountain de Malongo, jamaicano, el mejor que conozco. Lo llevé de Londres a Madrid y es para tomarlo en ocasiones especiales y en pequeñas dosis. Es tan bueno que ese momento punzante que destapa al tragar me volvió a la vida. Me convertí de nuevo en una MacDonald.

Con ese ánimo fui a casa de mi tío, que me esperaba perfectamente arreglado, como de revista: pantalón beis con pinzas y dobladillo, camisa blanca y cuadraditos azules, zapatos mocasines color burdeos —unos Allen Edmonds— y el pelo con su dosis justa de gomina. Por su sonrisa deduje que sabía lo que me había pasado la noche anterior y opté por no desviarnos en conversaciones insulsas.

—¿Vamos al cuartel?

—¿Tenemos un plan mejor?

—Nuestro mejor plan es declarar ante la Guardia Civil, tío. Vamos a concentrarnos: yo no puedo decir casi nada. ¿Tienes alguna sugerencia, se te ocurre algo concreto?

—No, bueno... que llevas unos días en la casa y has vivido en Londres casi los últimos veinte años. Sabemos qué es lo que hemos echado en falta. Seguro que en los próximos días encontraremos alguna otra cosa que también ha desaparecido. Suele suceder...

—Bien. ¿Nos vamos?

—Claro. *Andiamo*.

Miré a mi hija, que estaba expectante.

—Laura, por favor: espéranos en casa. Y que Lobe esté sin separarse de ti, bajo vigilancia. Recuerda que el perro siempre quiere jugar y le da igual destrozar la huerta que hacer un socavón en el jardín. O desintegrar un colchón, que eso también les gusta. Para él todo es un juego porque no conoce normas.

—Vale, mamá. Pero no me abronques. Vaya manera de comenzar la mañana...

—Cada uno a lo nuestro. Vamos, Errol.

Declarar ante la Guardia Civil es algo serio y yo iba en bragas. Sabía que alguien había entrado en casa sin forzar la cerradura y se había llevado lo que se había llevado. Punto. Pero sucedió algo que, ni en un delirio, hubiese podido pensar porque llegamos al cuartel, nos identificamos, dijimos que íbamos a presentar una denuncia y nos pidieron que pasáramos a una sala. Nos sentamos a esperar. A los cinco o seis minutos se abrió la puerta y entró una guardia, que se identificó como la teniente Luisa Cañas. Ella nos condujo hasta un despacho. Nos pidió que aguardásemos un momento y en un instante entró un comandante, Carlos Garayoa, con el siguiente mensaje:

—Sabemos que en su casa se produjo ayer un robo y desde la Jefatura Superior de Policía nos han pedido que la ayudemos en todo. Por la información que tengo usted acaba de regresar de Londres tras fallecer su padre y ayer robaron en la casa familiar…

—Para completar su información, hace unas semanas que me separé de mi marido. Y me quedo a vivir en Majadahonda. Con eso quiero decir que no estoy de paso. Donde robaron es mi casa. Soy hija única y huérfana. A mi padre le hicieron una autopsia y el forense ha pedido un análisis de muestras que extrajo para determinar las causas del deceso. Lo digo para concluir el cuadro. De momento, no sabemos otra cosa.

—Correcto. Les acompaño hasta el despacho de Atestados y hagan una declaración sin prisa, recordando lo que puedan. Si dentro de un par de días o una semana, por decir algo, les vienen a la memoria más detalles o descubren que falta cualquier cosa que no hayan referido hoy, regresan, preguntan por la teniente o por mí y ampliamos la denuncia. ¿Algo más?

—Gracias por todo —dije, pero añadí—: ¿usted cree, comandante, que este robo tiene que ver con la muerte de mi padre? Es decir: que primero lo asesinaron y ahora buscan algo que se les escapó o algún documento que les comprometa. Podría ser, ¿no?

—Señora: no han pasado veinticuatro horas del incidente y la muerte de su padre es un asunto diferente, del que tomamos nota. No nos pida milagros. Cada cosa, a su debido tiempo. ¿Algo más?

—De momento, no —se adelantó Errol.

—Lo dicho: les acompaño a Atestados —respondió con un aire marcial el comandante.

Cuando salimos del cuartel respiré sin agobio. Por fin. No había dicho nada del otro mundo ni me habían aclarado nada, pero mi tío se había quedado estupefacto cuando escuchó asegurar al comandante que una simple denuncia por un robo tan limpio, y extraño, había recibido una atención especial no solo de la Guardia Civil, sino también de la Policía Nacional. Eso lo había dejado descolocado y me preguntó qué tipo de padrinos tenía yo en las altas esferas.

—Ninguno, tío. ¿Sabes lo que creo que ha pasado?

—No. Pero si tú me lo explicas…

—Es una suposición, pero creo que los tiros van por ahí. Mi amigo Agustín, el del *setter*, me dijo anoche que su padre había sido jefe de la Brigada de Homicidios en Madrid. Pero como hablamos tanto, bebimos tanto, fumamos tanto, nos reímos tanto y nos fuimos tan tarde a la cama…

—Eso ya lo sabía.

—Tengo una hija chivata. Déjame que continúe: como nos fuimos tan tarde a la cama pensé que Agus no se acordaría de hablar con su padre. Pero mira tú por dónde, el muy capullo lo ha hecho. Porque, de no ser así, la verdad es que no se entiende lo que nos acaba de pasar. En esta ciudad no conozco a casi nadie. A no ser que tú sí…

—Recuerda, Big Mac, que soy un ciudadano escocés. Conozco a mucha gente, es verdad. Pero policías…

—Seguro. Ha sido Agus. Vamos a casa y lo llamo. O le digo que venga y se lo pregunto. ¿Qué prefieres, tío?

—Que venga. Pero sin su perro.

Llegamos a casa, aparqué el coche y, de pronto, se me vino a la cabeza una vieja ilusión: tener una moto. Recordé que

Agus era motorista y sobre esa idea pensé en llamarlo por teléfono; era una buena manera de iniciar la conversación después de una noche de borrachera insuperable. Estábamos en el salón Errol, Laura, Lobe y yo. El perro jugaba con un hueso de piel de vaca, o algo así, tratando infructuosamente de hincarle el diente. Laura estaba con su iPad haciendo no sé qué y Errol se había puesto en pie, tras recibir una llamada. Por un momento dudé entre ir a casa de Agus andando por el interior de la urbanización o llamarlo por teléfono. Decidí esto último. Pero cuando tomé mi móvil, caí en la cuenta: no tenía su número. Resolví salir a la calle, ir hasta su portal y llamar. Me tenía que ver por el monitor de su videoportero, no se iba a llevar una sorpresa. Llamé dos veces, pero nadie respondió. Cuando ya me iba, se abrió la entrada:

—Pero, Marta, ¿qué haces llamando a la puerta?

—¿Cómo quieres que te localice? No tengo tu teléfono ni tu *e-mail* ni nada de nada. O vengo por la puerta o aparezco por el jardín, si tienes la cancela abierta. Que no es lo habitual...

—Es verdad... Oye, ayer nos pasamos un poco bebiendo, ¿no?

—Un mucho, querido. Pero estuve muy muy a gusto.

—Y ahora vienes a devolverme el favor con un almuerzo...

—Podría decirte que sí, pero es que no. ¿Tienes algo que hacer?

—Redactar un informe.

—¿Puede esperar?

—Claro. Todo puede esperar ante tu presencia...

—Déjate de zalamerías. Quisiera que vengas a casa y conozcas mejor a tío Errol, hermano de mi padre. Es que no sé si te lo había dicho...

—Psss. No lo recuerdo. Espera a que apague la música y nos vamos juntos.

Cuando entramos en casa, Errol se encontraba tumbado

en un sofá y me dio la impresión de que se había quedado traspuesto. Laura estaba tirada por el suelo haciéndole jugar al perro con su piel de vaca en forma de hueso. La niña se puso en pie y se quedó sorprendida: otra vez Agus, el dueño del *setter* homicida. Mi tío se despertó.

—Buenas tardes a todos —dijo Agus.

Errol se acercó y estrechó su mano. Laura, discretamente, tomó al perro de su collar y se fue para el jardín.

—Agus: esta encerrona es para darte las gracias.

Frunció el ceño y preguntó:

—¿A mí? ¿Por qué?

—Por que acabamos de volver del cuartel de la Guardia Civil, de presentar la denuncia por el robo de ayer y, excepto ponernos una alfombra roja y pasar revista a la guardia de honor, hemos tenido un tratamiento... En fin, que parecíamos autoridades. Un comandante nos ha informado de que en la Jefatura de Policía tenían especial interés en ayudarnos con la declaración y que tal y cual... En resumen: una pasada.

—*Hostiá:* mi padre. Ha sido mi padre. Fíjate cómo es: ayer, al llegar a casa, estuve un tiempo tumbado en el sofá y decidí escribirle, porque es la mejor forma de hacerle llegar los mensajes. Si lo llamo, como no puede hablar, no me entero de si me ha escuchado o no. Por eso le mandé un *e-mail* diciendo que tú, que eres mi amiga, ibas hoy a denunciar el robo ante la Guardia Civil de Majadahonda y, por lo que me cuentas, la ha liado. Es que, *jodé,* mi padre no sabe hacer las cosas a medias. Y si se pone, se pone. Ya verás como me escribe para decirme que vaya a verlo...

—Bueno: eso queríamos pedirte. Que lo invites a tu casa y así nos lo presentas y hablamos con él. Ya te dije que tenemos más dudas que certezas. Entre el robo y la muerte de mi padre...

—Si me lo permites, Marta —interrumpió Errol—, sería

muy interesante, al menos para nosotros, que le contemos los chismes de esta urbanización. Por si hay alguna relación entre la chismografía, los robos, la desaparición de una persona, etcétera. No perdemos nada por preguntar...

—Buenoooo: eso, para mi padre, es como darle un caramelo. Pero cuidado, que si mi padre se pone, se pone. Con todas las consecuencias.

—Claro. Nos gustaría exactamente eso —respondió Errol.

—Mañana, antes de regresar a casa desde la oficina, paso por la suya y lo invito para el fin de semana próximo. En concreto, organizo una cena y asunto resuelto.

—Asunto resuelto si me dejas que lleve el primer plato, el segundo, el postre y los vinos...

Agus se echó a reír. Mi tío sonreía sin entender nada.

—Hecho. En principio, si no hay cambios, el sábado a las siete en mi casa. ¿Conforme?

—Perfecto, respondí. Por cierto, Agus: ¿por qué no te quedas y nos acabamos los restos de ayer?

—Ufff... ¿Tienes cerveza?

—Claro.

—Entonces, sí. Hoy no puedo beber más que una cerveza. O dos.

—Os dejo. Tengo unas cuantas cosas que hacer. Que disfrutéis —dijo Errol con un punto de malicia.

Comimos las sobras, tomamos café, nos sentamos en los sillones y, por arte de birlibirloque, nos quedamos, todos a la vez, dormidos. Nos despertó Laura diciendo que había un perro en la urbanización que llevaba una hora ladrando. Era Ringo, el *setter* de Agus. Mi amigo se fue para su casa diciendo:

—Voy a ver qué le pasa. Es como un hijo.

20
Otro robo

PASARON los días. Esa semana me dediqué a organizar y organizarme. Primero, teléfonos e *e-mails* de mi nuevo entorno. Luego, comuniqué a mis amigos londinenses la dirección de la casa y el número del móvil español. A María de la Victoria le pedí lo contrario de lo que le había propuesto unos días antes: que no viniera porque íbamos a comenzar la obra de remodelación. Para su consuelo le dije que el sueldo se mantenía y que, quizá, sería conveniente que se acercara por casa en algún fin de semana, cuando no estuvieran los obreros. Con Ana Castillo me vi el lunes y tanto ella como yo tuvimos algo así como una simbiosis: lo que le enseñé de las revistas, le gustaba. Lo que ella trajo en su tableta, me convenció. El miércoles comenzaron a tirar los baños.

Mientras, Laura, Lobe y yo nos instalamos con nuestro tío. En su terraza ya habíamos emplazado la caseta del perro y lo único que Errol nos dijo, muy en serio, es que no quería tener problemas de convivencia por los desaguisados que pudiese cometer el animal. Que estuviéramos atentas porque un cachorro lo que quiere es jugar y no distingue entre olisquear, escarbar, mear o morder la pata de un sofá. Pero que en su casa no podía hacerlo. Laura asumió el papel de madre responsable y nos convenció cuando aseguró que su perro no iba a causar problemas.

Yo me acomodé en un cuarto de invitados, más propio de una *suite* nupcial que de una casa de soltero. Desde allí trabajé para desbrozar la información que Cámara hijo me había enviado, aunque era un trabajo que no se acababa nunca. También me acerqué a un concesionario de motos, a uno de BMW, para mirar lo último de la marca. Había una moto que me molaba, pero quería hablarlo con Agus.

Tenía un asunto pendiente: ir al banco y entrevistarme con el director de Recursos Humanos. Me costaba hacerlo, no puedo decir otra cosa. Pero una mañana, echándole valor, llamé por teléfono y conseguí una cita para el lunes siguiente. Otro asunto encauzado. También pensé que tener en el garaje un Range Rover enorme y un Lotus biplaza, espectacular, de no sé cuántos caballos de potencia, por muy *british* que fueran, no eran los coches que yo necesitaba. Con uno de tipo medio tenía suficiente. Eso debía de comentarlo con Errol, porque estos coches, sobre todo el Lotus, no son fáciles de vender.

Me quedaba hablar con Eli, porque el plan inicial había cambiado. No era preciso que vinieran ya, como quería inicialmente, pero tampoco debía de perjudicarlos a ellos. Se me ocurrió que llegaran en veinte días, mientras preparaba su casa, la de invitados, porque hacía años que no había entrado en la vivienda. También pensé que María de la Victoria podía hacer una limpieza minuciosa mientras yo repasaba el menaje, los cacharros de la cocina, los propios electrodomésticos, el aire acondicionado... En fin: darle un repaso a la casa y dejarla en condiciones. Con una idea bastante clara de lo que quería, la llamé por teléfono.

—Hola, Eli: ¿estás bien?

—Perfectamente, doña Marta. Precisamente ahora estaba hablando con Rivero porque tenemos que decidir qué día viajamos a Madrid para comunicárselo a la agencia de viajes...

—Lo he hecho yo misma por vosotros. Viajáis en tres semanas. ¿Qué te parece?

—*No problem*, doña Marta. Usted nos da la dirección y ya nosotros...

—Escucha, Eli: tú me informas del número de vuelo y la compañía aérea y nosotras te recogemos en el aeropuerto.

Olvídate de taxis. Además: como ya tienes la dirección, los bultos, las cajas de cartón, quiero decir, las puedes enviar por DHL cuando estimes oportuno. Se almacenarán en vuestra nueva casa. No te lo dije, pero José y tú vais a vivir en una casa que está casi pegada a la de mis padres. ¿Qué te parece?

—Chévere, doña Marta. Yo le aviso cuando enviemos las cajas. ¿Este número de teléfono es el nuevo?

—Sí.

—Perfecto. Lo añado a mi agenda y nos comunicamos por WhatsApp. Dígame un secreto, doña Marta: ¿cómo está mi Laurita?

—Ahhhh, Laura... Te lo diré en una palabra: enamorada. Añado: de su perro.

—Ahhh, de su perro. ¿De cuál? No sabía nada...

—De uno que ha comprado con mi ayuda y parte de sus ahorros. Ya lo conocerás. Es cachorro, travieso y guapísimo. En fin, todo eso lo verás en cuanto lleguéis. Me avisas, ¿vale?

—Perfecto, señora.

Otro asunto resuelto. Ya solo me quedaba localizar a Carmela Zarza y abrir una cuenta en su banco. Y hablar con mi abogado, Paul Davidson, porque había advertido de que en mi cuenta tenía un ingreso de unas doscientas mil libras esterlinas, algo más de un cuarto de millón de euros. Paul me dijo que era un regalo de Justin. No me gustaba en absoluto, pero si Justin lo quiso así, él sabrá por qué lo hizo (y yo también: para evitarse discusiones y dejarme contenta. No me conoce después de tanto tiempo juntos). Espero en unas semanas que ese dinero esté en una cuenta a nombre de Laura y, más adelante, en un fondo de inversión exclusivamente suyo. Punto final de la historia.

La obra había comenzado el martes y al día siguiente me di una vuelta por la casa para advertir a Ana de que tuviera cuidado con los ruidos y los escombros de los baños porque estábamos obrando sin permiso municipal. Me respondió que, al ser un trabajo tan menor y sin modificación de superficie, no era necesario permiso alguno. No me quedé satisfecha, pero tampoco hice nada. Ella era la profesional. Sí percibí que los fines de semana habría que limpiar la casa porque, de lo contrario, el día que fueran a colocar muebles, cortinas, sofás y todo lo demás era probable que hubiese un dedo de polvo petrificado cubriéndolo todo. Llamé a María de la Victoria y se lo propuse: trabajar sábado y domingo, descansar el resto de la semana y cobrar lo mismo. No me puso ninguna pega.

Con estas labores en marcha comencé a madurar la cena del sábado. Había pensado hacer una artimaña: conozco un restaurante —al que mi padre iba con frecuencia— en donde podían preparar el plato fuerte, el segundo, porque el primero iba a ser una repetición de la cena anterior con Agus: marisco y embutido del bueno. Se lo dije a Errol y le pareció bien. Mi tío comentó que de los vinos no me preocupase: sería cosa suya. Que me dejara sorprender. Y así quedó la cosa: en sorprendernos. No sabía, ese día, hasta qué punto.

Encargué una merluza en salsa verde en el restaurante y me fui a una marisquería. Me llevé mucho y bueno. Luego busqué una carnicería y me gasté un dinero en lomo y jamón, de Joselito, que es de Guijuelo. El sábado por la mañana salí para buscar la merluza y cuando volví a casa me encontré con un desaguisado.

Tío Errol tenía su rifle entre las manos y apuntaba a no sé dónde. Hasta que me vio llegar.

—Quédate quieta, Marta. ¡Han entrado a robar! ¡Han robado en mi casa! ¡Tenían la llave!

Estaba con los ojos saltones, fuera de sí, la boca abierta y un rictus de pavor. Laura seguía con él en el jardín, sujetando con fuerza a Lobe, porque el perro había visto pasar un gato con el que me había cruzado por el camino y estaba alterado. Estaba en la puerta del jardín y di dos pasos hacia dentro. Fue entonces cuando escuchamos una voz atronadora que decía:

—¡Todos al suelo! ¡Suelte el arma y al suelo!

Me puse de rodillas, dejé la cazuela a mi lado y cuando iba a sentarme la voz gritó de nuevo:

—¡Todos al suelo! ¡Las manos separadas del cuerpo y boca abajo! ¡No hagan el menor movimiento!

Me tumbé boca abajo y vi unas botas negras que se acercaban. Eran varias personas y entré en pánico. Quería saber en qué parte estaría Laura, pero la hierba no me dejaba ver. Así estuve unos segundos hasta que escuché otra voz que decía:

—Señora MacDonald, somos la Guardia Civil.

Levanté la cabeza, vi al sargento Raúl Francés y a cuatro guardias más. Resoplé.

—Levántense, por favor. Y disculpen.

Nos pusimos en pie. Errol estaba pálido, Laura tenía cara de asombro y Lobe movía la cola. Noté que mi tío había tenido que ayudarse con los brazos para ponerse en pie porque su pierna no quería articularse. Pensé en cómo se podía jugar al golf siendo un *handicapped*. Un misterio.

—Disculpen de nuevo. Hemos recibido una llamada avisándonos de un robo y al llegar, como la puerta estaba abierta y se veía al fondo del salón a una persona armada con un rifle, el cabo ha pensado que podían ser los ladrones. En fin, que hemos tomado precauciones porque nunca se sabe.

—Usted ha hecho lo que debía, sargento —dije mientras me acercaba para abrazar a Laura.

Errol, que no había abierto la boca, saludó al sargento Francés y después le confesó:

—Me han dado un susto de muerte. No los he visto. Y, claro, si uno escucha gritar: ¡tírese al suelo!, la verdad, he pensado que eran los ladrones, que volvían para rematarnos.

—Somos nosotros, señor. Guarde el arma y cuéntenos qué ha pasado, si es tan amable…

Errol respiró dos veces con profundidad.

—Mire, sargento: una repetición de la jugada del sábado anterior. Igualita. Cuando he vuelto de jugar al golf la puerta de la casa estaba abierta, todo por el suelo, sé que se han llevado mi ordenador… En fin: que los he llamado y he bajado al garaje para buscar mi rifle. Estaba muerto de miedo. El resto es lo que acaba de pasar. Yo les avisé a ustedes. No sé ni cómo…

—Vamos adentro —dijo Francés.

En la casa estaba todo revuelto. Parecía una copia del robo del sábado pasado. Errol, sin que nadie le dijera nada, comenzó a revisar y yo pedí permiso al sargento para hacer una comprobación. Recibí la autorización y subí a mi habitación. La intuición no me había fallado: todo revuelto y faltaba mi ordenador portátil. Pero no el iPad, que estaba debajo de la almohada, porque allí se habría quedado la noche anterior ya que estuve leyendo hasta tarde. Bajé. Le dije a Laura que mirase en su habitación y me respondió que no echaba en falta nada. Llevaba en su mano derecha el teléfono y en la izquierda el iPad y la correa con la que sujetaba a Lobe.

Francés, como en la vez anterior, pidió que nos mantuviéramos fuera de la casa porque la iban a revisar al detalle buscando huellas o qué sé yo. Pero mi tío, de pronto, descubrió algo que su memoria visual no había detectado: en el salón, entre los veintiocho tomos de la Enciclopedia Británica, debía de estar su botella de un coñac Remy Martin, el Louis XIII. Pero había desaparecido.

—¡Sargento! —gritó Errol.

Raúl Francés bajaba por las escaleras, recogiendo papeles tirados por el suelo.

—Aquí.

—Le informo de otra desaparición: una botella de coñac francés en edición limitada. Incluso tengo una foto en el teléfono móvil porque el otro día se la mandé a un amigo. Espere, que se la enseño...

El sargento vio la foto y dijo en voz baja:

—La botella es hortera hasta decir basta...

—Pero el coñac es fabuloso. La botella estaba abierta. La tengo desde hace unos años, pero la probamos mi hermano y yo no hará ni seis semanas. No es un buen güisqui, pero no deja de ser un magnífico destilado. Y caro.

—¿Cuánto de caro?

—A día de hoy, no lo sé. A mí me lo compraron unos amigos en París hace un tiempo y pagué 7000 euros; fue un capricho caro, cierto. Pero este tipo de botellas en edición limitada sube de precio cada año. Lo malo es que la mía ya estaba abierta...

—Bien. Espérenme en el jardín, por favor. Estamos buscando huellas. En la casa de su hermano localizamos varias de calzado deportivo. Los ladrones pisaron papeles y dejaron huellas. Dactilares, no. Usaron guantes. Lo sabemos. Ahora llega un equipo especializado y en cuanto finalicen les aviso.

Esperamos más de una hora, sentados en unos sofás que hay en el jardín. Al cabo de media hora Lobe ya no se aguantaba un minuto más —atado y al pie de una silla— y tuve que decirle a Laura que fuera hasta la zona de perros. Si no había nadie, podía meterlo y jugar. Si estaban otros perros debía de preguntar si había machos sin castrar, para evitar más sobresaltos. Se fue y tardó un rato largo en volver.

Cuando los guardias finalizaron su trabajo el sargento nos repitió lo mismo de la semana anterior: ir a denunciar, volver a revisar la casa, y cosas similares. Pero nos dejó una pregunta en el aire:

—Es curioso: dos robos simultáneos, en sábados consecutivos, en la misma urbanización, en casas situadas una frente a la otra, de dos hermanos, se han llevado tres ordenadores portátiles y sin forzar las cerraduras de las puertas de entrada. ¿Ustedes han echado en falta alguna llave?

Errol contestó por los dos.

—Mi hermano perdió una de esta casa hace varios meses. Como son de seguridad, tardé en hacer una copia. Y yo también extravié una de mi hermano. Pero eso fue hace dos años, más o menos...

—Resulta extraño. Han robado lo mismo: ordenadores. Los de todos ustedes. Bueno, y alguna bebida cara, pero es poco probable que vinieran buscando eso. En fin: nosotros nos vamos con todo el material que hemos recogido y mañana, por favor, vuelvan al cuartel para denunciar el robo. Serán bien recibidos.

—Ya, ya. Lo sabemos —respondió Errol.

Cuando nos quedamos solos me eché a reír.

—Mañana nos ponen la alfombra, tío. Seguro.

—Claro: esta noche viene el antiguo jefe de la policía para cenar con nosotros...

—La madre que me parió —grité—. Tengo la merluza en el jardín. Ya verás como esté llena de hormigas...

No había hormigas, afortunadamente. Pero el susto por tener que tirarme al suelo con la cazuela, entre gritos que sonaban como amenazas asesinas, no se me había quitado del cuerpo. Dos robos en siete días; un nuevo récord muy tenebroso. No sé qué más nos podía pasar. Vivir en la For comenzaba a ser no sé si un desafío o una pesadilla. O una mezcolanza de lo anterior.

21
Una cena de mayores

—Marta: seamos puntuales —dijo tío Errol al acabar de comer.

Eran las dos y media y la cita estaba pautada para las siete.

—Sabes que te conozco —añadió para picarme un poquito.

—¿Tienes los vinos, los destilados, los licores...? ¿Tienes preparada tu parte?

—Soy un profesional, Big Mac.

—Y yo. Déjame que me tumbe en la cama y ver si puedo dormir un ratito...

—Voy a seguir mirando por la casa. Quiero tener la cabeza entretenida.

Dormí bastante y cuando desperté estuve trasteando con la televisión del cuarto. Notaba que se me pegaban las pestañas, pero de pronto, se abrió la puerta, entró Lobe como un obús y se subió a la cama. No tuve arrestos para bajarlo y me puse en pie. Laura, entonces, me preguntó si era necesario que fuera a la cena porque no le apetecía nada.

—Es una cena de mayores, mamá...

—No tienes que ir. Te quedas en casa con Lobe, procura que no suba a las habitaciones como ha hecho antes y cenas una *pizza*. Hay de varios tipos en el congelador. Calientas la que más te guste quince minutos en el horno a doscientos grados. Espera a que le salgan unas ampollitas y a que se tueste un poco. Y te tomas una sola Coca-Cola. Te advierto de que están contadas. Una sola.

—Jo, mami...

—También te llamaré por teléfono para saber cómo va

todo. Ahora, saca a Lobe de la casa. Si te ve Errol tendremos un problema.

—¿Tienes miedo?

—No. ¿Por qué?

—Era una simple pregunta.

Fui al baño y me di una ducha. No paraba de pensar en el aspecto del padre de Agus, el famoso policía mudo y casi paralítico que era capaz de resolver casos a miles de kilómetros de distancia y con un océano de por medio. Eso era lo que había dicho su hijo Agustín. O a mí me pareció entender.

Cuando vi que la hora estaba próxima bajé a la cocina, retiré del frigo toda la compra, saqué unas bolsas y, estando en esas, llegó mi tío con una caja de cartón. Era el vino: Martínez Lacuesta. Tres botellas de crianza y las otras tres, con su redecilla dorada, gran reserva.

—Vamos a quedar como príncipes, Marta. Este es un vino excelente. Y, además de eso, la bodega tiene una historia que es surrealista. Un hermano del fundador, que se llamaba Emiliano Martínez Lacuesta, en 1903 recorrió gran parte de América del Sur para abrir nuevos mercados, cruzando los Andes con una mula que cargaba las muestras de vino, de Argentina a Chile, como si fuera José de San Martín, el libertador. Lo acompañaron en su aventura un vendedor de órganos de la firma Lope Alberdi, de Guipúzcoa, y otro comerciante de vinos de Jerez. ¿Es o no surrealista?

—Desde luego. Pero el vino es magnífico. Lo conozco bien y vamos a quedar como príncipes, por supuesto. Agustín es un gran entendido en vinos. Su padre... De su padre no sé nada. Pero creo que aficiones de este tipo pasan de padres a hijos, ¿no?

—*Of course, darling*. Tú eres un caso claro, Marta.

—¿Vas a llevar algún destilado o similar?

—No. Con el vino será suficiente.

—Entonces, vamos. Mejor por el jardín, es más corto.

—¿Y si tiene la cancela cerrada?

—Espera. Lo llamo y asunto resuelto.

Cuando vi a don Pompeyo Parra Pera de cerca me quedé de una pieza. Era una persona que no aparentaba su edad (los mismos años que papá), su cabeza era un melón piel de sapo de color casi blanco reluciente, la sonrisa parecía la de un niño y sus manos, largas, duras, fuertes, eran como las de un estibador en Leith. Nos saludamos y propuse a Agus ir hasta la cocina para dejar lo que llevaba de cena. Nos acompañó mi tío, que con su caja de cartón al hombro tenía el aspecto de reponedor en un gran supermercado.

—Déjalo aquí —dijo Agus señalando una mesa alargada.

Errol descargó después de precisar que se trataba de una caja de vino, en la que había tres botellas de gran reserva.

—Si las vamos a tomar lo prudente es abrirlas ya, esperar un rato, escanciarlas y para la hora de la cena el vino ya se habrá oxigenado, ¿no?

—Sí —respondió tío Errol.

—Un instante, que voy a abrir dos...

—¿Solo? —pregunté.

—De momento. Iremos viendo...

Fingí ponerme seria y tensé la cara. Fruncí el ceño y traté de soltar una parrafada de seguido.

—Quiero que sepas, Agus, que esta es la última vez en mi vida que quedo para cenar contigo...

Agus me interrumpió tapándome la boca.

—Sí. Es la última vez —repetí.

—¿Y eso? —preguntó divertido.

—¿Eso? Te lo voy a decir con tres palabras: eres un gafe.

—No. Eso sí que no, Marta...

—Eres tan gafe que esta mañana, y de igual manera que

el sábado anterior, han entrado a robar en casa de mi tío Errol y se han vuelto a llevar los ordenadores, el de Errol y el mío. También una botella de coñac carísimo...

—Caro, sin más —cortó mi tío—. Las botellas carísimas eran las de mi hermano.

—Me estás tomando el pelo, ¿verdad?

—No —respondió Errol circunspecto—. Lo que acaba de contar Marta ha sucedido esta mañana. Ha venido la Guardia Civil y han estado más de una hora, con todo su equipo de hombres enfundados en monos blancos. Mañana, de nuevo, presentaremos la correspondiente denuncia en su cuartel.

—*Jodé:* esto lo tiene que saber mi padre ahora mismo. Vamos al salón.

Don Pompeyo Parra estaba en su silla motorizada mirando la tableta. Pero al ver llegar a su hijo con un paso tan acelerado y la cara algo constreñida, como si se le hubieran encogido los mofletes, levantó la vista. Era una persona muda, pero no sorda. Ni ciega. Hizo unos gestos y Agus se lanzó a hablar:

—Papá: me acabo de enterar de que esta mañana han robado de nuevo en la urbanización. En la casa de Errol, el tío de Marta.

Errol levantó la mano para dar a entender que era él. Como si no nos hubiésemos presentado al llegar.

—El procedimiento ha sido idéntico: con llave. Sin forzar nada. Se han vuelto a llevar lo mismo: los ordenadores y una botella de...

—De coñac —dije—. Un coñac francés...

—Remy Martin. Edición limitada —precisó mi tío.

Don Pompeyo arrugó los labios y le indicó a Agus que se acercara hasta su oído derecho. Farfulló algo que no fuimos capaces de descifrar y su hijo le entregó una pantalla táctil con un lápiz plástico. Ahí escribió con un pulso bastante irregular:

—¿Lo han denunciado?

Agus respondió que sí, pero a medias. Que la casa ya había sido inspeccionada por la Guardia Civil. Entonces don Pompeyo movió su silla, se acercó a la zona de los sofás y nos hizo una señal para que tomáramos asiento. Durante más de una hora nos fue haciendo preguntas y tío Errol iba contestando como podía: cuántas personas vivían en la urbanización, si tenía sus nombres y sabía en qué trabajaban, quiénes eran las esposas e hijos, quiénes habían vendido sus casas en los últimos cinco años, cuáles estaban alquiladas y a quién, qué incidentes había habido (se refería, fundamentalmente, a otros robos), si alguna vez habían vivido gentes famosas por su profesión y qué sé yo cuántas cosas más. Preguntó de todo. Mi tío fue respondiendo a su modo y al final don Pompeyo pidió que le hiciera un favor: entregarle en un plazo breve las respuestas, pero por escrito. Y que le facilitara un *e-mail* de contacto. Le dimos dos: el de mi tío y el mío. Luego, se quedó con los ojos cerrados y Agus me hizo una seña para que lo acompañase a la cocina. Nos siguió tío Errol.

—Vamos a dejarlo un rato solo. Está procesando información. Además... Esperad un momento.

Regresó al salón y volvió al instante.

—Lo acabo de dejar con su tableta. En quince minutos habrá enviado diez *e-mails* a todos sus contactos en la policía; también a un par de guardias civiles que son amigos de toda la vida. No creo que esta noche nos diga algo, pero conociéndolo como lo conozco, ya se ha puesto en «modo investigación».

—¿Qué es eso? —pregunté.

—Que ha tomado las riendas del caso, querida. Él va por su cuenta, no interfiere, no molesta, no incomoda, y menos a la Guardia Civil, que es la que ha recibido las denuncias. Pero ya verás... Este caso o se soluciona o mi padre revienta. Y no he visto en toda mi vida a don Pompeyo Parra Pera, la

Triplepé, reventado. Volviendo a lo nuestro: ¿nos tomamos algo antes de la cena o entramos ya en materia?

—Casi mejor entrar en materia. Entre que preparamos la mesa y organizo la cena, se nos va a ir un ratito...

—Entonces, Marta, voy a escanciar el vino. ¿Tienes escanciador, Agustín?

—Por supuesto. En ese armario —dijo señalando uno que estaba al fondo de la cocina.

—Marta: lo conveniente sería que sacaras ya los productos de cerdo. Beber un vino de gran reserva con el estómago vacío es una enorme irresponsabilidad...

Nos saltó la risa. Cuando regresamos al salón la Triplepé estaba en una esquina escribiendo en su tableta. Lo hacía sin parar, aunque de forma algo torpe porque no se había recuperado totalmente de sus problemas arteriales en el cerebro. Escribió hasta que comenzamos a hablar de vinos y del jamón de Guijuelo o de Jabugo, claro.

Fue una cena singular. El policía Parra en realidad no era mudo: trataba de hablar y le salían unos mugidos de tipo gutural mezclados con baba, que, a mí al menos, que lo tenía enfrente, me hacían gracia. Sabía que en su presencia nadie podía reírse cuando trataba de hablar y solo expulsaba sonidos ininteligibles. Él se daba de cuenta y con agilidad tomaba su pantalla para tratar de poner por escrito lo que quería decir. A veces entendíamos las preguntas y en otras ocasiones, no. Pero don Pompeyo, de una manera, no sé cómo definirla... terca, eso, quizá terca, insistía e insistía hasta que nos hacía comprender aquello que quería saber.

Noté que era una persona de diente fino, que habíamos acertado con el menú y que el vino le resultaba exquisito. Cada vez que se tomaba un sorbo, lo degustaba en la boca y, al tragar, hacía un giro con el dedo índice de su mano izquierda (me acordé de que Agus había dicho que era ambidiestro), como si pintara un círculo, para dar a entender que aquello no era vino: era pura ambrosía. Nosotros le correspondíamos con una sonrisa y se volvía al plato para seguir con el lomo, el marisco o la merluza. Creo que se apretó media barra de pan untando la salsa del pescado.

Desde luego no era un policía como los que aparecen en las series de televisión ni en las novelas ni en el cine, aunque la peli sea de Scorsese. No era de esos porque «esos» son estereotipos, creo, no gente normal con una profesión de riesgo. Traté de imaginarme cómo habrían sido los últimos años de don Pompeyo en su labor de comisario, antes de que tuviera el accidente cerebrovascular, y no lo conseguí. Lo imaginaba más bien como un policía ayudando a una anciana con bastón para cruzar un paso de cebra y no como un sabueso haciendo preguntas a un sospechoso con la luz de un flexo apuntado hacia su cara. Era incapaz de verlo así. Aunque, seguramente, tendría algo especial porque muy pocos llegan a ser jefe de la Brigada de Homicidios en Madrid. Supongo.

Después del postre Agus hizo café (con demasiada agua, para mi gusto) y cuando acabamos de cenar volvimos a los sofás para seguir bebiendo: don Pompeyo, más vino. El resto, un Knob Creek, *bourbon* norteamericano. Agus había olvidado que estaba con invitados escoceses, qué le vamos a hacer. No hay nadie perfecto. Entre sorbo y sorbo don Pompeyo contestaba *e-mails* y sonreía. Tenía una hilera de dientes blancos, perfectos, probablemente forrados con carillas, que lo hacían joven. Ya lo he dicho: su cara no representaba su edad.

Eran casi las dos de la madrugada, habíamos hablado muchísimo y nos estábamos acabando los destilados cuando el cielo comenzó a regalarnos un concierto de truenos y la noche se iluminó fugazmente con multitud de relámpagos.

El perro de Agus estaba en el jardín, pero con los primeros estruendos quiso entrar en la casa; lo hizo empujando insistentemente la puerta con el hocico. Yo me acordé de Laura, pero más de Lobe, porque un cachorro se muere de miedo con los truenos. Por eso salí al jardín y pretendí escuchar algún quejido, pero no se oía nada. Me acerqué hasta la verja final y lo único que conseguí fue empaparme. Al entrar de nuevo en la vivienda tío Errol ya estaba en pie y don Pompeyo se iba con Agus para las habitaciones del fondo. Se iba sin despedirse, algo que me extrañó. Errol dijo que se marchaba por el interior de la urbanización y yo esperé a que volviera Agustín.

Cuando ya estaba en la puerta de la calle, mojándome de lo lindo, Agus me ofreció un paraguas que acepté porque de su casa a la mía hay como sesenta o setenta metros, y desde ahí a la de tío Errol, por los jardines, otros treinta. O más. Estando los dos a solas, casi a oscuras y con la que estaba cayendo, Agus buscó mi boca para darme un beso, pero a mí me salió aquella famosa frase de Bette Davis, trasmutada en rubia platino, en una película malísima de hace mil años:

—Me encantaría besarte, pero me acabo de lavar el pelo.

—No sabes lo que te pierdes. ¡Yo, a oscuras, gano muchísimo!

Agus se descojonó con lo que acababa de decir y fue entonces cuando escuchamos un sonido fuerte, como si se hubiera caído al suelo una estatua de mármol.

—¿Lo has oído?

—Perfectamente. Pero no sé de dónde proviene ese estruendo…

—Es la quinta o sexta vez que escucho ruidos de noche. Como si se cayera algo de peso al suelo. A mí me parece que es de la 8, que ahora está vacía. Pero si está vacía porque el inquilino se ha ido y no la han alquilado, es de suponer que no vive nadie y de ahí no proviene el ruido. ¿O no?

—Háblalo con tu padre, Agus. En esta urbanización, todo lo que sucede es bastante raro.

Me despidió con la mano, aunque noté que la expresión de su cara no era la normal. Seguía lloviendo a mares.

22

Soy masoca

Sobre las diez de la mañana sonó mi móvil. Estaba en el quinto sueño, pero como tenía el aparato en la mesilla me giré para ver quién llamaba un domingo a esas horas. Era Agus.

—Seguro que te acabo de despertar, pero es que mi padre me ha pedido que os acompañe a presentar la denuncia. Y no le voy a hacer un feo…

—Claro que no —respondí—. Estoy en la cama y calculo que en una hora podremos ir al cuartel. Paso por tu casa y vamos en mi coche. ¿Sí?

—Estupendo. Mira, Marta: mi padre creo que no ha dormido. Lo dejé con su tableta en la cama y hace una hora, cuando me acerqué para ver si seguía durmiendo, continuaba casi en la misma posición. Con la tableta, claro.

—¿Sabes lo que te digo? Que tu padre me pareció una persona muy interesante. Incluso, diré más: lo último, pero lo último último que hubiese pensado de no saberlo es que había sido policía. Tiene una cara de buena gente…

—Lo es. Supongo que sus detenidos no dirán lo mismo…

—Lo que digan los malos me da igual. En fin, que me voy preparando y nos vemos en una hora. Chao, querido.

Bajé a la cocina y allá estaba Errol leyendo un periódico, Laura desayunando y Lobe al pie de su silla, esperando que le cayera algo.

—Tío: en una hora podemos ir a presentar la denuncia. Nos va a acompañar Agustín. Se lo ha pedido su padre.

—Me parece perfecto. Esta vez nos estarán esperando con la banda de música formada en la puerta.

Nos reímos a fondo. Fui al baño, me preparé, volví a bajar y encontré a Laura en el jardín rebozándose con el *malamute*, tratando de hacer la croqueta. Errol estaba esperándome vestido como para ir de testigo a una boda. Saqué el coche, llegamos a casa de Agus, toqué el timbre y salieron padre e hijo. Don Pompeyo tenía escrito en su pizarra táctil: «Perdona: ayer no me despedí. ¿Me das un beso?». ¡Qué sorpresa, *oh my God*! Claro que sí: entré, le di dos sonoros besos y marchamos hasta el cuartel.

Al entrar y anunciar que íbamos a presentar una denuncia por robo, sin que dijéramos los nombres aparecieron el comandante Garayoa y la teniente Cañas. No había banda de música porque no era necesario. Tío Errol denunció y, cuando salíamos, Garayoa nos pidió que esperásemos porque había una persona que quería saludarnos. ¿Saludar?, pensé. Qué raro. El coronel Guillermo Bueno, con toda su carga de condecoraciones e insignias en la pechera, bajó por unas escaleras con el tricornio en la mano, preguntó quién era el hijo de Pompeyo Parra, Agus se presentó, le dio un abrazo («hacía muchísimos años que no te veía el pelo», le comentó por lo bajini) y luego nos saludó a nosotros. La conversación fue corta porque, dijo, su chófer lo esperaba afuera, pero nos adelantó:

—Con la ayuda del comisario Parra lograremos cerrar el caso. Mi gente tiene mucho trabajo, pero es que Pompeyo es una máquina. Nos conocemos desde hace muchos años y, créanme —Agustín lo conoce—, no es una persona que se rinda. Todo lo contrario: sabe trabajar en equipo y es un motivador. Señores: déjenlo en nuestras manos. Mucho gusto, saluda a tu padre, Agustín, y buenos días a todos. Adiós.

Se fue acelerando el paso. Nosotros salimos del cuartel como si acabáramos de cobrar el premio gordo en una administración de lotería. No podría decirlo de otra manera más gráfica.

Ya en nuestra casa le dije a tío Errol que, a pesar de todo, tenía un poco de miedo. Dos robos seguidos significaban, para mí, que alguien nos estaba observando. Eso me daba bastante inseguridad. Mi tío comentó que le sucedía lo mismo y que, por eso, estaba pensando en llamar a una empresa de vigilancia para que, al menos en los siguientes tres o cuatro meses, mientras durasen las obras en ambas casas, tuviésemos algún tipo de protección. Lo estuvimos hablando y cuando íbamos a salir para comprar el pan vimos llegar al comandante Garayoa, de paisano, en un coche sin distintivos. Conducía otra persona. El comandante se bajó, nos saludó y dijo que venía con un mensaje.

—De su caso se va a ocupar la Unidad Central Operativa, la UCO, y ustedes van a tener vigilancia en sus casas las veinticuatro horas del día.

—Nos ha leído usted el pensamiento, comandante. Porque le voy a ser sincera: tenemos miedo. Estábamos pensando en contratar algún servicio de vigilancia privada para que…

—De eso nos vamos a encargar nosotros, señora. Pueden estar tranquilos. Aunque no nos vean, aquí habrá guardias vigilando sus pasos y, también, lo que haga su perro. No le puedo decir más.

—¿Van a vigilar a Lobe, comandante?

—A toda la familia, incluido el perro.

—Gracias.

No me salió decirle otra cosa porque me quedé bastante sorprendida. Además, pensé en que don Pompeyo Parra Pera también era un ángel de la guarda, aunque viviese de vez en cuando sesenta metros más adelante y se desplazara en silla de ruedas. Mi tío y yo convinimos en algo más: tenerlo cerca era un alivio. Laura no se llegó a enterar de nada. Para ella el mundo se reducía a Lobe, nuestro jardín, el parque, la piscina de la urbanización y el iPad. Qué felicidad la suya.

Aquel día no hicimos nada más. Bueno, sí: mi tío nos pidió una tableta para redactar un *e-mail* a don Pompeyo, pero a la vista de su torpeza para escribir sin teclado físico, fui yo quien hizo de secretaria. Entre los dos, y con la ayuda de Fonseca, al que Errol llamó dos veces para preguntarle ciertos datos, enviamos al policía de la silla de ruedas un informe propio de la Fiscalía. Le dimos respuesta a todas las preguntas y añadimos, de nuestro coleto, algunas más y sus contestaciones. Errol dijo que tenía que comprar un nuevo ordenador de inmediato porque no le gustaban las tabletas y tampoco quería estar aislado del mundo. Así lo dijo.

Al acabar comimos una ensalada completa y, como parecía que todos estábamos cansados, nos echamos una siesta. Bendita siesta, qué invento.

A media tarde Laura nos propuso ir al parque de perros y tío Errol dijo que iba a llamar de nuevo a Fonseca para que nos acompañara con su *border collie*. Estuvimos en el parque unas dos horas y noté que Lobe, en cuanto se cansaba de correr, se marchaba a la zona nueva, al desmonte, para olisquear en una superficie concreta. Laura ya lo había bautizado hacía unos días como el «perro aspirador» porque desde que salía de casa llevaba su hocico casi pegado al suelo. Olía y meaba. Olía y volvía a mear. Así una y veinte veces. O doscientas, qué sé yo.

Ya no se hacía sus necesidades en casa porque Laura casi lo había acostumbrado. Pero sí me llamó la atención que cuando se cansaba de jugar con otros perros fuese a seguir oliendo en una parte concreta del parque, entre unos álamos de talla enorme. Recordé, también, algo que Agus me había comentado la noche en la que nos bebimos todo lo bebible: para los perros ir al parque es conectar su Facebook porque, con solo oler, ya saben quién ha estado, quién está, qué novedades hay, quién tiene el celo, qué pasa con sus amigos, sus adversarios y sus enemigos.

Cuando regresamos con los perros, Víctor nos invitó a tomar en su casa tortilla de patatas, un *foie* exquisito y unas pastas de coco de postre. Para hacer la jornada más completa al final nos dio a probar un vino de Oporto, *tawny*, que me gustó. Mucho. No me fijé en la etiqueta. Se lo pienso preguntar porque este tipo de vino es fantástico para tomar dos copitas después de un postre rico. Vamos, que es un excelente bajativo, como dicen en Bolivia.

Para las once de la noche estábamos en la cama. Y para esa hora don Pompeyo Parra ya me había escrito tres *e-mails* preguntando más cosas. Como ni tenía ganas ni creía que fuera algo urgente me propuse contestarle al día siguiente, en cuanto despertara. Pero cuando lo hice ya tenía otros dos correos electrónicos con más preguntas. Se interesaba por la señora que había desaparecido y por su marido. También por un vecino que fue asaltado cuando iba a meter el coche en el garaje, por antiguos propietarios cuyas casas eran ahora de varios bancos e inquilinos que ya no estuvieran en la urbanización.

Pensé que debía de hablar con tío Errol y volver a reunirnos con el padre de Agus para que nos interrogara lo que quisiera, pero de una sola vez. Eso es lo que hice y nos pasamos la mañana del domingo respondiendo a cuestiones que, en ocasiones, me parecían peregrinas.

En esta ocasión don Pompeyo fue anotando en su tableta parte de lo que contestamos. Luego, Agus dijo que nos invitaba a almorzar en una arrocería y allí acabamos dándonos un atracón de no te menees. Bebimos bastante vino blanco y la tarde se me hizo pesada. Los ojos funcionaban por su cuenta y tendían a cerrarse, pero no quería dormir porque, si lo hacía, la noche se me iba a pasar en blanco y el lunes era día de trabajo. Tenía que enfrentarme, sí o sí, a la pregunta que llevaba haciéndome desde que llegué a Majadahonda: ¿iba al banco y les daba un corte de mangas o les proponía que me adjudicasen un puesto en el departamento de estudios; algo que no me agobiase? ¿Le echaba un par de ovarios y me ofrecía a la competencia? Trabajo no me iba a faltar, eso lo tenía por cierto.

Por otra parte, estaba lo de aceptar la herencia y todo el papeleo subsiguiente, abrir una cuenta en Bankinter con la amiga Zarza, vender los coches (al menos, el deportivo, que no lo quería para nada), comprar un portátil nuevo y... darme un capricho. Esto es, adquirir una moto. Ya sabía cuál. Para hacer las cosas por su orden me propuse estar el lunes con el notario, localizar a Zarza para ir a verla a su banco el martes, comentar con tío Errol lo del Lotus, comprarme otro portátil y volver a la tienda de motos. Pero no fue exactamente así como lo hice. Por ese orden, quiero decir.

Primero hablé con mi tío y resultó que Fonseca no solo estaba interesado en comprar el Lotus, sino que había dado un precio. Me pareció bien (en realidad no sabía cuál era su valor, pero la cantidad era considerable), dije que sí y asunto que dejaba resuelto. Al notario, además de firmar y firmar, le pedí que me volviera a invitar para cenar con Susana. También que hablara con el doctor Cervera, para ver si de una vez por todas sabíamos algo de la autopsia de mi padre. Quedó en avisarme y me adelantó que de mi padre no había más testamento que el conocido por lo que ya podíamos iniciar los trámites de la herencia. También me comentó que tío Errol había pedido a su padre datos sobre las viviendas, sus propietarios, inquilinos y demás y que ya se los habían enviado por escrito; eran para don Pompeyo, supuse.

A última hora me comuniqué con Agus y, cuando le dije que volvía a ser otra vez motera, me respondió que le estaba dando una alegría enorme porque desde que vivía en la For apenas si había sacado a pasear su BMW. ¿Su BMW? Sí, la misma que yo había decidido comprar: la R1200R. En resumen: resolví de una tacada casi todo lo que tenía pendiente. Eso me pareció, al menos. Sabía que me estaba engañando porque lo primero era el trabajo. No porque necesitase el dinero. No era por eso, desde luego. Es que la banca me gusta. Soy masoca, ya lo dije con anterioridad.

23
Lobe escarba

El lunes amaneció con una novedad. Errol había estado hablando con Roberto Cámara padre porque estaba convencido de que el seguro de las dos viviendas, la nuestra y la suya, iba a cubrir los gastos ocasionados por los robos. Quedaba por dilucidar si los objetos de lujo, como eran las botellas de coñac y güisqui, podrían estar asegurados. Si no en su totalidad, al menos en parte. Lo sabríamos en un día. Con esa excelente novedad fui hasta mi nueva casa porque me pareció ver que había mucho movimiento.

Ana Castillo estaba dando instrucciones a todo quisque y pensé que la obra marchaba con mejor ritmo del que yo misma había previsto. No había pasado una semana y los baños estaban casi listos, la cocina desmontada, las cortinas viejas en cajas y algunas personas, subidas en escaleras, pasaban cables por el hueco de las luces en la escayola. Es decir: los electricistas ya habían llegado. Para no molestar pregunté a Ana si estaba satisfecha con la evolución del proyecto y me dijo que sí. Pero que aún lo estaría más si me iba inmediatamente porque estaban a punto de llegar los pintores para hacer pruebas de color y no quería verme ni en pintura. Hice mutis y regresé a mi casa temporal.

Cuando estaba preparada para salir hacia Madrid recibí una llamada de un número desconocido. Era la secretaria de Fernando Rivas para decirme que debido a una reunión no prevista con el presidente del banco la cita se posponía para el miércoles, a la misma hora. Qué iba a decir: que sí, que el miércoles a las doce, qué remedio. Como se me había quedado la mañana casi libre adelanté otro de mis trabajos y decidí llamar a Carmela Zarza. No fue fácil porque me fueron pasando de secretaria en secretaria hasta que finalmente ella se puso al teléfono. Estuvo muy cariñosa y todavía se puso más cuando le dije que quería abrir una cuenta en su entidad, pero que fuese de Banca Privada porque iba a pasar valores y fondos de los bancos de mi padre al suyo tan pronto como todo estuviera a mi nombre.

—Ven ahora mismo. ¿Puedes? —me preguntó Zarza.

—Lo que me cueste llegar. ¿Estás en la Castellana?

—Sí. Voy a avisar para que te estén esperando abajo y puedas aparcar el coche. ¿Qué marca es?

—Un Range Rover de color blanco.

—Perfecto. Di en la puerta tu nombre y habrá una persona esperando. Te acompañará al garaje y, luego, a mi despacho, que está en la planta cuarta.

La visita a mi nuevo banco se alargó mucho porque Zarza, creo, se quedó algo impresionada cuando le dije que iba a traspasar algún millón de euros (no especifiqué nada más), fondos de inversión, otros productos y más cosas, de las que conversaríamos otro día. Y así, hablando sin parar de los actuales y de los tiempos pasados, se nos hizo la hora de comer y le comenté que tenía que volver a Majadahonda porque me esperaban dos personas y un perro. Me fui habiendo abierto una cuenta en la que deposité un cheque con 150000 euros. Zarza se quedó encantada. Sin haber movido un dedo acababa de captar una nueva clienta en el segmento alto de particulares. Eso en la banca no pasa todos los días. Lo sé por propia experiencia.

No digo que me saltara las señales de *stop* ni semáforo alguno, pero el caso es que fui a casa de tío Errol volando. Había avisado de que llegaba tarde, pero me esperaban a la mesa con una fuente de macarrones en salsa de tomate frito y unos filetes de mero rebozados que la señora que se encarga de la limpieza en casa de Errol, que es lituana y se llama Eva, había preparado porque mi tío la tiene contratada para ambas cosas: cocinera y limpiadora. Tomamos un vino blanco, casi helado, de marca desconocida, que nos acabamos entre los dos. Luego, como ya venía siendo una costumbre, nueva costumbre, me fui a la habitación para echar la siesta. El resto de la jornada se presentaba sin obligaciones, aunque las horas en la For eran una sorpresa casi diaria.

A media tarde, repuesta del efecto perverso de las libaciones, pedí a mi tío que llamara a Fonseca para poder acordar, ya de manera efectiva, la venta del Lotus. El 12 se presentó de inmediato, pero teníamos un problema: si le vendía el coche no podía hacer la transferencia y dejarlo a su nombre porque el anterior propietario, mi padre, estaba muerto. Pero Fonseca, que no da puntada sin hilo, llevó un contrato de compraventa en virtud del cual adquiría el coche con la condición de que en el plazo de seis meses la transferencia fuese efectiva.

El contrato, obra de Roberto Cámara hijo, era tan impecable que se lo firmé en el momento y Fonseca me quiso entregar un cheque nominativo por el importe acordado. Para hacer las cosas todavía mejor le pedí dos minutos. Fue el tiempo que tardé en ir a mi casa, sacar el coche y llevarlo a la puerta del número 12. Cuando entré en casa de mi tío lo invité para que saliera a la calle. Al ver el coche se echó las manos a la cabeza y dijo:

—Eres imparable, Marta.

—Venga, el cheque, Víctor, que este coche no es gratis.

Me lo entregó, le di las llaves y se fue hacia el Lotus. Dijo que iba a dar una vuelta corta y que lo esperásemos para ir todos al parque de perros: nosotros, con Lobe y él, con Elio, su *border collie* castrado. Tardó media hora y regresó como hinchado. De satisfacción. «¡Cuánto me gusta!» fue lo único que dijo.

Luego, por el interior de la urbanización, paseamos hasta la zona de perros. Allí estaba una señora con una hembra de bichón maltés, de pelo rapado, que ni mi tío ni Fonseca conocían. Nos hicimos los suecos y entramos en el recinto, sin saludar. Durante un rato Elio y Lobe estuvieron corriendo sin parar porque el *border*, creo, confundía a Lobe con una oveja y lo quería llevar siempre a la misma esquina y dejarlo varado. Como nuestro *malamute* es tan pertinaz como un rebaño de mulas, cuando se cansó, paró. Se fue a olisquear, pasando el hocico por la hierba como un aspirador y luego se centró en el lugar en el que Laura ya me había advertido. Estaba ojeando su Facebook.

—¿Ves, mamá? No sé qué hay ahí, pero lleva un montón de días que, cuando se aburre, va a ese sitio, se pone a oler y rasca con su pata derecha el suelo.

—Habrá algo que huele fuerte, quizá algún resto de comida tapado por la tierra, y le llama la atención —dije sin convencimiento—. O los orines de alguna perra que está a punto de entrar en celo. Está haciendo lo normal.

—Es tan terco, mami...

—La raza es así. Eso ya deberías de saberlo, ¿no?

—Mamá: sobre *malamutes* soy la niña que más sabe de este mundo. He visto todos los vídeos que hay en YouTube. Con eso, creo que me he hecho una experta.

—Por cierto, Laura: ¿no había que llevarlo a la veterinaria para que lo pesase y le diera no sé qué pastillas contra los coccidios?

—Lobe está sano. Yo creo que ya debe de pesar más de quince kilos...

—Sí. Pero es mejor que lo vea la veterinaria, porque todos los animales de compañía necesitan sus revisiones. Nosotros vamos al médico; ellos, al veterinario.

—Lo llevamos mañana.

—De acuerdo. Pero átalo y que se vaya de esa zona. No hace más que tratar de escarbar con su pata y se puede arrancar una uña...

La noche fue de perros. En concreto, del nuestro. Los *malamutes* no ladran, sino que aúllan, como los lobos, y Lobe estuvo casi toda la madrugada quejándose de algo. Nos levantamos muy temprano y el pobre Lobe estaba lamiéndose su pata delantera derecha, tumbado. Se lamía, levantaba la cabeza y aullaba. Eso lo hizo durante tanto rato que acabó por levantarnos de la cama. A todos.

En una primera inspección visual no observé nada extraño, excepto que el perro no me dejaba tocarle la pata. Lo siguiente que hice, tras desayunar, fue montarnos en el coche y llevarlo hasta Collado Villalba para que la veterinaria Ana Sagredo nos dijera qué era lo que estaba pasando. Como una ya sabe algo de perros, la respuesta era obvia: al intentar arañar una tierra seca y dura, que no recibe más riego que el agua de lluvia, Lobe casi se había arrancado una uña. Cojeaba y esa fue la señal para que la veterinaria nos confirmara, con un examen somero, lo que acabo de contar. Al final, le puso una venda, la forró con esparadrapo, le dio pastillas contra los parásitos intestinales y tres comprimidos contra el dolor para tomar cada veinticuatro horas. Salimos del centro veterinario y le dije a Laura que, hasta nuevo aviso, Lobe no podía pisar la zona de perros de la urbanización.

—Qué lata —me contestó.

Al regresar a casa de tío Errol y conectar el iPad descubrí más *e-mails* remitidos por la Triplepé: quería saber los nombres completos de las personas de servicio... ¡de todas las casas de la urbanización! Algo impensable a primera vista. Pero Errol, después de estar un rato callado, tratando de pensar, dijo que esa información, seguro seguro que la tenía Cámara padre, porque al ser el administrador de la finca también se ocupaba de los asuntos relativos al personal de servicio o de redactar los contratos de alquiler, por ejemplo. Interviene en todo lo relativo a la For y sus inquilinos.

Por mi parte pregunté a Errol si no sería conveniente aportar los datos que tuviésemos sobre los maridos o exmaridos de nuestro propio personal: María de la Victoria y Eva. Como no sabíamos sus nombres, las llamamos por teléfono. A las dos les dijimos lo mismo: nos lo pide la Guardia Civil. Ambas nos dieron los nombres (María estaba separada hace años) y hasta sus números de DNI. Esos datos los envié por *e-mail* a don Pompeyo.

Poco antes de la hora de comer tío Errol me pidió que lo acompañase a nuestra huerta y allí descubrí que, en silencio, sin decirme nada, algún operario de su empresa de jardinería había restaurado nuestra despensa hortícola y que los daños causados por Lobe no habían sido para tanto porque seguía habiendo lechugas, tomates, cebollas de ensalada, algún pimiento y bastantes patatas tempranas. Arranqué un par de lechugas y unas cebollas, coloqué todo en una cesta que hay en la caseta de aperos y nos volvimos. Preparé una ensalada de primer orden con atún claro al natural y freí unos sanjacobos descongelados. Quedé como una reina.

Lobe, por su parte, estaba todo el tiempo tumbado y cuando se ponía en pie cojeaba. Laura lo miraba con carita de pena y le propuse montarlo en el coche para ir en dirección a El Escorial y dejarlo suelto, con la correa larga, para que hiciese sus necesidades. El animal cumplió y regresamos a casa pensando en que, tan pronto como me entrevistara con Fernando Rivas, lo propio era que nos fuésemos varios días —una semana mejor— a nuestra casa de Sotogrande porque en Madrid ya comenzaban a freírse las cucarachas en su propio sudor. El calor era atosigante y teníamos que dormir con el aire acondicionado conectado, algo a lo que yo no me acostumbraré jamás.

Por fin llegó el día de conversar con Rivas y saber qué era lo que el banco pensaba de mí, y a qué conclusión podía llegar yo misma sobre el futuro más o menos inmediato. La entrevista, más larga de lo que había previsto, fue cordial. Incluso, demasiado. El banco quería tenerme entre sus empleados y me ofrecía trabajar en el mismo departamento de Global Risk Management, pero rebajando un quince por ciento mis emolumentos. Era, más o menos, lo que me esperaba. Como no tenía que responder ese mismo día si aceptaba o no propuse a Rivas que, por favor, añadiera un mes más sin sueldo a los dos que ya tenía por vacaciones; lo necesitaba.

El motivo, argumenté, era que la herencia de mi padre resultaba bastante complicada por sus numerosas ramificaciones y para poner orden precisaba más tiempo porque estábamos en verano y muchas gestiones no podía hacerlas por las dichosas vacaciones. Era la verdad, pero a medias. Lo que realmente me sucedía es que mientras hablaba con Rivas iba, lánguidamente, perdiendo interés por seguir trabajando en el banco, y no resultaba una sensación agradable. Era como si el agua me estuviera subiendo hasta la garganta, en una habitación cerrada, y quisiera salir viva. No ahogarme.

Rivas respondió que no había problema alguno en alargar mi situación hasta los tres meses (uno sin sueldo), pero no olvidó mencionar esto: esperaba que los fondos de inversión de mi padre en cuentas de Londres y Gibraltar siguiesen en el banco. Eso me gustó menos. O muy poco, porque era mezclar churras con merinas. O nada. Yo, con el dinero de mi padre, iba a hacer lo que estimase conveniente, siguiera o no en el banco. No hay por qué entreverar asuntos personales con temas de trabajo.

Al término de treinta minutos quedamos en hablarnos a finales de verano, aunque me fui con mal sabor de boca. Rivas no debería de haber dicho nada sobre mis asuntos personales. Pero lo hizo y ese detalle fue suficiente para dejarme intranquila. Inicialmente quería seguir en el banco, me gusta mi trabajo. Pero todo tiene un límite.

Cuando, después de la entrevista, salí a la calle, a la Castellana, decidí ir a un concesionario de motos BMW que conocía con anterioridad, que está por la calle Fernández Villaverde. Craso error porque salí de las instalaciones habiendo encargado una R1200R en color rojo manzana: estaba pasando de conducir una quinientos hace veinte años a una moto de mil doscientos centímetros cúbicos y unos ciento quince caballos de potencia. Pero lo hice y con mi recibo en el bolso llamé desde el coche a Agus para decirle varias cosas: nos íbamos a Sotogrande, tenía que vigilar las obras de reforma de mi casa, cuidar el huerto y quitarle el polvo al casco.

—¿El polvo? ¿Qué polvo? —preguntó pajarero.

—El polvo, sí. Eso mismo. Acabo de encargar una moto como la tuya. La tendré antes de un mes. Limpia el casco, Agus...

—¿Y el equipo, guapa?

—¿El qué?

—Coño, Marta, que pareces nueva: la chupa, los pantalones, las botas, los guantes, el casco, las maletas...

Reconozco que me pilló en paños menores. No había pensado un solo segundo en eso.

—A la vuelta. Iré contigo, que estás más al día. Seguro que conoces a algún concesionario que tenga de todo...

—Por supuesto, guapa.

—Ya te llamaré, querido. Gracias y hasta pronto. Vigila, por favor...

Llegué a casa y le dije a tío Errol que, al día siguiente, en cuanto nos levantásemos, salíamos rumbo a Cádiz. Me contestó que lo estaba deseando, que era lo mejor que podíamos hacer. Laura añadió que el pobre Lobe, con su permanente abrigo de pelo blanco, gris y negro, lo iba a agradecer. «En Majadahonda, mami, creo que se está recalentando», comentó.

24
Nuestro caso lo está matando

LLEGAR A nuestra casa de Sotogrande fue retroceder en el tiempo muchos años. Todo me parecía nuevo y diferente. Hasta la playa, que no es nada del otro mundo si se trata de compararla con una del Caribe, claro. El clima de esa zona era y es magnífico, sobre todo viniendo del horno madrileño que acabábamos de abandonar. Hicimos el trayecto de una tirada y Lobe creo que se pasó la mayor parte del tiempo dormido, apoyando su cabeza sobre las piernas de Laura. Para ella eso representaba la felicidad completa.

Antes de iniciar el viaje había llamado al cuartel de la Guardia Civil preguntando por el comandante Garayoa, pero no estaba. Pedí que le dijeran de mi parte lo siguiente: «Estaremos fuera una semana, con una casa vacía y la otra en obras de limpieza de cara y decoración». Incluso di la vuelta completa a la For buscando a alguien que pudiera ser un guardia de paisano, de los que vigilaban nuestras casas, y decírselo a él de viva voz. Por mucho que miré —y lo hice con atención— solo vi a una señora mayor que llevaba dos panes en una bolsa, un señor regordete con el periódico bajo el brazo, un adolescente con aspecto de llegar a esa hora a la casa paterna después de una noche de botellón, una señorita que se arrastraba apoyada en dos muletas (y un pie escayolado) y dos niñas que iban de la mano. Ninguno tenía aspecto de ser nuestro ángel de la guarda.

Quizá por ese motivo llamé por teléfono a Agus y le repetí la misma canción: nos vamos y vigila, por favor. Me respondió que hablaría con su padre y que don Pompeyo estaba con nuestro asunto enloquecido. Y que él, Agustín

Parra, también se encontraba aburrido de ser su secretario. Tanto que tenía previsto llevarse a su padre hasta la For para tenerlo cerca. ¡En los tres últimos días había pedido que le enviara más de cincuenta fotos con detalles de las casas de los hermanos MacDonald, la zona de perros y alrededores! También me comuniqué con María de la Victoria para informarle del viaje; la Guardia Civil había estado en su casa y le habían sugerido que pasara por el cuartel para conversar con un teniente sobre los dos robos en la urbanización. Ella no lo sabía, pero querían interrogarla formalmente. Supongo que es lo habitual en estos casos.

En Sotogrande no hicimos nada de especial, al menos nosotras. Errol salía todos los días a las diez de la mañana para jugar al golf con antiguos amigos, luego almorzaba y regresaba a casa por la tarde. Laura y yo teníamos un problema con Lobe, los dos primeros días cojo y, a partir de ahí, una anguila que se nos escapaba a la mínima. Lo llevamos a la playa, casi anocheciendo, y fue la primera vez que estuvo sin correa. Es curioso: en Majadahonda no quería acercarse a la piscina y si me veía en el jardín con la manguera se escondía en los lugares más recónditos. Laura dijo que tenía aversión al agua, pero en la playa era el más juguetón. Y, además, no nos perdía de vista.

Un día nos fuimos hasta San Pedro de Alcántara porque tío Errol quería algo que, según él, solo se encuentra en Camargo, un restaurante de esa pedanía de Marbella. Mi tío es capaz de cruzar un océano por un salmonete de roca, de los que no caben en un plato bajo y sobresalen la cabeza y la cola. En Camargo almorzamos chopitos, coquinas, gambas a la plancha, almejas y salmonetes de buen tamaño, de los que desbordan el plato.

Al otro día también fuimos de viaje, pero a Gibraltar. Estaba con la idea de pasarme por un banco donde mi padre tenía abierta una cuenta, pero había tanta gente en todas partes —y el día amenazaba lluvia— que opté por dejarlo para otra ocasión. Errol cruzó la frontera a pie con su pasaporte británico y una botella de güisqui escocés en su mano izquierda. Son manías suyas que le surgen de vez en cuando.

Desde Sotogrande conversé con Ana Castillo y fie a su gusto por las cosas bien hechas el color de las paredes de nuestra casa. «Como no me gusten, habrá que pintarlas de nuevo, querida», le dije. Respondió que eso no sucedería. También recibí una llamada del comandante Garayoa y me informó de que las casas seguían vigiladas. Y que tenían una pista (eso me pareció entender, porque creo que hablaba en sánscrito). Semejante novedad me produjo satisfacción y alivio. Pero no menos intriga.

Llamé a Agustín y lo encontré estresado: su padre se había instalado en la For y no lo dejaba en paz ni de día ni de noche. Me dijo que a él «nuestro caso» lo estaba matando en cámara lenta. Y que por Majadahonda hacía un calor propio del Valle de la Muerte, en California. Calmé su desesperación asegurándole que en pocos días nos volveríamos a ver, aunque no pude resistirme y pregunté:

—¿Tu padre ha dicho algo? ¿Te ha hecho algún comentario?

Hubo un silencio, que me pareció excesivo.

—Sí, Marta, sí, pesada... El policía Parra, que está en contacto con todos los que tienen algo que ver con vuestro caso, ha dejado caer que la caza mayor no es tu padre, sino la cabeza de tu padre y que lo de los robos son fuegos de artificio.

—Agus: o me lo explicas o me va a dar algo...

—Que el policía Parra no cree que a tu padre lo hayan asesinado ni los que asaltaron vuestras casas ni persona alguna. Pero que estos individuos, los que han entrado en los domicilios, buscan algo que tu padre sabía y que puede estar en algún ordenador. O en otra parte. En resumen: los ladrones son varios sujetos, probablemente tres, que tienen un pasado y algunos marrones de los que quieren liberarse. Y que en esta urbanización hay más líos. No me preguntes cuáles porque no lo sé. Marta: no me atosigues, que yo soy otra víctima más. En este caso, del ímpetu de mi padre. ¿Lo dejamos ahí?

—Lo dejamos, guapo. Ya te llamaré...

Lo dejamos ahí, claro. Pero sentí alivio porque la parte correspondiente a mi padre me proporcionó algo más de tranquilidad, aunque el escenario tenía mucho de galimatías. Un policía, uno importante, aunque jubilado y con deterioros en la salud, creía que murió porque le había llegado el día y no por causa diferente. ¿Me estaba engañando yo a mí misma? Probablemente. Pero el engaño me daba sosiego. Sentí que comenzaba a calmarme.

Habían pasado seis atardeceres desde nuestra llegada a Cádiz y tío Errol recibió primero un mensaje y, más tarde, una llamada del número 12. Estaba preocupado con su perro, que llevaba día y medio casi sin moverse en una esquina de la terraza. Algo inexplicable, según él. Errol, después de hablar con Fonseca, me comentó que, aunque estaba disfrutando de lo lindo en Sotogrande, quería volver a Majadahonda porque pensaba que su amigo le estaba mandando algún mensaje subliminal que no acertaba a entender. No puse inconveniente: eran las dos de la tarde y, si preparábamos unos bocadillos y llevábamos algo fresco para beber por el camino, en unas cinco horas podíamos llegar a casa.

Así lo hicimos. Pero al llegar nos dimos de bruces con otra sorpresa, ya que lo que sucedió al pisar la For fue de lo más desagradable. Fonseca nos esperaba en el jardín de tío Errol, tumbado en la hierba con la espalda apoyada en el seto, una botella de güisqui por la mitad, un vaso alto medio vacío y una cubitera con algún hielo muy derretido. No estaba especialmente borracho, pero sí bebido. Además, lloraba y trataba de mitigar su pena, la que fuese —porque no lo sabíamos—, a base de trasegar alcohol.

Nunca hubiese pensado que llegaría un día en el cual Víctor presentara un estado físico y anímico tan horripilante. Eran las ocho de la tarde, hacía un calor excesivo y entramos en la casa para dar consuelo al pobre Fonseca. Laura dijo que se iba a la piscina y Lobe se colocó tumbado en el punto más fresco de la casa: la puerta de mi habitación. Tenía la lengua fuera y se notaba que el pobre estaba recalentado: el calor madrileño lo atosigaba.

25
Salchichas

—Se me ha muerto el perro, Errol —dijo Fonseca, y de seguido se echó a llorar de nuevo.

Ver sollozar a un hombre de su hechura no es trago fácil. Víctor lloraba con ganas, como si se le hubiese muerto un hijo en sus brazos. Estaba pálido y bastante bebido (eso lo pude comprobar cuando lo vi bien de cerca), pero no había perdido el oremus. Mi tío no sabía qué hacer y me miraba a mí, que tampoco acertaba a reaccionar. Después de mucho silencio y de innumerables sollozos pensé que lo prudente era ir a la 12 y ver al perro.

Fonseca me dio la llave y, al llegar, me encontré en el porche al *border collie* encogido, la mandíbula algo desencajada, se había cagado y meado encima y tenía sus maravillosos ojos azules a medio cerrar. Efectivamente estaba muerto junto a un cuenco de agua y otro con pienso blando que, a esas horas, era ya comida para muchas moscas, moscones, mosquitos y avispas. Se me ocurrió llamar a la veterinaria, aunque ni yo era clienta habitual ni aquellas eran horas. Lo hice sin convencimiento, pero con ganas de ayudar. Mi sorpresa fue que la veterinaria contestó. Y no solo eso: es que se encontraba en su casa, que, según deduje, no estaba a más de quinientos metros de la nuestra. A la vista del panorama que acababa de pintarle sobre el dueño del perro, me dijo que venía en diez minutos.

La veterinaria Sagredo apareció en la 12, nos saludó, examinó al perro, preguntó por su edad (cinco años) y dijo que tenía que examinar el cadáver en su quirófano. Fonseca, al principio, se extrañó. No sabía de qué le estaban hablando.

—Creo que sería conveniente hacerle una necropsia, señor —dijo con aplomo Ana.

—¿Eso sirve para algo? —preguntó Fonseca.

—Para conocer de qué ha muerto. La necropsia nos dirá de qué murió, porque aquí percibo algo extraño. Son muchos años de profesión y he visto de todo o casi. Mi opinión como veterinaria es que sería conveniente abrir al perro en canal y examinar sus vísceras. Esa es una operación que cuesta dinero...

—Por eso no hay problema, señora —respondió Fonseca—. Lo que pretendo saber es si nos ayudará..., bueno, si me ayudará a mí en algo.

—Le ayudará a saber si su perro, por ejemplo, fue envenenado.

A Fonseca se le iluminó su mortecino rostro. Quiso decir varias cosas a la vez, pero no acertó con ninguna (le sucedía lo que ya me había pasado a mí). Tío Errol advirtió lo penoso de la situación y le explicó a la veterinaria que sí, que se llevara a Elio, que le hiciera la necropsia y nos diera los resultados cuanto antes.

—El informe sobre la inspección visual lo tendrán mañana. Si hay que enviar alguna de sus partes a analizar, se tarda unos cuántos días.

—¿Cuántos? —preguntó un inválido Fonseca.

—Procuraré que se haga en tiempo récord. Pero eso ya no depende de mí. Mañana se lo digo.

—Llévese a Elio, por favor —dijo Víctor secándose las lágrimas—. Y cuando acabe, incinérelo.

Acompañé a Ana a su automóvil y aproveché para decirle lo obvio: Elio para su dueño representaba lo mismo que un hijo porque era su única compañía. Y que hiciera todo lo posible para decirnos algo cuanto antes porque, sin dar más explicaciones, le insinué que todos los que nos encontrábamos en la casa estábamos pasando unos días muy malos por diferentes motivos. Sagredo no hizo una sola pregunta más y se llevó a Elio metido en una bolsa plástica negra con cremallera, que introdujimos en su coche entre ella y yo. Le dije que no me llamara. Yo lo haría a las diez de la mañana del día siguiente.

Volví a la 12 y Fonseca seguía hecho un eccehomo. Me despedí de Víctor con un abrazo y dos besos en sus mejillas resbaladizas. Pedí a mi tío que no dijera nada delante de Laura y fui en busca de mi hija a la piscina. Luego, en casa de Errol, cenamos unas tortillas con queso fundido y nos fuimos a la cama después de que Laura tratara de sacar al perro a la terraza.

—No sé si va a poder dormir con este calor, mamá... —dijo cuando se lo llevaba al patíbulo. A lo que respondí:

—Si se pone a aullar, lo metes dentro. Que duerma en tu habitación, con el aire acondicionado a tope. Que no te vea el tío, por favor.

Lobe durmió en la habitación de Laura, pero a las seis de la mañana quería salir. Yo lo escuchaba, pensaba en tío Errol y tuve que levantarme para decir a la niña:

—Sácalo afuera. Ahora no hace tanto calor. Vamos a dormir un rato más...

No eran las diez de la mañana cuando telefoneé a la veterinaria. No respondía y dejé un mensaje. Cuando acabé, ya me estaba llamando para decir:

—El *border collie* murió envenenado. La necropsia la hice ayer porque no quería esperar más. Si no te llamé fue para que pudieseis dormir con algo de tranquilidad. Pero no hay duda sobre lo que acabo de comentar: en su estómago todavía tenía, enteros, cuatro trozos de salchicha con venenos. En concreto, estricnina y estramonio. Las salchichas estaban troqueladas: en el interior había un hueco en forma de canuto con estramonio y estricnina, que es el matarratas de toda la vida. El animal había comido esas salchichas varias veces al menos dos días antes porque he encontrado restos en sus heces.

—¿El estramonio se consigue así, fácil?

—Es una planta. Sus semillas se venden. Pero si te encuentras con trozos de salchicha que llevan estramonio y estricnina en su interior, eso quiere decir que querían matar al perro. Al que analicé ayer y a otros, supongo. Lo tenéis que denunciar.

—No le veo a Fonseca yendo a la Guardia Civil, la verdad...

—La denuncia debes hacerla en la Policía local, la del pueblo. ¿Tienes la cartilla sanitaria, la oficial en Madrid para animales de compañía?

—Supongo que el dueño sí.

—Se la pides, vas a la policía y lo denuncias. Si el *border* comió varios trozos de salchicha quiere decir que habrá, es lo más probable, otros muchos que están por el suelo. Últimamente hay bastante sádico suelto, créeme...

—Voy a ver cómo resuelvo esto de la denuncia sin molestar mucho al dueño porque no está para nada... Por favor: la factura me la mandas por *e-mail* y adjuntas el número de vuestra cuenta bancaria. Hoy mismo te hago la transferencia.

—No hay prisa, mujer...

Iba a despedirme, pero me vino una idea fugaz, como si fuera un relámpago.

—Quiero preguntarte algo: el dueño del *border* es viudo y tenía a Elio como si fuera un hijo. Se me ocurre esto: ¿si le regalo un perro exactamente igual, de la misma raza y color? ¿Qué te parece?

La veterinaria tardó unos segundos en responder.

—La verdad: no lo sé. Si estuviera en tu lugar, antes hablaría con el señor. Quizá no quiera estar atado a un perro, por mucho que le duela la muerte del que tenía... Lo normal es que esté de acuerdo, pero no mañana. Pregúntaselo. Si te dice que sí, yo te lo consigo. Conocemos criadores y no sería ningún problema.

—De acuerdo. Con lo que sea, te llamo. Muchas gracias por todo.

Cuando corté la llamada me quedé pensando. Dos robos, una autopsia pendiente —la de mi padre—, un perro envenenado... Eso ya era algo absolutamente fuera de lo común, anormal en sí mismo. Sin encomendarme ni a Dios ni al diablo salí de la 18 y, por la calle, fui a casa de Agustín para contárselo a su padre. Toqué el timbre. Me abrió una joven que llevaba una bata azul claro y me identifiqué.

—Soy la vecina del número 1, amiga de Agustín, y quiero hablar con su padre, don Pompeyo —le dije.

—Ah, señora: don Pompeyo no puede hablar...

—Eso ya lo sé. Hágame un favor: dígale que estoy aquí.

—Ahora mismo, señora. Espere un momento. Voy a avisarlo.

En un santiamén apareció la Triplepé en su silla, levantando las manos. Interpreté que me estaba diciendo: pasa. Y eso es lo que hice. Le di dos besos y me señaló un sofá. Él se colocó a mi vera. Con las manos abiertas me dijo que hablara.

—Verá, don Pompeyo: vengo por una cosa muy menor, pero es que prefiero consultársela a usted. No me atrevo a ir a la Policía local para...

Don Pompeyo chasqueó malamente sus dedos y yo interpreté que me estaba diciendo que fuera al asunto, sin circunloquios.

—Han envenenado al perro de nuestro amigo Víctor Fonseca, que vive casi enfrente de esta casa. Ayer murió, avisé a una veterinaria, se lo llevó ya de noche y hace media hora me acaba de confirmar lo que nos sugirió desde el comienzo: el perro ha muerto envenenado con salchichas que contienen veneno y que deben de estar esparcidas por la For...

Iba a seguir contando algo más, pero di un grito.

—¡Lobeeee!

Le pedí permiso para hacer una llamada. Localicé a Laura y ordené:

—No pasees al perro por ninguna zona de la urbanización. Llévatelo fuera para que haga sus necesidades. Y no te separes de él ni un segundo. Que no coma nada que no sea su pienso.

Contuve la respiración. Laura no dijo nada y después de pensarlo un segundo, añadí:

—Hay veneno para matar perros dentro de salchichas que han esparcido en la For, Laura. Lobe tiene que salir fuera para sus necesidades y el resto del tiempo estar dentro de casa. Siempre contigo. No debe de estar nunca solo. ¿Queda claro?

—Por supuesto, mamá. ¿Dónde estás?

—En casa de Agustín. Voy ahora mismo. Deja la puerta del jardín abierta. Pero sujeta a Lobe con la correa. Que no se escape...

—No es necesario que me lo repitas otra vez. Ya te espero, mami.

Mientras estuve hablando con Laura observé que don Pompeyo escribía en su tableta. Estaba pendiente de algo, de alguna respuesta, de un *e-mail*, quizá. Estuvimos un ratito en silencio y cuando llegó lo que esperaba pasó al modo pizarra táctil y escribió:

—Vete a tu casa. Un guardia está en camino.

—¿A qué casa, don Pompeyo: a la mía o a la de mi tío?

—A la tuya —dijo con sus manos.

Al menos, eso le entendí. Luego escribió que el perro de su hijo no saldría de su jardín ni para mear. Me despedí con dos besos y fui casi corriendo a la 1. La casa estaba llena de gente: pintores, escayolistas, carpinteros, un par de señores que tomaban medidas, varios electricistas, la secretaria de Ana... Me presenté como la propietaria, les dije que siguieran con sus trabajos y cerré la puerta, que estaba abierta cuando llegué. Me senté en una silla de la entrada a esperar. No pasaron diez minutos cuando sonó el timbre. Abrí y vi dos coches de la Guardia Civil, uno de la Policía local y una persona de paisano que me decía:

—¿Doña Marta MacDonald?

—Yo misma.

—¿Podemos pasar?

—¿A dónde? Esta casa está en obras...

—Al jardín, señora.

—Ah, claro, por supuesto.

Estaba absolutamente alelada. Pensaba en Fonseca, en su perro, en el nuestro, en Laura, en mi tío, en la muerte de mi padre, en don Pompeyo... Tenía un barullo monumental. Pero llevé a la tropa hasta el jardín y el guardia que parecía al mando me dijo:

—Estamos al tanto del envenenamiento. Queremos revisar las zonas verdes de la urbanización y el terreno específico que tienen para perros. En unos minutos van a venir especialistas del Servicio Cinológico y unos técnicos del Ayuntamiento. La zona dedicada a los perros la vamos a vallar con un material plástico traslúcido. Debemos de rastrearlo todo para ver si encontramos más salchichas con veneno. Probablemente estemos por aquí de tres a cuatro horas...

—No hay problema, agente. Mi hija y yo estamos viviendo temporalmente en casa del hermano de mi difunto padre, allá enfrente.

Les señalé la casa con la mano y añadí:

—Voy a estar esperándolos.

—Cuando acabemos pasaré a despedirme. Bueno, y a comentarle si hemos encontrado algo, por supuesto.

—Muchas gracias.

Cuando regresé a casa de Errol solo vi ojos que escrutaban. Fonseca, que según dijo llevaba una hora de palique con mi tío, tenía otra cara. Pero al fondo de su mirada había un no sé qué, mezcla de angustia, ansiedad e impaciencia muy evidente. Y tío Errol me insinuó con los ojos que estaban esperando lo que tenía que decirles. Por eso mismo no me fui por peteneras para dulcificar el relato.

—He hablado con la veterinaria y la necropsia es definitiva: a Elio lo envenenaron con trocitos de salchicha que llevaban semillas de estramonio y estricnina. O sea, matarratas. Cuando lo he sabido me han entrado los nervios y he pensado decírselo al comandante de la Guardia Civil. Al final he optado por ir a casa de mi amigo Agus para hablar con su padre, don Pompeyo Parra, antiguo jefe de la policía, y en diez minutos ha movido tantos hilos que ahora mismo hay por la urbanización una docena de guardias y policías, está en camino algún agente del Servicio Cinológico...

—¿Qué es eso? —preguntó con cara de asco Fonseca.

—La unidad canina de la Guardia Civil. Van a forrar la valla del parque de los perros con material plástico para trabajar sin que los vean. Y cuando hayan acabado, vendrán a despedirse. A eso, y también para decirnos lo que estimen oportuno.

—Vamos a esperar —dijo Fonseca—. Los robos, Elio envenenado... Mira, Errol: aquí está pasando algo gordo. No sé qué será, pero es algo gordo, ¿no?

Mi tío no entró al trapo.

—Últimamente en la For suceden cosas muy extrañas. ¿Por qué no te quedas a comer y rebajamos la tensión con algo de vino?

—Bueno, sí, me parece bien. No es que tenga muchas ganas, pero...

—Por cierto, Víctor: ¿tienes la cartilla sanitaria de Elio?

—Claro. En este bolsillo.

Se señaló el trasero.

—¿La necesitas?

—Yo, no. Pero quizá los policías que andan por aquí, sí.

Como lo vi tan hundido solté mi ocurrencia.

—¿No te gustaría tener otro perro, otro *border collie*?

Antes de responder me miró con ojos de rana. Creo que era la última pregunta que podía esperar.

—Para pensar en eso estoy ahora...

Creo que no estuve fina. No era el momento.

26
De nuevo, el parque de perros

—El parque de perros queda cerrado hasta nuevo aviso —nos dijo el guardia de paisano antes de abandonar con su equipo la urbanización—. Hemos localizado dieciocho porciones de salchicha, que nos llevamos para analizar. Se han rastreado los jardines, los alrededores de la piscina, las zonas comunes... En fin: todas las partes por las que pueda colarse un perro. Pero ignoramos si otro animal doméstico, sea perro o gato, ha ingerido las salchichas envenenadas. La urbanización sigue vigilada.

En ese momento pensé: «De poco nos sirve». Me callé.

—¿Durante cuánto tiempo vamos a permanecer con el parque cerrado?

—Al menos, dos semanas —respondió el agente—. Otro equipo de la Policía local de Majadahonda vendrá mañana para continuar el trabajo. Si tenemos novedades yo mismo volveré para comunicarles lo que proceda. Vamos a tratar de que lo sucedido no trascienda a los medios de comunicación, pero eso ya no está en nuestras manos...

—De aquí no sale una información al respecto. Como presidente de la comunidad de propietarios —dijo Errol— ahora mismo, casa por casa, voy a visitar a nuestros vecinos para informarles de lo que ha pasado, sugerirles que tengan la boca cerrada y que se preocupen por sus animales. No conviene que trascienda nada.

—Es lo mejor —respondió el guardia.

Cuando se fueron los guardias y policías, que no eran menos de una docena, mi tío y Fonseca iniciaron una peregrinación para comunicar lo sucedido. Luego nos juntamos en la 12 y caí en la cuenta de algo en lo que no había reparado hasta entonces: no habíamos cambiado las cerraduras de las dos viviendas. Las llaves seguían siendo las mismas. Se lo comenté a mi tío y, sin mediar otra palabra, llamó a Roberto Cámara padre y le pidió que nos ayudara para buscar a un cerrajero.

Nos respondió que para el día siguiente el problema estaría resuelto. De seguido avisé a Ana Castillo y le indiqué que para acceder a nuestra casa debería de tener algún sistema más seguro, que eso de entrar y dejar la puerta abierta se había acabado. Que se trataba de una orden de la Guardia Civil, algo que no era cierto. Quedamos en vernos al día siguiente y, de paso, repasar la paleta de colores que había elegido y las telas de las cortinas. Solo con eso ya me sentí más tranquila. Pero es que, además, tuve otra idea: volver a Sotogrande, pero llevándonos al pobre Fonseca, que seguía siendo un alma en pena. Luego, comimos. Y, por descontado, bebimos. El vino es buena medicina para levantar —al menos temporalmente— el ánimo. Así lo creo.

Al mediodía siguiente, con cerraduras nuevas y la ayudante de Castillo en nuestra casa mientras durase la obra, controlando con una sola llave las entradas y salidas de los gremios, salimos para Sotogrande. En Majadahonda el calor seguía siendo insoportable; lo padecíamos nosotros y el pobre Lobe, que, a medida que pasaban las semanas, se iba haciendo un perro con todas las de la ley. Eso ya lo habíamos notado un par de veces, cuando se cruzaba por la calle con otros perros, machos como él, y gruñía, encorvaba la espalda y enseñaba sus colmillos para demostrar que era un *malamute* alfa.

En casa, era un cordero asustadizo. Fuera, su porte de lobo llamaba la atención y, en ocasiones, atemorizaba. Muchas personas nos hablaban de su belleza y Lobe movía la cola, como si entendiera que se referían a él. No era cariñoso, como nos habían advertido, pero su mirada interrogante nos hacía gracia. Si le daba por aullar, Laura le preguntaba:

—No te entiendo. ¿Qué nos quieres decir?

Lobe ladeaba la cabeza y generalmente se sentaba sobre sus patas traseras. Estaba siempre atento a cualquier ruido o movimiento, pero en casa funcionaba como si fuera un gato. Silencioso, esquivo, con su cara de perro serio. ¿Sería capaz de defendernos si nos atacaran? Su vendedora ya nos había advertido de que no son de ese tipo de perros, agresivos, que saltan a la primera de cambio. Pero su porte, cuando se ponía serio, estiraba las orejas y miraba de forma inquisitorial asustaba a cualquiera que no supiera de perros. Y su cola, peluda, ancha y de más de medio metro, todavía realzaba más su silueta de lobo urbano. Eso sí: como hacía tanto calor soltaba pelo a diario como para tejer una alfombra de tamaño mediano. La señora de servicio de mi tío decía que cada dos días llenaba de pelo una bolsa del aspirador.

En Sotogrande descubrimos que Fonseca era un nadador de excepción, como tuvimos ocasión de ver en el mar. Un día, en el barco de un amigo suyo, estuvimos costeando hasta llegar a un punto en el que el patrón del yate paró los motores y fondeó. Fonseca, con unas gafitas de nadador de piscina, se lanzó desde la popa y lo llegamos a perder de vista, mientras Laura y yo hacíamos esnórquel. Vimos delfines y regresamos al puerto con la sensación de que debíamos de repetir, porque la experiencia nos gustó. Yo tengo muchas horas de navegación, pero para Laura fue la primera vez y, por ese mismo motivo, la experiencia de su vida.

En dos semanas apenas si tuvimos llamadas; se notaba que era época de vacaciones. Pero un lunes me acordé de que tenía pendiente el viaje de Eli y Rivero, y ese asunto resultaba inaplazable. Por ese motivo convencí a mi tío para regresar y el martes estábamos de nuevo en casa. Ya no había tela plástica ocultando el parque de perros y deduje que si no nos habían avisado los policías o la Guardia Civil es porque no tenían nada que contar. Enseguida supe que don Pompeyo estaba al tanto de todo y quería vernos. Su hijo, también. Agus pretendía que fuésemos a comprar el equipamiento motero porque mi BMW —él lo había sabido antes que yo— estaba en el concesionario lista para ser matriculada a mi nombre.

Por una vez en meses hice las cosas por su orden. Primero llamé a Eli y le dije que mandara las cajas de la mudanza por DHL (algunas mías seguían apiladas en el garaje...). Respondió que estaban preparados y esperando. Luego me puse en contacto con Cámara padre para que se encargara de los asuntos legales de la familia Rivero; que preparase el contrato de Eli para ya. A mi tío le pedí lo mismo para José: su contrato de trabajo. A María de la Victoria, que limpiara la casa de invitados y me informara de las novedades. Respondió, algo seca, que no tenía nada que contar.

Más adelante concerté una visita a nuestra casa con la decoradora Castillo porque tenía el pálpito de que la obra avanzaba a mayor velocidad de la prevista. Finalmente telefoneé de nuevo a Cámara para saber si nuestro seguro de hogar cubría, además de los ordenadores, las botellas de güisqui tan caras. Resultó que sí, pero no. Los objetos de colección o los de valor especial solo estaban cubiertos por las pólizas hasta los ocho mil euros. Los ordenadores, por supuesto. Se lo comenté a mi tío y sonrió.

—Me pagan el coñac a su valor actual, pero las botellas de Ian las han dejado a precio de derribo, querida —me dijo—. Morirme sin catar el Macallan 1926 y el Dalmore Selene es... ¿Sabes lo que es?

—No —respondí—. ¿Qué es?

—Una putada. Son dos güisquis de excepción. Y eso para un escocés es mucho más que una mala faena.

Al final, nos quedamos sin ver a don Pompeyo. Si tenía algo que decirnos supongo que no era importante porque no insistió. Nosotros, tampoco.

Estábamos ya en la última quincena de agosto y, para nuestra sorpresa, hubo una semana en la que el tiempo, el meteorológico, se torció. Afortunadamente. Don Pompeyo me había dicho en un correo electrónico que regresaba a su casa de Madrid y que, en un plazo breve, que no concretó, tendríamos novedades. También que estuviera tranquila «porque todo va en línea recta», puntualizó. Le pregunté a Agus si sabía a qué aludía su padre cuando hablaba de la rectitud de la línea, pero me respondió que no tenía idea.

Respecto a mis aficiones tengo que decir que en una mañana de sábado habíamos comprado el equipamiento, la moto estaba ya en el garaje de casa y dos tardes del Ferragosto madrileño nos lanzamos a la carretera camino del Real Sitio de San Ildefonso, la primera, y la otra fuimos hasta Ávila.

Agus andaba muy bien en su BMW, pero a mí no se me había olvidado llevar una moto. Le seguía pegada a su rueda, y en muchas ocasiones lo hubiese adelantado para darle más gas al acelerador y tumbarme en las curvas a mis anchas. Era lo que me pedía el cuerpo. Mi madre decía que quien de servilleta llega a mantel, nadie puede con él. Esa era la sensación que tenía sobre mi R1200R. Si quería ir rápido, a mí no me iba a seguir la rueda casi nadie; tampoco Agustín, por supuesto.

El caso es que llegaron unas jornadas en las que amanecía con un sol esplendoroso y después de comer el cielo se oscurecía, se partían las nubes y diluviaba. Nuestra propia huerta llegó a inundarse y el miedo que tenía era que granizase. Con el pedrisco, adiós a las verduras, a las frutas. Adiós al vino de MacDonald, adiós a The Four Wines.

Por unos días la tierra que pisábamos en la For reblandeció a causa de las tormentas. Buena falta le hacía porque ni los aspersores ni los difusores ni el riego por goteo podían con tanto calor reconcentrado por todas partes. La fachada sur de nuestra casa era un radiador que no bajaba de los veintiocho grados. El interior de la vivienda también se había recalentado. Como el pobre Lobe, que no localizaba un sitio fresco en toda la casa para tumbarse. Laura, cuando el sol bajaba del pedestal, se lo llevaba por los alrededores y, tan pronto como lo notaba cansado, regresaba y lo dejaba un rato largo en el parque de perros.

Hubo una tarde que se olvidó del perro porque chateaba con una amiga londinense y Lobe hizo una de las suyas. En la zona del parque donde olisqueaba y arañaba la tierra, por efecto de las tormentas había charcos y algo de barro. Hasta que el suelo absorbió el agua y Lobe comenzó a escarbar. Laura me dijo que no se dio cuenta de que había hecho una zanja tan grande, tan enorme, que al propio perro casi ni se le veía cuando escarbaba. Pero que, en un momento dado, paró. Mi hija, que tiene la imaginación propia de las niñas de doce años, contó después que Lobe se acercó hasta la valla donde se había apoyado para chatear con su amiga Rosemarie y le dio en la pantorrilla varias veces con el morro, como si quisiera avisarle de algo extraño.

Cuando al fin acabaron los mensajes, el perro volvió a la zanja, Laura lo siguió y en el fondo del agujero apreció con nitidez un trozo de plástico verde oscuro, del que sobresalían unos huesos pequeños, o algo similar. Mi hija se asustó y vino a casa corriendo, con el perro atado. Regresé con ella, me acerqué al agujero, doblé las rodillas para quedar en cuclillas, aparté tierra y vi lo que vi. En la esquina de una bolsa plástica enterrada parecían escaparse los huesos de una mano carniseca, de piel oscura.

Aunque eran las nueve de la noche pedí a Laura que regresara a casa de Errol, le contara lo que habíamos visto y le dijera que me iba en coche al cuartel de la Guardia Civil. Estaba absolutamente segura de que Lobe había localizado un cadáver de alguien encerrado en una bolsa dentro de la zanja que el perro, de esa forma tan insistente con la que los canes persiguen a una presa, había abierto en el pequeño desmonte.

El primer barullo que se formó en mi cabeza fue cuando quise hacer unas cuantas cosas a la vez y me quedé rígida. Estaba en el garaje, pero no encontraba la llave del Range. Quería avisar a Agus, pero las piernas no me seguían. Tenía que ir al cuartel de la Guardia Civil, pero no podía. Las manos, además, se me habían vuelto torpes, muy torpes; tanto, que no sujetaban bien el teléfono móvil y el aparato se me escurría. Vamos, que estaba en pleno hiato y el cerebro se había despegado del resto del cuerpo.

Por todo ello decidí respirar profundo, estirarme la columna elevando la cabeza hacia el techo y hacer unos ejercicios musculares apoyando los brazos sobre un lateral del capó. Una simple tabla de la gimnasia más elemental.

La cosa funcionó porque, en un *flash*, pensé: ¿para qué voy a ir al cuartel? Voy a llamar al 062, me identifico, les hablo de lo que acabo de ver y espero instrucciones. Con alguna dificultad (los dedos se me hacían huéspedes con el teclado) logré comunicarme con el teléfono de ayuda de la Guardia Civil, me atendieron y, a la vez, indicaron que esperase la llegada de uno de sus coches en la puerta. Hice eso y, además, le conté telefónicamente a Agus lo que acababa de ver. Me pidió que lo esperase y aseguró que se comunicaba con su padre de inmediato.

A partir de ahí el lío que se montó fue monumental porque un rato después el jardín de mi casa era un campamento militar al que iban llegando, en oleadas, más y más agentes de la Guardia Civil, unos sin uniforme, otros de verde y alguno con chubasquero blanco. Incluso, el comandante Garayoa apareció en casa y, aunque no estaba de servicio y vestía de paisano, fue quien más órdenes dio. No se había hecho de noche y por la puerta de acceso a la urbanización entró una excavadora compacta, una Bobcat, y detrás, como en procesión, salimos los guardias, Agus y yo hasta la zona de perros. El lugar en el que emergía lo que me parecía una mano fue removido una vez que llegó el juez de guardia con el secretario del juzgado, y vi sacar un bulto envuelto en malla antihierbas verde, que varios agentes con buzos blancos depositaron sobre una camilla. Dijeron que era un cadáver.

Minutos después todo el parque estaba de nuevo vallado por plástico traslúcido y no tenía sentido que siguiéramos allí. Se lo comenté al comandante Garayoa y me respondió que lo mejor que podíamos hacer era repetir la jugada de las salchichas envenenadas: ir de puerta en puerta advirtiendo a los inquilinos de que la zona para perros quedaba otra vez clausurada («para hacer nuevos exámenes», me sugirió) y así evitar que la noticia del hallazgo de un cadáver en la urbanización acabara en los informativos. Con paciencia franciscana y mucho empeño Errol y Fonseca fueron casa por casa para informar de que la Guardia Civil estaba realizando un nuevo estudio del parque y que no se permitía el acceso de perros. Nadie, excepto nosotros, supo que en la For había aparecido un cadáver.

A no sé qué horas de la noche Garayoa se presentó en casa de mi tío para comentar que al día siguiente debía de ir al cuartel para que me tomaran declaración. Pregunté si era necesario que también fuese Laura y dijo que era conveniente, a pesar de sus doce añitos. A fin de cuentas, ella era la única persona que había visto al perro escarbar hasta que brotó la malla verde y, con ella, el cuerpo de aquella persona. Agustín dijo que me acompañaría porque el asunto era peliagudo. No por lo que hubiésemos visto, sino por lo que la

Guardia Civil había localizado. Aquella noche Laura se fue a la cama pensando en cómo sería de interesante estar frente a un agente de la autoridad contando que su perro era capaz de barrenar la tierra con sus patitas. Lobe seguía siendo un cachorro, pero ya debía de pesar sobre los veinte kilos. Crecía a diario.

27
Las fotografías

CUANDO llegamos al cuartel —que comenzaba a ser un edificio familiar para nosotros— estaba esperándonos la plana mayor de la Guardia Civil y otras personas que no vestían uniforme alguno. La declaración fue mucho más extensa de lo que había previsto y, de no ser por Agus, creo que me hubiese agobiado. Laura, no. Para ella contar lo que había pasado la noche anterior era revivir una película y verse rodeada de tanto guardia creo que sentó bien a mi hija porque se veía protagonista; la actriz principal. En dos palabras: le gustó. Tras finalizar la declaración volvió a aparecer el coronel Bueno (al que allí mismo supe que lo apodaban Gallo), con la misma prisa que la vez anterior, mirando su reloj porque, según dijo, llegaba tarde a no sé dónde y en Majadahonda se encontraba de paso. Saludó, se fue y nos quedamos con Garayoa y sus gentes. El comandante nos hizo una pregunta:

—¿Cuántas personas están, a día de hoy, viviendo en la urbanización?

No lo sabía, en verdad. Pero pedí permiso para llamar a mi tío y Errol me dijo que había diez viviendas habitadas porque en el resto, las otras ocho, había vecinos de vacaciones, tres se encontraban cerradas por ser propiedad de bancos que no las habían podido vender y una estaba vacía porque el inquilino se había ido.

—Por si no tuviéramos bastante con los sucesos que están aconteciendo en esta urbanización, uno de los chalés era de un señor que está en la cárcel por ese asunto que los periódicos llaman la trama Gürtel. No sé si tendrá algo que ver en esta historia —conté al comandante.

Garayoa me miró como si fuese un perro amarillo.

—Muchas gracias por su desparpajo, señora MacDonald, pero la Gürtel no tiene cabida en este caso. En su caso.

—¿Nuestro caso? —le pregunté echándole mucho morro.

—Exacto. El caso de la For. No puedo desvelar cuestión alguna, excepto que ese tema de la Gürtel aquí no pinta nada.

De seguido, y cambiando de asunto, añadió:

—A las personas mayores de edad las vamos a citar aquí para que vean una serie de fotografías. En la investigación abierta por el primer robo, que agrupa momentáneamente todos los incidentes que han ocurrido en la urbanización, hay una línea de inspección, muy sólida, que precisa de su colaboración. Se trata de que revisen fotografías de personas y traten de recordar si reconocen a alguna que haya aparecido por aquí en época bastante reciente.

—Comandante: Laura tiene doce años y ha estado en casa de mis padres en unas veinte ocasiones, siempre de vacaciones. Y yo he vivido en Londres casi los últimos dos decenios. Es que de los miembros fundadores de la urbanización quedan muy pocos...

—No me refiero exclusivamente a eso, doña Marta. Ustedes van a ver fotografías de personas que, en su mayoría, puede que no estén relacionadas con las viviendas. Es decir: no eran propietarios, pero han estado aquí, en esta urbanización en compañía, o no, de personas que sí lo eran. O lo habían sido...

—No le entiendo...

—Da igual, señora. Nosotros vamos a proceder a citar a los inquilinos para ver si reconocen a alguna persona en una serie fotográfica. Usted misma, doña Marta, ha podido cruzarse en la calle con alguien varias veces y quizá su foto esté entre las que los agentes le van a mostrar...

—Bien, comandante: no hay problema. Agustín, aquí

presente, mi tío Errol y el señor Fonseca, a los que voy a informar ahora mismo, y yo vendremos dentro de dos días, si nos dice una hora. Y avisaré al portero, que, por lo que me han informado, lleva poco tiempo trabajando en la urbanización. Y que, además, supongo que no ha visto nada porque todos los incidentes han ocurrido fuera de su horario laboral.

—Es usted observadora, doña Marta...

—Mire, comandante: deformación profesional. Soy bancaria y mi trabajo consiste... Bueno, consistía, porque no sé qué hare a partir del mes que viene, en analizar. Y lo de analizar, ya le digo, sirve para todo en la vida. Lo mismo informes de riesgo económico que la ropa de las personas. O algunas caras, todo hay que decirlo.

—Perfecto —respondió Garayoa—. El jueves a las diez los esperamos. Al resto del vecindario se le oficiará una cita. Del portero, nos encargamos nosotros. Buenos días.

Salimos del cuartel y Laura ya nos estaba haciendo preguntas. Se había montado una película en su cabeza y quería saber el resultado final antes de comenzar. Agus la entretuvo diciendo que los asuntos policiales son tediosos y que se sujetan en una multitud de pequeños fragmentos, muchos de ellos imperceptibles para los simples mortales, porque, aseguró, «el demonio está en los detalles». Creo que Laura se dio por satisfecha. Quien no lo hizo fue don Pompeyo, que se presentó en taxi cuando estábamos llegando a la 7 y me enseñó una frase en su pizarra: «Todo está más cerca de nosotros, aunque no lo parezca». Como no entendí que quería decir, se lo pregunté:

—¿Qué es lo que está cerca, don Pompeyo?

Rumió algo que no entendí, Agustín lo introdujo en su casa empujando la silla de ruedas y, ya dentro, la Triplepé lo tomó del brazo para decirle con su jerigonza gutural lo siguiente:

—La UCO tiene pistas. Y el cadáver encontrado en el parque las amplifica. Estamos cerca. No hay que ir muy lejos para concluir la investigación. Se van a llevar una sorpresa porque la línea que ha seguido la UCO mata todos los pájaros de un tiro. Es una línea recta.

Como seguía sin entender de la misa la media dije que nosotras nos íbamos porque debíamos de sacar al perro y que a la tarde pasaríamos de nuevo por la 7 para conversar sobre lo que el padre de Agus quisiera. Don Pompeyo respondió con su pizarra:

—La investigación es cosa de la UCO. Yo solo soy un observador.

Con esa frase nos despedimos.

Una hora después recibí una llamada en la que una señorita que decía hablar en nombre de la empresa DHL y me preguntó si estábamos en casa porque iban a entregar las cajas con las pertenencias de Eli. En ese momento caí en la cuenta de que nuestra *nanny* y su marido, José, llegaban en tres días a Madrid. Del revoltijo que era mi cerebro brotó una luz: llamar a Ana Castillo para saber si su trabajo estaba ya a punto de finalizar. Resultó que sí: que en dos días la obra de decoración quedaba finiquitada porque solo restaba dar una limpieza general a la vivienda. Y pagar. Quedamos en vernos al día siguiente. A Laura se le alegró el rostro cuando le comenté que Eli venía y se quedaba para siempre. La echaba de menos, y yo lo sabía. También lo notaba.

Nos encaminamos hasta nuestra casa para esperar la llegada de las cajas. Cuando llamaron a la puerta, ordené a los operarios de DHL que dejaran todo en la casa de invitados, como si fueran regalos de bienvenida. Una parte de mis pertenencias londinenses continuaba apilada en el garaje. Con el trabajo cumplido fuimos a casa de tío Errol para darle las nuevas: en dos días nos volvíamos a la 1, a continuación, llegaban Eli y Rivero y Ana Castillo quedaba libre para acometer la reforma de su cocina. Errol sonrió con picardía y nos anunció que iba a preparar una fiesta de despedida.

—¿Despedida? Pero si nos volvemos a la casa de enfrente y vamos a seguir viéndonos exactamente igual...

—Es una forma de hablar, Big Mac. En realidad, es Fonseca quien quiere hacer una fiestecilla. Roberto sigue triste, necesita contacto humano, ya sabes...

—Se lo daremos, tío. Pero si quiere contacto humano que se busque una novia, ¿no?

Me reí con tanta fuerza que un hipo pernicioso casi acaba con mi vida. Tuve que tirarme en el suelo boca abajo y Errol no sé qué masajes me dio que al poco rato ya estaba recuperada. Laura se quedó absorta observando a Errol darme golpecitos a la altura de las costillas y el pobre Lobe me miraba, con la cabeza ladeada, como si estuviera a punto de fallecer.

Los dos días siguientes fueron de mucho trajín. Llamé a María de la Victoria para que se encargara de la limpieza, pero no contestaba. Tuve que pedirle a mi tío que me hiciera un favor: necesitaba la ayuda de su chica para todo porque limpiar, siquiera por encima la 1, representaba, para mí, una tarea hercúlea. Errol respondió que sí, que Eva se encargaría del trabajo. Incluso, dijo más: si se necesitan dos personas para dejar la 1 en condiciones Eva tiene una hermana que le puede ayudar. Prometí darle una propina acorde al auxilio que nos iba a prestar.

Dediqué bastante tiempo en visitas a don Pompeyo, pero no conseguí nada que no hubiera dicho con antelación y nunca hice alusión a las confidencias que me había hecho su hijo. Eso, la falta de información, para mí, era un misterio que no entendía. Incluso, cuando el jueves fui al cuartel para examinar las fotografías que la Guardia Civil tenía preparadas para que las revisara, pregunté al comandante Garayoa si la investigación transitaba por algún vericueto en el que don Pompeyo tuviese cierta responsabilidad, pero me dijo que no. Que la Triplepé era un policía retirado, muy conocido y reconocido, pero que resolver el aluvión de sucesos acaecidos en la For era tarea suya, de la Guardia Civil, y de nadie más. Y que el padre de Agus era muy amigo del coronel Bueno. Pero que ahí quedaba la cosa, aunque añadió que alguna de sus observaciones se había tenido muy en cuenta. Deduje que los cuerpos policiales son muy celosos de lo suyo y que, además, no sueltan prenda. Pero me parecía increíble que don Pompeyo no hubiese estado, a su manera, al tanto de todo. Incluso ordenando. Se percibía que tenía callo en eso de mandar.

No reconocí a ninguno de los fotografiados. Ni a los que habían sido retratados en la calle ni de los que me enseñaron fotos propias de carné de identidad. No fue el caso de mi tío, de Fonseca y, creo, dos vecinos más, que reconocieron al menos a una persona, pero lo mantuvieron en silencio porque así se lo pidió la Guardia Civil. Una servidora, por lo tanto, seguía *in albis* y con una mosca del tamaño de un tábano detrás de la oreja. Creía que sabía algo, poco, en realidad (para ser exactos, lo de la línea recta; nada) y mi propio tío conocía aspectos ignotos para mí. A pesar de estas incógnitas, había en el ambiente un aroma que me daba buena espina. Quizá fuesen las ganas que tenía de que finalizara el embrollo en el que vegetábamos y averiguar, por fin, algo de la tramoya que nos estaba tocando vivir.

Como lo importante era, en aquellos días, recibir *comme il faut* a Eli y a Rivero, propuse a mi tío que la fiesta de despedida fuese también otra de bienvenida. Es decir: que los Rivero fuesen invitados nada más llegar porque, como le informé, para nosotros son de la familia. Y que no olvidara el asunto del contrato de José, ya que era un tema muy importante para mí.

Fue exactamente así porque el día que llegaron los recibimos con globos en el aeropuerto de Barajas y de ahí marchamos a la 12, donde Fonseca nos dio una cena inolvidable, música incluida, y asumí que comenzaba una nueva etapa en mi vida. Tenía una casa prácticamente nueva, a los Rivero, a mi tío, a Fonseca y a mi querido Agus. También al adorable Lobe y notaba que Laura era una niña feliz (su tío abuelo le había conseguido plaza en un *british school* para el próximo curso que le pareció «fantabuloso»). No podía pedir más, esa es la verdad.

Todo comenzó a torcerse al día siguiente cuando, después de llamar hasta el aburrimiento a María de la Victoria, por fin alguien respondió al teléfono. Era su hija y me dejó asombrada cuando afirmó:

—Doña Marta: mi madre no ha podido responder a sus llamadas porque hace dos días que vino la Guardia Civil a nuestra casa y se la llevaron detenida. Yo no me atreví a tocar su teléfono. Hasta hoy.

Tardé en reaccionar. Pero cuando lo hice pregunté la cuestión más insulsa de mi vida:

—¿Ha hecho algo malo?

—No lo sabemos, señora. Está detenida por todos los jaleos que ha habido en la urbanización. Quizá usted sepa algo más…

—¿Yo? Es la primera noticia que tengo. Y me acabo de quedar aturdida. Mañana te vuelvo a llamar y espero, para entonces, obtener alguna información.

—Muchas gracias, señora. Estoy muy asustada…

Iba a decir algo más, pero comenzó a llorar.

—No pierdas la calma, María. Una cosa es estar detenida y otra ser acusada de algo. Mañana seguimos hablando. Adiós.

Al cortar la llamada me quedé pensando: «Si está detenida será porque, probablemente, la acusen de algo. Vaya embrollo que tenemos». Como me venía sucediendo últimamente quise hacer varias cosas a la vez, pero no acerté con ninguna. Bueno, con una. Llamar a Agus y pedirle que preguntara a su padre si sabía algo de este nuevo desaguisado. Respondió que no podía ya que, como eran las diez de la noche, su padre estaba en la cama; no le parecía oportuno entrar y despertarlo. Quedamos en hablar al día siguiente.

Me encontraba bastante alterada y decidí ir a casa de mi tío para darle la información. Se quedó sorprendido, pero no tanto como esperaba. Y eso me dio que pensar. Y pensando pensando llegué a las siguientes conclusiones: la que no sabía nada de nada, exclusivamente, era yo, y en mi entorno todos estaban guardando silencio. Entre tanto desaguisado, a la mañana siguiente se me olvidó llamar a la hija de María de la Victoria.

28
Lingotes de oro

ESTÁBAMOS ya instaladas en nuestra casa y los Rivero nos hacían compañía porque, además de desayunar, comer y cenar juntos, dimos muchos paseos por los alrededores para que comenzaran a conocer la zona en la que estaban viviendo. Les propuse que compraran unos teléfonos móviles de prepago porque, si yo tenía que salir y necesitaba comunicarme con Eli, no había forma de hacerlo si estaban en su casa. La de invitados no tenía teléfono fijo. Laura los llevó andando hasta la misma tienda en la que nosotras nos habíamos hecho clientas de Telefónica y dejamos el asunto resuelto.

La tarde noche del viernes tuve una llamada de la teniente Luisa Cañas que me dejó totalmente desubicada: planteó un asunto insólito.

—En los últimos años, ¿su padre tuvo lingotes de oro en casa? ¿Lo sabe usted? ¿Conoce si todavía están depositados en la caja fuerte de algún banco o en su propio domicilio?

Era lo último que podía esperar. Que me preguntara por lingotes de oro de mi padre después de dos robos casi seguidos.

—Puedo responder lo que recuerdo, teniente. Mi padre, que era arquitecto y constructor, cobró hace unos cuatro o cinco años creo que diez kilos de oro en lingotes como pago de una parte del proyecto de unas viviendas en Portugal. Es dinero declarado a Hacienda...

—Sí, sí, por supuesto. Pero no me refiero al origen del dinero, que lo suponía lícito. Lo que quisiera saber es si ese oro existe a día de hoy. Si está en su poder.

—No. Lo que recuerdo es que mi padre, de una manera

muy imprudente, lo tuvo guardado en una caja de madera reforzada, al fondo de su bodega, dentro de otra caja de cartón, propia de vinos. Al menos, un tiempo, que yo sepa. Y que luego su banco hizo de intermediario en la venta porque el oro, en aquellos años, que van de 2006 a 2008, subía de precio cada semana en dólares, pero el euro estaba muy alto; el cambio no era bueno. Vendió todo, aunque no sé si fue por mediación del banco o hubo algún particular que compró un par de lingotes. Eso me suena, pero no puedo asegurarlo. Si no me falla la memoria la venta la hizo en un precio por kilo algo superior a los 48 000 euros. Recuerdo el dato porque me lo consultó. El precio, quiero decir. Añado que el importe del oro no se establece en kilos, sino en onzas.

—Lo repito, por si no lo he entendido correctamente: tuvo diez kilos de oro, diez lingotes, que recibió como forma de pago por un trabajo...

—Por una parte del trabajo, teniente. La factura total era superior.

—Bien, por una parte. Y que lo vendió hace unos cuatro años, aunque no recuerda si a través de un banco o, en parte, a una persona física. ¿Correcto?

—Absolutamente, teniente.

—Entonces, nada más, doña Marta.

Me salió de lo profundo hacerle una pregunta.

—Oiga, teniente: ¿no me va a decir nada de lo que saben?

—Doña Marta: estamos investigando. Lo sabrá todo a su debido momento y de forma detallada. Estamos...

La teniente dejó de hablar. Yo me apresuré a preguntar, porque no tenía en la cabeza otra cosa que preguntas. Me hubiese gustado poder controlar el pensamiento de Luisa Cañas.

—¿Dónde estamos, teniente? Comprenda que nuestra situación produce mucha intranquilidad.

—Comprendido. Estamos... en cuatro palabras: muy cerca del final. Buenas noches y muchas gracias.

Cortó la llamada y me dejó flotando. ¡Acababa de preguntarme por un asunto de hacía cuatro años relacionado con unos lingotes de mi padre! Casi nada. Me vino a la cabeza eso de que hay caminos que son inescrutables, no sé si los de Dios o los de quién, y decidí no comerme más el tarro porque ya llevaba suficiente sobre los hombros. ¡Una teniente de la Guardia Civil llamando la noche de un viernes para preguntar si mi padre había tenido lingotes de oro...! «Cosas veredes que harán hablar a las piedras», como ya le dijeron a Rodrigo Díaz de Vivar.

Por la mañana comenté con mi tío la sorprendente llamada de la teniente Cañas del día anterior y Errol puso cara de mal jugador de póquer. Me dio la sensación de que no quería hablar sobre la cuestión y se despidió diciendo que iba a dar un paseo con Fonseca para charlar de sus cosas. No sé a qué se estaba refiriendo. Y que volvía para la hora del almuerzo, por si queríamos comer en un restaurante de El Escorial aprovechando que era sábado y seguía el calor. Me hice la interesante y dejé el asunto en un: «Lo hablamos cuando vuelvas».

El asunto del oro me había dejado tan trastocada que fui al garaje para ver la bodega y revisar las cajas. Todo lo que estaba pasando en las últimas semanas era tan extraño que tampoco me iba a sorprender si encontraba una mina bajo el suelo y a diez hombrecillos porteando sacos con tierra y pepitas de oro. O de platino, qué sé yo. Revisé la bodega con detenimiento y únicamente descubrí la caja de madera, que estaba en otra caja de cartón reforzada en los cantos. Para localizarla tuve que mover, nada menos, que siete cajas de doce botellas de vino cada una. Siete: las que estaban superpuestas sobre la de madera.

Pensé que haber tenido oro en aquella zona de la casa no había sido tan mala idea como me había parecido en su momento. Nadie que no supiese que allí había oro se hubiese tomado la molestia de moverlas.

Cuando llegué a casa me estaban esperando Eli y Rivero, ambos vestidos como para ir a un safari en el parque Kruger. Y todo porque, según dijeron, el seto de nuestro jardín necesitaba una podadura urgente; José, además, me pidió que le facilitara un cortador, y mejor si era eléctrico. En la caseta de aperos encontré uno junto a un alargador de cable que tenía cincuenta metros y José se puso, por dentro del jardín y con unos auriculares insonorizados que a veces utilizaba mi padre, a perfilar el seto de *Cupressus arizonica*. Laura estaba con Lobe atado, pegada a Eli, pero deseando ayudar en algo porque, según me dijo, estaba muy aburrida de no hacer manualidades.

El caso es que las chicas habíamos salido del jardín y nos encontrábamos en la parte exterior del seto, junto al camino empedrado que divide nuestra parcela de la que tiene Errol, cuando se produjo el acabose. José nos gritó desde dentro que iba al garaje para buscar unos guantes, Eli conversaba conmigo sobre el calor de la ciudad y Laura atendía la conversación, con Lobe sentado sobre sus patas traseras. Escuchamos unas voces (aunque quizá fuesen gritos) y de pronto vimos como a unos diez metros una sombra que venía hacia nosotras. Primero fue sombra, una sombra grande, y me vino a la cabeza una frase ingeniosa del joven filósofo Novalis que utilizo con frecuencia: «Cuando ves un gigante, examina antes la posición del sol, no vaya a ser la sombra de un pigmeo». Por eso digo que primero la sombra fue grande, pero era una ilusión óptica porque de seguido vimos a una persona con gorra de beisbolista y gafas de sol que se nos echó encima, tiró a Laura al suelo de un manotazo y siguió corriendo a trompicones.

Al escuchar un quejido de mi hija y ver que su dueña había soltado la correa, Lobe se fue, como si fuera un galgo, detrás del hombre que corría y antes de quince metros hizo algo que jamás hubiésemos podido imaginar. Como en las películas de Rin Tin Tin, el pastor alemán de aquella famosa serie de televisión norteamericana, Lobe saltó sobre la espalda del fugitivo, que cayó al suelo trastabillado. El hombre quiso ponerse en pie, a pesar del tozolón que se había dado en la caída, pero Lobe se plantó a menos de un metro, se hinchó, el pelo se le erizó y enseñó sus colmillos —como hacen los lobos— mientras gruñía.

Nosotras, que íbamos hacia la zona del incidente a un trote cochinero —el miedo no nos permitía dar pasos más largos—, lo vimos gruñir con ganas y mover la cabeza hacia los lados, siempre exhibiendo los colmillos. Simultáneamente, el hombre que Lobe había derribado sacó por debajo del cinturón una pistola que apuntaba, más que a nosotras o al perro, al cielo, porque se notaba en su rostro que estaba amedrentado. Trató de colocarse de rodillas, pero se quedó atemorizado por los colmillos del pobre Lobe.

La escena no duró más de cinco segundos porque de entre los setos (ahora no puedo precisar por dónde salieron ya que estaba en modo *on the verge of a nervous breakdown*, que dicen los británicos) brotaron como margaritas silvestres tres personas uniformadas, pistola en mano, al grito simultáneo: «¡Alto: Guardia Civil! ¡Suelte el arma!». Lo que sucedió a continuación lo recuerdo ahora en forma de *flashback*: un guardia le acaricia sin temor el lomo a Lobe, dos se tiran, literalmente, sobre el hombre de la gorra y lo inmovilizan y, de nuevo, como si fueran margaritas silvestres, aparecen más personas, uniformadas y sin uniformar, que esposan al fugitivo, lo colocan en la vertical, miran y nos preguntan si estamos bien. Bien, lo que se dice bien, no estábamos ninguna, porque ver simultáneamente tanta arma impresiona, y mucho.

El final de la película fue avistar por la derecha al sargento Francés, primero, y luego al comandante Garayoa por la izquierda, y pasar junto a nosotras varios uniformados llevando esposado al hombre de la gorra, que andaba encogido, cabizbajo y arrastraba sus deportivas como si fuera un limaco. Con la discreción acostumbrada el comandante sonrió, irónico, antes de decir:

—¿Nunca vio por los alrededores al hombre que acabamos de detener?

No estaba para acertijos ni para repensar. Pero sí advertí un detalle que me llamó la atención en el tipo de la gorra.

—El hombre que acaban de detener, ¿tiene una cicatriz en el mentón? ¿Verdad?

—Así es.

—Entonces, lo vi. No sé cuántas veces. A él o a uno muy parecido y con idéntica cicatriz.

—Buena fisonomista, doña Laura. Pero floja de memoria...

—Para memoria está mi cabeza, comandante...

—Suele ocurrir, doña Marta. El susto que se han llevado ya ha pasado, disfruten del fin de semana y en unos días la llamaremos. Nosotros seguimos encajando piezas del puzle. La línea sigue siendo recta. Buenos días.

—¿Eso es todo lo que puede decirme, comandante Garayoa? ¿Que nos han dado un susto morrocotudo deteniendo a una persona que iba armada y que disfrutemos del fin de semana? ¿Nada más?

—En este momento nada más. Buenos días.

Lobe, todavía con la correa suelta, miró al comandante con su cara habitual, la de perro que se hace el interesante, cuando Garayoa se fue camino de la garita del portero con otros dos guardias. Las mujeres nos quedamos mudas hasta que José, del que ya no nos acordábamos, llegó hasta donde nos había dejado cuando no quedaba nadie en los caminos de la urbanización. Ni le explicamos nada ni él se enteró porque se pasó un gran rato en el garaje buscando unos guantes y acabó mirando cajas de vino, según relató. A su debido momento comenzó a perfilar el seto en la otra punta del jardín, ajeno a todo. Había acabado de podar el interior y quería hacer lo propio en el exterior. Allí lo dejamos con su máquina cortasetos.

Un rato más tarde aparecí con Laura y Lobe en casa de tío Errol, que estaba con Fonseca, y, sin anestesia previa, les dije lo primero que me salió del magín:

—Acabamos de resolver los misterios de la urbanización The Four Seasons. Los detalles, la semana siguiente. No hagan preguntas y busquen un restaurante para el almuerzo. Están todos invitados.

Fonseca se alegró. Tío Errol rio. Nos contagiamos todos con una risa floja y algo lerda. Lobe seguía mirando con la cara de interrogación habitual. Sus más de veinte kilos nos acababan de proporcionar un final de película. De eso sí que estaba convencida porque mi imaginación había determinado que era así. No tenía argumentos y carecía de información, pero el asunto, a mi juicio, estaba claro: lo que acababa de suceder suponía el final de algo. Una corazonada. Quizá por eso llamé a Agustín y le conté en forma de titulares de periódico lo que habíamos vivido, para que informara a su padre. No le permití que hiciera preguntas, pero me contó lo siguiente:

—Los agentes de la UCO estuvieron varias horas esperando en casa, con mi padre, hasta que salieron por el jardín persiguiendo a la persona detenida. A mí me pidieron que permaneciera en el piso de arriba, sin asomarme por la ventana, y dijeron que no podía bajar sin su permiso. Creo que han sido cuatro horas encerrado en mi propia habitación, viendo la televisión y comiéndome las uñas. Como resumen, agrego: mi padre sabe más de lo que cuenta y el comandante

Garayoa está cerca de cerrar el caso, si no lo ha hecho ya. Ahora, la que no puede hacer preguntas eres tú. Espera y no te agobies. Sigue con tu vida normal. No pienses en lo que has visto ni te comas el tarro.

29
Silencio

Almorzamos en una marisquería, describí a nuestros invitados con brocha gorda lo que había sucedido y regresé a casa muy alterada; lo que le había escuchado a Agus me tenía reconcomida. Los Rivero se fueron a su nueva residencia, con más miedo que otra cosa: lo suyo había sido llegar y besar el santo (con sobresaltos, desde luego). En la comida estuve ida y no presté atención a lo que se decía en la mesa, aunque hice algunos comentarios insulsos para salir del paso. Laura se percató enseguida, aguantó el tipo, pero nada más llegar a la cocina de casa —a donde fui buscando... ¡agua con gas!— me preguntó qué pasaba en mi cabeza.

—Cosas mías. Cosas de mayores.

—¿Es que yo no soy todavía mayor, mamá?

Era una buena pregunta para la que carecía de respuesta. Tenía doce años y seguía considerándola una criatura de doce meses. Pero opté por no dar más vueltas a la noria.

—Que hoy hemos vivido el final de esta historia de continuos sobresaltos, pero no estoy segura de que el desenlace me vaya a gustar.

—¿Qué final, mamá?

—Déjalo, Laura.

—No me has contestado, mamá.

—Es que no tengo respuesta.

—Me voy a tomar una Coca-Cola y, si se te ocurre algo, me avisas.

Me quedé un rato pensativa, pero sin centrarme en nada. Subí a la habitación y me duché por segunda vez. Mientras el agua me aclaraba el gel decidí llamar a Agus y decirle que quería hablar con su padre. Sentí que me subía el ritmo cardíaco hasta los cielos y a medio vestir lo llamé.

—No me jodas, Marta. Te he contado lo que te he contado porque se me ha calentado la boca. Pero no insistas porque me pones en un compromiso. Ahora mismo estoy en una situación muy incómoda.

Estaba tan alterada que no quería escuchar.

—Por favor, pregunta al jefe de policía si lo que hoy hemos presenciado es el final de algo.

—Mi padre está en la cama con un poco de fiebre y se ha tomado ya dos paracetamoles. Esta mañana no se encontraba bien, pero ha aguantado mientras estuvo Garayoa con su gente. No puedo ayudarte.

—Agus: te estoy pidiendo exactamente eso, que me ayudes. Olvida lo que hemos hablado y pregunta a don Pompeyo algo tan simple como lo que acabo de decir. ¿Lo de hoy es el final de algo? Necesito una respuesta, por favor.

Se hizo un silencio al teléfono y mi ritmo cardíaco se aceleró. Era consciente de que había traspasado la línea de la confianza y que, respecto a Agus, estaba siendo una impertinente. Para mi sorpresa respondió que iba a la habitación de su padre y que, si estaba despierto, le comunicaba la pregunta. Me pidió que esperara.

Estuve al teléfono, como una zombi, algo así como dos minutos. Se me hicieron eternos. Pero hubo una respuesta.

—Marta: estoy junto a mi padre, que te manda saludos. Me indica que te diga: no sea usted impaciente. La línea recta es la más corta entre dos puntos. Textual.

Durante un momento no me salieron las palabras, porque tenía una mezcla de terror y miedo que me estaba paralizando. Tampoco me ayudó escuchar lo de la línea recta, pero de ahí saqué fuerzas para responder elevando mucho el tono de voz:

—Lo último y me despido. Pregúntale a don Pompeyo

si mi padre fue actor en esta tragedia o estaba fuera de la función.

Creo que el padre de Agus escuchó la pregunta porque oí con nitidez que decía algo que no pude traducir. Su hijo lo hizo por él:

—No. Tu padre, no. Y el desenlace estaba en la línea recta. Dice papá que no es un juego de palabras.

—Gracias de corazón, Agus. Nunca olvidaré este favor. Adiós.

Tras cortar la llamada, mis ojos se llenaron de lágrimas y tuve que ir al baño para lavarme la cara repetidamente. Cuando recobré la calma salí a dar un paseo fuera de la urbanización. Más tarde, busqué a Laura y la llevé a un McDonald's, diciéndole que podía tomar todas las Coca-Colas que quisiera, siempre y cuando no contuvieran cafeína, para evitar que me hiciera preguntas. Regresamos a casa y me fui directamente a la cama.

En los días siguientes dejé que el tiempo pasara y fue el propio tiempo, poco a poco, lo que me trajo a la vida. No sabía exactamente qué había sucedido, pero estaba claro que el meollo del asunto no era Ian MacDonald ni sus lingotes ni sus relaciones con María de la Victoria ni cualquier otra cuestión desconocida que pudiera existir. Había otro asunto más importante en juego. Me pareció prudente no llamar a Agus para evitar molestarlo aún más. Creo que tanto su padre como yo ya lo teníamos bastante agobiado.

Además, se me fue el santo al cielo con el asunto de María de la Victoria. La verdad es que quería olvidarme de todo porque llevaba un tiempo rodeada, exclusivamente, de problemas; me sentía saturada. Llevé a Laura al cine en dos ocasiones y, también, me hice muchos kilómetros con la moto por carreteras aledañas. Puro relajo. Pero la última turbación estaba por llegar, y mi sistema nervioso comenzaba a notarlo.

30
Su perro vale un Potosí

—Tiene usted un perro que vale un Potosí —me dijo la teniente Cañas tres días después, cuando me citaron por carta para que acudiese al cuartel.

—Es de mi hija Laura. Ella trata de educarlo a su manera...

—Según me han informado dos compañeros, saltó sobre la espalda de Álvaro Reigosa como si lo hubiésemos entrenado nosotros mismos en la escuela de El Pardo. Ignoraba esa cualidad de los *malamutes*.

—Claro. Y yo. Pero como en mi vida reciente todo son sorpresas... Por cierto: ¿quién es Álvaro Reigosa?

—Enseguida lo sabrá, señora.

Mi tío y yo nos encontrábamos en una pieza del cuartel de la Guardia Civil en Majadahonda, en la segunda planta de un edificio que parece más un bullicioso mercado que la sede de un cuerpo de seguridad del Estado. Tomamos asiento en una sala espaciosa, alrededor de una mesa rectangular lo suficientemente grande como para acomodar a docena y media de personas. Frente a nosotros, un retrato del rey Juan Carlos adornaba la pared mientras que, a nuestras espaldas, una bandera de España ondeaba en la acera de la entrada.

Ignoraba si habíamos llegado a la estación término o, quizás, los siguientes interrogados íbamos a ser los miembros de la familia MacDonald. De suceder algo así, pensaba que podía ser para algún asunto de escasa importancia. Todo seguía pareciendo un embrollo, aunque la intuición me decía, a bocinazos, que aquella sería nuestra última visita a un cuartel de la Guardia Civil en relación con las peripecias de la urbanización. En esas cavilaciones estaba cuando se abrió la puerta y entró un capitán seguido del comandante Garayoa. Nos saludamos y sin más preludios el comandante dijo que el caso de la For lo consideraban resuelto. Me quedé tan estupefacta que, en mi inconsciencia, pregunté:

—¿El caso de la For? ¿Cuál es el caso de la For? Pero si en menos de sesenta días han robado en dos ocasiones, han envenenado a un perro, ha aparecido una persona sepultada, hace setenta y dos horas estuvo a punto de producirse un tiroteo... ¿A todo esto lo llaman «el caso de la For», comandante?

Garayoa respondió con calma.

—Lo ha expresado usted de manera acertada, doña Marta. Todo lo que acaba de mencionar, y algo más que revelaremos a continuación, es lo que consideramos el caso de la For. En esta reunión vamos a ir paso a paso y les presentaré un resumen de la actuación de la UCO en relación con los sucesos mencionados. Será la autoridad judicial, tras el juicio oral, la que determine la veracidad de las pruebas presentadas, los testimonios periciales, el informe forense y las declaraciones de los investigados, y resuelva el caso desde la perspectiva legal con una sentencia. Los hemos convocado aquí para informarles sobre lo que, hasta ahora, podemos comunicar y para que estén tranquilos...

No pude frenar un impulso algo irracional, y exploté. Aunque lo hice a mi manera. Sin causar mucho estrépito.

—¿Me promete, comandante, que cuando salgamos de esta sala sabremos lo que pasó y volveremos a la normalidad?

—Mi misión no es prometer, doña Marta. Los hemos citado para informarles. No es lo habitual en estos casos, se lo aseguro, pero es lo que pretendemos hacer. ¿De acuerdo?

—Qué remedio —dije un poco borde, tirando a desagradable.

Nadie se dio por aludido porque —creo— estaba ante personas que saben aguantar el tirón. Va en su sueldo.

—Entonces, vayamos al meollo del caso.

—Somos cuatro oídos gigantes, comandante.

—Lo que van a escuchar es un relato de lo que presuntamente ha sucedido en los últimos meses —años, diría, para ser más preciso— en su urbanización, porque la determinación de culpabilidad la establecerá un juez mediante sentencia, como acabo de referir.

Una servidora estaba de los nervios y bastante acelerada. Notaba un redoble de tambores en las venas de las muñecas y en las sienes. Se produjo una pausa porque Garayoa ordenó un montón de papeles, miró a sus compañeros y, al poco, arrancó.

—En primer lugar, la historia delictiva se inicia tres años atrás, aproximadamente, aunque voy a empezar el relato por lo que ha sucedido las últimas semanas. No se extrañen si momentáneamente notan que faltan piezas, porque el puzle está completo. Trataré de hacer un informe cronológico a partir de la primera denuncia, la del robo en su casa, doña Marta. Como recordará, los ladrones no dejaron huellas dactilares porque llevaban guantes. Sin embargo, eso no significa que no hubiera otras huellas que se puedan rastrear, como son las de pisada. En este caso, había dos muy claras que fueron analizadas y se determinó que correspondían a un tipo de zapatilla deportiva bastante exclusiva: la New Balance 990v3, la misma que calzaba Álvaro Reigosa el día que lo detuvimos cuando su perro se abalanzó sobre él. Bueno... últimamente siempre iba con ese calzado. Los ladrones, que llevaban planificando entrar en la casa desde que supieron que usted se había instalado en el chalé, se llevaron un ordenador portátil, una Blackberry y dos botellas de güisqui de gran valor. Es así, ¿no?

—Claro —contesté.

—Los ladrones tenían como propósito obtener información del ordenador, y algo más. Con respecto a lo primero les diré, con lenguaje algo técnico, que disponían de un disco con un programa especial para borrar la clave de acceso, pero no les funcionó. Se trata de un cedé con una distribución de Linux y, mediante una aplicación muy común entre *hackers*, pretendían resetear la contraseña. De este modo, al reiniciar el ordenador, una vez ejecutada dicha aplicación, el sistema les pedía una nueva, la tecleaban y asunto resuelto. Pero no lo consiguieron. Su, llamémosle, «experto» lo era de pacotilla.

—Es una explicación, ciertamente, un poco técnica —comenté sin gran interés. Mis conocimientos de informática son los justos.

—Queda algo más, doña Marta: también querían entrar a la parte del garaje donde su padre tiene la bodega porque García Montero les habló de lingotes de oro que quizá pudiesen estar escondidos en esa zona del chalé. Pero no llevaban herramienta adecuada para abrir una puerta de seguridad y, cuando escucharon el motor de un coche en las proximidades, decidieron salir porque se sintieron indefensos. Lo hicieron corriendo por el jardín.

Me sorprendió escuchar las dos cosas: los ladrones querían entrar en la bodega y, a la vez, estaban buscando información concreta en el portátil de mi padre. ¿Qué tipo de información sería tan importante como para llevar a cabo un robo tan planificado?

Garayoa continuó con el relato aportando más datos. Hablaba mirando sus papeles, pero sin trompicarse. Todo seguido.

—Respecto a la detención de la que usted, doña Marta, fue testigo, diré que los ladrones llevaban varios días instalados en la casa número 8, la contigua a don Pompeyo. Nosotros lo sabíamos. Por eso sus teléfonos estaban intervenidos y la vivienda vigilada día y noche, a la espera de una actuación de nuestra gente. La mañana de la detención de Reigosa, miembros de la UCO estuvieron esperando en el chalé del hijo de don Pompeyo sus movimientos, ya que conocíamos por conversaciones telefónicas que iba a salir por el jardín de la vivienda para reconocer el parque de perros. No sabían qué había pasado cuando lo inspeccionamos y querían tener alguna certeza. Una vez detenido este individuo entramos, con su propia llave, en el chalé número 8 y encontramos una fotocopia en color de la tarjeta bancaria de don Ian con las claves alfanuméricas que deben de utilizarse para cada operación en Internet; por ejemplo, para una transferencia. Reigosa reconoció que, de forma previa al primer robo, allanó su casa, doña Marta, localizó la cartera de su difunto padre sobre una mesa e hizo fotografías de la tarjeta bancaria. Pero que la volvió a colocar en su sitio. Tomaron todas las precauciones para no dejar evidencias de lo que realmente tenían previsto hacer. ¿Qué pretendían? Acceder a sus cuentas en un banco español y hacer varias transferencias a otras que ellos habían abierto en Bankia. Para ser más precisos, esas cuentas estaban a nombre de colegas de Reigosa, sin oficio ni beneficio y con antecedentes penales, que se habían prestado al timo a cambio de dos mil euros. Las cuentas en las que supuestamente iban a recibir las transferencias eran tres.

De pronto, el comandante se giró a su izquierda y ordenó a un guardia que estaba de pie al fondo:

—Traiga la caja que está en mi despacho.

El guardia salió, regresó al momento con una caja de cartón muy grande, precintada y sellada, y allí estaban: las dos botellas de güisqui de mi padre, la de coñac de mi tío, los ordenadores sustraídos y la Blackberry.

—Aquí tienen lo desvalijado en las dos viviendas; el juez nos ha autorizado la entrega. Está todo como lo dejaron ustedes. Al no poder acceder a los ordenadores, no lograron lo que pretendían: ver sus correos electrónicos, entrar en sus cuentas bancarias y revisar archivos en general. Como en el primer robo no lograron nada, decidieron repetir la jugada en su casa, don Errol, robar su ordenador y el de doña Marta para revisar los correos y todos los archivos que tuvieran. De nuevo, les falló el «experto». No el anterior, sino otro diferente pero igual de inútil, afortunadamente.

—Y eso, ¿para qué? —pregunté.

—Por favor: dejemos las preguntas para el final. Decía que buscaban, además de acceso a sus cuentas, correos electrónicos o archivos. En definitiva, algún dato que pudiera darles indicios del conocimiento que ustedes mismos tenían de ellos. De los ladrones. No es un galimatías, créanme. Es lo que han declarado los detenidos después de unos interrogatorios que, todo hay que decirlo, han sido tediosos. Voy a añadir algo que ustedes desconocen.

Mi tío y yo nos miramos con cara de espanto.

—En el segundo robo los ladrones dejaron junto a la puerta del servicio que está al final de las habitaciones de su casa, don Errol, en la segunda planta, un perro de juguete, un muñeco, para entendernos. Sin cabeza, manchado con salsa kétchup para que imitara a la sangre y sujeto con dos tachuelas en la pared. Ustedes no lo vieron, pero mis hombres, sí. Se lo llevaron para no darles más disgustos. Con ese muñeco decapitado pretendían hacerles ver que a su perro lo querían matar. Lo han declarado así.

—Si Laura llega a ver el muñeco de un perro descabezado le hubiera dado un patatús...

—Por eso nos lo llevamos sin advertírselo. Era macabro.

Respiré con la boca abierta. Me estaba faltando aire. Garayoa miró a su alrededor y fue a decir algo, pero tío Errol lo interrumpió con una pregunta.

—¿Quiénes son los detenidos? Me he perdido en su relato, comandante.

Garayoa sonrió.

—Felipe García Montero, que era el jefe, su empleado Álvaro Reigosa y el exmarido de doña María de la Victoria Navarrete, que se llama Javier Hernández. Señores: lo que acabo de referir es lo que los detenidos han declarado como respuesta a nuestra investigación. En realidad, entrando en las dos casas buscaban varias cosas, además de dinero: darles un susto y causarles miedo, conocer qué sabían de ellos, a la vez que desorientar cualquier investigación porque, en el fondo y a la vista de los resultados, fueron dos maniobras de distracción. Señor MacDonald: usted conoció bien a Felipe García Montero, su vecino de la casa número 8. Es así, ¿verdad?

—Por supuesto, comandante. Tuvimos bastante relación durante muchos años, pero hubo algo que enturbió la amistad y mi hermano, que era quien más lo trataba, dejó de hablarle. Y yo, igual.

—¿Y a su esposa, doña Katerina Soria?

—También.

—¿De qué forma, señor MacDonald? Puede no contestar, si no quiere. Pero nos ayudaría.

Dirigiendo la mirada hacia mí, el comandante Garayoa indicó:

—Doña Marta, ¿podría salir un momento de esta sala?

—No es necesario —aseguró mi tío con el rostro serio, algo desencajado—. Marta se queda. Es mejor que se sepa todo.

Errol no se esperaba, creo, una pregunta de ese tipo. Era, según deduje sobre la marcha, su arcano.

—Lo repito: ¿de qué forma conocía a Katerina?

—Tuve varios encuentros con ella, carnales, porque supongo que se refiere a eso, en casa de mi hermano, mientras estaba casada con García Montero. Ella me buscó. No fui yo, que sigo soltero, quien se arrimó a ella. Fue Katerina la que se acercó a mí porque su matrimonio con García Montero era un desastre y lo que empezó como una cita para pasear al perro acabó en la cama, si eso es lo que quiere saber.

Unas veces en casa de Ian y otras en hoteles. Ni me enamoré de ella ni creo que ella de mí. Además, desapareció hace más de tres años. Para mí que Katerina, nacida en Tenerife y que había vivido muchos años en Caracas, se largó de España para no tener que aguantar más a su marido, porque era una mujer valiente, con arrestos. Y que probablemente lo hizo con alguno de sus amigos, o amantes, porque yo no era el único. Lo sé porque ella misma me lo dijo una noche en la que bebimos más de la cuenta.

—Katerina no se escapó, señor MacDonald. Apareció muerta en el parque para perros de su urbanización. Estaba casi momificada.

—Pero ¿qué me dice, comandante? ¿El cadáver encontrado aquí era el de ella? Pero si su desaparición fue hace años...

—Si estuviera aquí nuestro coronel le diría que el asesino creyó que había cometido el crimen perfecto. Pero tal perfección no existe. Nosotros estamos aquí para descubrir la verdad y llevar este caso ante los tribunales de justicia.

—Mire, comandante —dijo mi tío Errol poniéndose en pie—. No le entiendo, estoy perdido, creo que necesito tomar algo.

—Le puedo ofrecer una cerveza. O agua. O un refresco. ¿Qué prefiere?

—Una cerveza —respondió sentándose—. Perdone: estoy alteradísimo. Continúe, porque tengo los nervios...

El comandante me preguntó si yo también quería tomar algo.

—Agua, por favor.

—Guardia —dijo Garayoa—. Traiga un botellín de cerveza y cuatro de agua, si es tan amable.

El guardia salió, nos quedamos en silencio y noté que mi teléfono vibraba. Era Agus. Pedí permiso para responder.

—Ahora te llamo. Estamos en el cuartel de la Guardia Civil —dije—, y corté la llamada.

31
Una Vespa con cañón

Lo que acababa de escuchar era, al menos para mí, una historia fantasiosa y estrambótica. El caso de la For comenzaba con la inesperada aparición en medio de la trama de una amante de mi tío Errol, ahora fallecida, y aún quedaba por conocer el resto. De hecho, el resto podría ser cualquier cosa si el arranque de la historia era tan singular, tan extraño y tan... no sé cómo describirlo, tal vez peregrino. Estábamos sumergidos en el relato de un comandante sobre la actuación de la Guardia Civil en nuestra propia urbanización, y por lo poco que ya sabíamos, todo adquiría un aire extraordinario.

Durante el tiempo que el guardia tardó en volver con los refrigerios observé las caras de todos, porque en aquella estancia no se cruzaban las miradas. Cada uno la tenía en un punto fijo porque los agentes estaban con la vista sobre papeles y Errol en sus uñas. Silencio total, como si esperásemos una visita. No hubo tal y el guardia regresó con los refrigerios. Bebimos con tranquilidad, pero sin parar hasta agotar las botellas.

El comandante Garayoa colocó una hoja sobre su montón de papeles, que parecía ser un guion o esquema de lo que estaba a punto de revelar porque tenía varios círculos dibujados en tinta roja. Con los labios aún húmedos por la bebida, retomó su relato donde lo había dejado. Mi tío y yo lo observamos como náufragos que esperan ansiosamente ser rescatados por un compasivo ciudadano que les lance un salvavidas.

—Decía que la señora Katerina, desaparecida desde hace

unos tres años, está identificada como la persona que su perro encontró enterrada en el parque para animales de compañía que tiene la urbanización. Nosotros llevábamos muchos meses, años se podría decir, tras la pista de García Montero porque siempre fue el principal sospechoso en relación con su esposa, pero no encontrábamos una pieza que faltaba por encajar. Les informo de que este señor era hijo de un republicano español que, después de la Guerra Civil, comenzó a trabajar como ingeniero en ACMA, una empresa francesa que en la década de los años cincuenta del siglo pasado, creo, fabricó una serie de motos, las Vespas 150 TAP, que llevaban un cañón sin retroceso M20 de 75 mm bajo las posaderas. Ya me entienden, ¿no?

—Claro —dije—. Debajo del trasero, también llamado culo. ¿Eso tiene algo que ver con la For o es un chascarrillo? —pregunté con bastante mala uva.

—Es un chascarrillo, como usted dice, doña Marta. Me han asegurado que usted es motera...

—De rueda alta, comandante, por favor...

—Entendido. De todos modos, y para finalizar, el Ejército francés utilizó estas motos, sin éxito alguno, en Indochina. Como si fueran pequeños tanques móviles, por decirlo de otra manera. Felipe García Montero nació junto a esa fábrica, ubicada en la región de Borgoña, en el centro de Francia. Por ese motivo habla francés perfectamente y tiene la doble nacionalidad. Con dieciocho años regresó a Madrid, estudió Ingeniería Industrial en el ICAI y, después de trabajar en una empresa cuyo nombre no recuerdo ahora, fue durante bastantes años director general, primero, y, luego, consejero delegado de una gran compañía de seguridad española que tiene oficinas en muchos países, sobre todo en América. Estuvo casado en primeras nupcias con doña Belén Fornadell, fallecida hace seis años de un cáncer.

Según nuestra información, después de enviudar, el señor García Montero estableció una relación con su secretaria, doña Katerina Soria, a quien contrató tres meses después del fallecimiento de su esposa. Con esta persona, de 35 años en aquel entonces, contrajo matrimonio civil un año y medio más tarde. ¿Me siguen hasta aquí?

—De momento, sí —respondí—. García Montero estuvo viudo un año y nueve meses.

—Tras la boda, ella dejó su trabajo al poco tiempo, se instaló en esta urbanización, en la casa número 8, pero descubrió pronto que su marido no era quien parecía ser. Además de que comenzó a viajar todos los meses por América y la dejaba sola mucho tiempo, era un celoso enfermizo y una persona violenta. La señora Soria hizo creer a García Montero desde los comienzos de su relación que era hija única, que sus padres habían muerto en Venezuela y que no tenía a nadie en este mundo —algo que no es verdad—, con la excepción de unos primos segundos que seguían en Caracas, de los que no tenía noticia hacía años. No es la manera más apropiada de iniciar una relación de tipo sentimental, pero los hechos son los que son.

Para complicar aún más la historia García Montero sospechaba que don Ian MacDonald era el amante de su esposa, pero eso lo supo después de un incidente con unos lingotes de oro que quiso comprar a su padre, doña Marta. Le compró dos por una cuantía determinada y cuando después de tres o cuatro meses, de acuerdo a lo que ha referido en los interrogatorios, quiso adquirir el resto según lo acordado, su padre le informó de que los había vendido por intermediación del banco a un precio superior; el oro en aquel año subía cada semana, pero bajaba el dólar, y don Ian optó por convertir los lingotes en euros. García Montero se indignó de semejante manera que tuvo una discusión muy subida de tono con su padre y desde entonces dejaron de hablarse. Si a eso se le añade que el chófer de García Montero, el nombrado Álvaro Reigosa, le confirmó en aquellos días que su esposa visitaba mucho la casa de don Ian en las medianoches, cuando se encontraba sola...

—Estaba conmigo, comandante. No con mi hermano, que no supo cuestión alguna sobre esa relación —afirmó tajante tío Errol—. Las citas en su casa siempre fueron en días en los que mi hermano estaba ausente. Bueno, y el marido de ella también...

—Claro. Pero lo que usted dice no es lo que creía saber García Montero. Por eso, un día se le fue la mano.

—¿A dónde se le fue la mano? —pregunté nerviosa.

Me encontraba totalmente acelerada.

—Al cuello de su esposa, doña Marta. La estranguló con sus propias manos. Lo hizo en su vivienda de la For después de discutir con ella de una forma muy violenta. Al menos, eso es lo que ha confesado porque, según su declaración, tuvo lo que ha denominado como «un trastorno explosivo». Meses más tarde, para olvidarse de tamaña atrocidad, se fue a vivir a otra vivienda de su propiedad y alquiló el chalé a una persona que conocía de la Escuela de Ingeniería, el señor Cerrato, un directivo de Iberdrola que hace unos cinco meses dejó la casa porque su empresa lo ha destinado a Glasgow. Que el chalé estuviera vacío en estos meses no es un tema menor porque los delincuentes lo han utilizado como escondite y zona de avistamiento. Por eso les enseñamos las fotografías a todos los que viven en la urbanización, y alguno reconoció que dos de ellos eran habituales en la For. Usted mismo, don Errol, los identificó...

—Eso es correcto, comandante. ¿Son Reigosa y el exmarido de María de la Victoria?

—Afirmativo.

Me quedé atónita. Creía que estaba curada de espanto, pero resultó que no era así.

—García Montero vivía desde hace casi tres años en un

ático de su propiedad cerca del Parque del Retiro, pero en estas últimas semanas ha venido multitud de ocasiones a su antigua casa. Prosigo con los hechos para decir que la autopsia que se ha realizado en el Instituto Anatómico Forense ha determinado que doña Katerina Soria murió estrangulada con fracturas en el esqueleto laríngeo: en el hioides y en el cartílago tiroides. La interfecta, que estaba prácticamente momificada cuando la desenterramos, tenía también tres cabellos con bulbo de la cabeza de su marido en la uña del dedo índice de su mano derecha. Este detalle no significa nada especial. O sí: García Montero era su marido y cualquier rastro de él sería normal en un matrimonio. Pero en el caso que nos ocupa, cuando García Montero la estaba estrangulando su esposa trató de defenderse con las manos y le arrancó algún cabello. Tres fueron localizados en una uña de la interfecta, como acabo de indicar.

—Vamos a ver, comandante —interrumpió mi tío—. García Montero denunció su desaparición al volver de un viaje a Chile, creo recordar. Y cuando Felipe se fue ella estaba viva porque algunos vecinos la vieron aquellos días...

—¿De verdad la vieron? ¿Hablaron con ella?

—Hablar no lo recuerdo... Pero la vieron. A mí me lo dijeron.

—No, señor MacDonald. Vieron a una doble suya contratada por García Montero en París, que estuvo siete días en esta urbanización dejándose notar, vestida con la ropa de la asesinada, sus sombreros, sus botas, sus abrigos, porque era invierno. Pero sin hablar con nadie ya que era francesa. Sabía treinta palabras y cinco frases de español. Nada más. Eso lo ha confesado García Montero y lo corrobora su cómplice, Álvaro Reigosa. Estamos en contacto con las autoridades policiales francesas para localizar a la señorita que se hizo pasar por la señora Soria. Ese es un fleco que está por resolver, y llevará un tiempo. Pero lo lograremos con ayuda de la Gendarmería francesa, porque tenemos sus datos. Tiempo al tiempo.

Añado que García Montero preparó meticulosamente la desaparición de su esposa, a quien asesinó por puro despecho. En su casa faltaba una gran cantidad de ropa, tres maletas, todas sus joyas y relojes, 150 000 euros que el marido dijo que tenía en su caja fuerte... Hay que reconocer que su estratagema estuvo bien elaborada. Él contaba con la coartada perfecta: se encontraba en Santiago de Chile mientras su esposa estaba en Majadahonda. Siete días después de iniciar su viaje doña Katerina desaparece, ya que el anterior portero ha declarado que la vio montarse en un taxi cargada de maletas y nunca más se supo de ella porque no consta su salida de España ni por aire ni por mar. García Montero lo descubre otros siete días después, cuando llega a Madrid desde Chile. Todo encajaba.

—Un momento, comandante: ¿qué tiene que ver todo eso con nuestros robos, con el perro muerto por envenenamiento...?

—Todo, señor MacDonald. El asesinato de doña Katerina Soria ha estado a punto de ser el crimen perfecto de no ser por dos detalles: el carácter generoso de ustedes, los MacDonald, y el hocico de su *malamute*.

—Explíquelo, por favor. No lo entiendo —dijo mi tío.

—Ustedes, hace algo más de un año, decidieron ampliar el parque para perros aportando unos quinientos metros más, de su propiedad, pero que ni son urbanizables ni sirven para otra cosa que de escondite para alimañas.

—Cierto. El terreno está alquilado por un euro al año y durante treinta anualidades, para ser preciso.

—Resulta que García Montero decidió enterrar a su esposa justo allí, cuando ese pedazo de tierra era casi un desmonte abandonado, lleno de zarzas, algún árbol y vegetación baja. Hace años, Reigosa excavó una pequeña zanja en ese lugar, tres meses antes de que García Montero asesinara a su esposa. En esa fosa enterró restos de palomas, huesos de oveja e incluso la cabeza descuartizada de un gato callejero. Esto consta en un informe del Grupo de Homicidios, que descubrió el escondite mientras buscaban a doña Katerina y lo atribuyó a algún animal salvaje que almacenaba comida en ese agujero.

Muchos meses después, en pleno verano, cuando en la urbanización había pocos propietarios, Reigosa volvió a la zona de noche y excavó, junto a Hernández, un foso en el mismo lugar donde cabían, no uno, sino dos cadáveres. Durante el periodo de tiempo que transcurre desde su asesinato hasta que es enterrada, el cuerpo de doña Katerina, envuelto en unos seis metros cuadrados de malla antihierba y colocado en posición fetal dentro de una caja de cartón piedra, permaneció en un arcón congelador que un hermano de Reigosa tiene en una nave situada en el municipio de Humanes, a quince grados bajo cero. Pero cuando el asesino estimó que la zona en torno a su vivienda, a la For, ya había sido rastreada varias veces por las fuerzas del orden y, por lo tanto, nadie volvería a inspeccionarla, cuatro meses más tarde, como acabo de referir, Reigosa volvió con la misma persona —su amigo Hernández, que fue quien lo acompañó cuando robaron en sus casas—, depositaron en la zanja el cadáver de doña Katerina Soria y rellenaron el, digamos, ataúd, con piedra de río y la propia tierra que habían escarbado. Compactaron todo utilizando mazas y dejaron que el tiempo hiciera su parte. García Montero estaba convencido de que el cuerpo se iba a pudrir, que en unos años no quedaría más que polvo y restos de huesos, haciéndolo irreconocible. Y que ninguna persona podría identificar los restos, si es que alguien lograba localizarlos.

La víctima estaba enterrada en el punto final de la tangente imaginaria que separa la antigua vivienda de García

Montero de la zona de perros, una línea recta. Pero la historia no acaba ahí: en el jardín de la casa número 8 también estaba enterrado el perro de García Montero, al que envenenó con salchichas que llevaban en su interior estricnina y estramonio. Él afirmó en la urbanización que el perro se le había escapado. Pero no era cierto.

—Era un *malamute,* comandante —dije con un hilo de voz.

—En efecto. Lo envenenó porque, según ha relatado, era un perro que se volvió agresivo y no sabía qué hacer con él. Una vez muerto, sin quitarle el microchip de identificación, lo enterró en el jardín a más de un metro de profundidad y, sobre la tierra que cubría al animal, plantó un cerezo japonés. Nosotros lo hemos desenterrado y, quizá por eso, habrán escuchado estos días ruidos provenientes de esa casa. Añado que cuando García Montero conoció que usted, doña Marta, había vuelto a la casa familiar con su hija y un cachorro de *malamute,* entró en pánico. Odia esa raza porque conoce que son propensos a escarbar. Y si su perro escarbaba...

32
Estaban de los nervios

Por un momento sentí como si toda la sangre de mi cuerpo se dirigiera instantáneamente hacia la cabeza. Parecía que mi rostro se hinchaba y las mejillas adquirían el tono de las frambuesas maduras. El asesinato de la esposa de García Montero era una atrocidad, al igual que el envenenamiento del pobre *malamute*. Pero al fin sabía qué era lo de la línea recta.

Garayoa continuó con su guion.

—Regresando al caso de doña Katerina, nadie logró encontrar ese ataúd, ni siquiera nosotros. Sin embargo, al incorporar esa porción de tierra al parque de perros inicial fue un *malamute*, el perro de su familia, quien comenzó a escarbar debido a su agudo sentido del olfato y a que los perros de esa raza son especialistas en la materia. Como es bien sabido la capacidad olfativa de un perro es miles de veces superior a la de los humanos. Les proporciono otro detalle: las dos personas mencionadas, Reigosa y Hernández, fueron las responsables de colocar alrededor de veinte trozos de salchichas envenenadas cuando descubrieron que no solo su perro, sino también otros canes, habían estado husmeando demasiado en la zona. Desde que el parque se amplió, García Montero y su chófer, Reigosa, estaban extremadamente nerviosos. Y cuando presenciaron con sus propios ojos —se habían ocultado en la casa número 8 en varias ocasiones, para vigilar— que los perros estaban escarbando, cometieron los errores que finalmente condujeron a su detención. Añado que nosotros los estábamos siguiendo y reitero que hay fotos de sus entradas y salidas de la 8.

—Perdón por interrumpirle, comandante, pero hay un detalle que ha omitido —dije—. ¿Cómo consiguieron las llaves de ambas casas?

—Las obtuvieron mediante coacción a doña María de la Victoria Navarrete Sagasta. Su hija, María, ha tenido problemas con las drogas y, aunque ha pasado por Proyecto Hombre, aún no se ha rehabilitado por completo. Reigosa amenazó a la asistenta de don Ian, ya que este individuo es muy amigo, casi un hermano, del exesposo de María, el citado Javier Hernández, conocido por su temperamento colérico y que ha participado muy activamente en los hechos investigados. El miedo hizo que la asistenta, doña Marta, cediera. Tenemos pruebas de ello. Actualmente la señora se encuentra en libertad provisional sin fianza, pero enfrenta cargos y está a la espera de la decisión del juez.

—Todo esto me parece irreal, comandante.

—Aún no he terminado, señora. Katerina Soria ha sido identificada en el Instituto Anatómico Forense, además, por un *detalle* que su esposo ignoraba. Un hermano de la fallecida...

Tío Errol se puso de pie, como si le hubieran pinchado con una aguja en ambas nalgas.

—¿Katerina tenía un hermano? Jamás me dijo nada...

Garayoa, impertérrito, siguió con el relato. Errol se sentó, alterado.

—Decía que doña Katerina tenía un único hermano, llamado Fernando, con quien García Montero no tenía relación debido a que desconocía su existencia, y fue él quien también denunció la desaparición un tiempo después en Tenerife. La Guardia Civil le tomó muestras de saliva a don Fernando para realizar un análisis de ADN. Fernando nunca había hablado con García Montero porque su hermana le advirtió de que no era una persona confiable y también de que, a los pocos meses de casarse, comenzó a tratarla con desdén, según nos ha manifestado recientemente. Fernando y Katerina apenas mantenían contacto, dejaron de verse hace aproximadamente cuatro años, pero solían tener conversaciones telefónicas con cierta frecuencia. Esto es extraño, pero cierto. Añado que ambos eran hermanos, pero tenían distinto padre. Su madre, venezolana, se casó dos veces.

Tras dejar de recibir llamadas de su hermana y no responder a las suyas, conoció, a través de un amigo que trabaja en Telefónica al que pidió ayuda, que su número de teléfono móvil había sido dado de baja. Fue entonces cuando Fernando decidió acudir a la Guardia Civil de Tenerife y denunciar la desaparición de Katerina, sin tener más información o sospechas. Las muestras de ADN de Fernando, archivadas en el Servicio de Criminalística, fueron las que nos permitieron establecer la identidad de la víctima. Fernando ya había prestado declaración en las primeras etapas de la investigación, pero como no teníamos indicio alguno para localizar a su hermana, el caso no avanzó. En su declaración inicial Fernando reveló un detalle que incluso su propio cuñado desconocía: Katerina se había sometido a una cirugía de aumento de pecho en Caracas y tenía implantes mamarios. Ella nunca le había contado esto a García Montero y él jamás se dio de cuenta. Fue hace dos días cuando supo este dato, porque se lo comunicamos tras el informe de la autopsia. No se inmutó. Supongo que la operación de implantes fue perfecta, los venezolanos tienen fama en ese campo. De todos modos, resulta bastante increíble no advertir algo así en su propia esposa, por muy bien hecha que estuviera la cirugía...

—Eso demuestra la escasa relación íntima que tenían, comandante —intervino Errol—. Katerina, seguramente, murió creyendo que su esposo era un homosexual reprimido y que se casó con ella para que fuera su tapadera. Eso es lo que especulaba, puedo asegurárselo. Me lo dijo a mí, y ahora comienzo a pensar que García Montero la asesinó porque Katerina descubrió la verdad: que su marido era un depredador sexual y llevaba una doble vida con jovencitos dedicado al estupro. Ahí lo dejo —concluyó Errol, dando a sus palabras un tono de misterio que me dejó sorprendida.

¿Sabía mi tío que su amante tenía prótesis mamarias y García Montero era un pederasta? *Chi lo sa.*

—En cuanto a lo último que menciona, no puedo añadir cuestión alguna. La vida sexual de García Montero no es relevante para este caso. Lo que sí sabemos es que asesinó a su esposa mediante estrangulamiento y, según sus propias palabras durante el interrogatorio, lo hizo porque consideraba que ella no le era fiel. Utilizó términos despectivos, como llamarla «putón verbenero» para referirse a doña Katerina. Su crueldad y sangre fría son rasgos prominentes en García Montero. Debo de agregar que es un machista irascible y desprecia la vida de los demás. Especialmente la de su esposa y, en general, la de las mujeres. Es un individuo sumamente peligroso, créanme. ¡Asesinó a doña Katerina porque la veía como si fuera de su propiedad!

—También es evidente que era un acomplejado sexual, comandante —añadió Errol—. Ahora mismo estoy hilando cabos…

—Madre mía, qué culebrón —dije.

Me había quedado, además de absorta, aturdida. Un torrente de información acababa de barrer gran parte de mi cerebro y ya no tenía el cuerpo para más sustos. Por eso, hice una última pregunta:

—Comandante: ¿le queda algo más? Porque si existen más historias…

Garayoa sonrió. Creo, además, que tenía ganas de acabar la reunión.

—Únicamente lo siguiente: los presuntos culpables se encuentran encarcelados y el caso está considerado como resuelto, a la espera del juicio. Las pruebas recopiladas, por ejemplo, los cabellos de García Montero encontrados en el cadáver de su esposa, junto con las confesiones realizadas, son concluyentes. El juez ha ordenado la prisión preventiva de García Montero, Hernández y Reigosa, y es probable que permanezcan en la prisión de Alcalá Meco hasta que se celebre la vista. Es común que en el juicio los acusados cambien su versión y se declaren inocentes, algo que vemos en casi todos los casos. Sin embargo, durante los interrogatorios García Montero admitió que no podía seguir viviendo con la carga de lo que había hecho y que su detención fue una forma de liberación. Lo normal es considerar esa afirmación banal, dadas las atrocidades que cometió.

—Desde luego —respondí—. O quizá es que estemos frente a un psicópata, un demente, un lunático...

—Hay algo que no me cuadra, comandante —señaló entonces tío Errol, para quien el asunto no había terminado—. ¿Qué me puede decir de la persona que hacía de chófer de García Montero?

—Que lo detuvimos en presencia de doña Marta, su hija y otra persona, junto a su casa. Estaba armado con una pistola SIG Sauer, nada menos que la P229, utilizada por el Servicio Secreto de los Estados Unidos. Es notable que tuviera acceso a un arma tan difícil de conseguir y no le hemos sacado una sola palabra sobre cómo lo hizo. Reigosa se dirigía desde la vivienda número 8 a comprobar qué sucedía en el parque de perros; recuerden que se encontraba vallado de nuevo y estaban pendientes de lo que estaba ocurriendo allí. Querían saber si habíamos encontrado el cadáver porque tenían preparada la fuga a Brasil desde Lisboa, si se daba el caso, en veinticuatro horas. Él nos condujo hasta la puerta de salida. Obviamente, no se había percatado de que se encontraba sometido a vigilancia. Tampoco conocía que estaba escondido nada menos que en el chalé que está junto al del comisario don Pompeyo Parra. Bueno, al de su hijo. Ni de que un perro, un *malamute*, lo podía tirar al suelo y dejarlo aterrorizado. Además, nosotros teníamos la línea recta.

—Ah, la línea recta —solté con candidez.

—Ya hice mención a ese término con anterioridad...

—Bueno... Después de lo que acaba de decir, sigo sin saber qué pinta en esta historia el tal Reigosa... ¿Qué sacaba metiéndose en el lío monumental en el que se metió? ¿Había, además de la posibilidad de conseguir dinero, algo de tipo sexual? —preguntó Errol.

—No. Dinero exclusivamente porque iba a cobrar de García Montero 10 000 euros que le había prometido por los asaltos a sus casas. Reigosa es un drogadicto, cocainómano, fumaba heroína sin parar... Un dato solamente: se ha metido tanta farlopa por las fosas nasales que casi no tiene nariz, sus cornetes están mermados como pasas de Corinto y tiene el paladar al límite de la perforación. La marca que lleva en el mentón es el resultado de una cuchillada que recibió hace dos años en una pelea entre camellos, de la que salió bien parado, judicialmente hablando, porque García Montero pagó su defensa y, también, porque sobornó a la parte contraria para que dejara en pelea lo que fue una agresión de Reigosa con arma blanca en toda regla. De no haberlo detenido ahora, lo probable es que hubiese arruinado a García Montero. O quizá algo peor. Los psicólogos que lo han examinado aseguran que su cociente intelectual no llega a la media, tiene una inteligencia límite y es un hombre sin escrúpulos. Estaba escurriendo, económicamente, a su antiguo jefe. Ese hombre sabía demasiado. Su condición sexual no afecta al caso.

—García Montero es una persona con muchos recursos económicos —insistió mi tío—. Se retiró de su trabajo antes de tiempo con una indemnización millonaria. Y se llevó al chófer, porque durante dos años lo pagó la empresa. Coche y chófer. Además, heredó una pequeña fortuna de su primera esposa. Lo que estoy refiriendo es público.

—Era. Ahora, no tanto. Rico, sí. Pero el ritmo de gasto que llevaba y con esa compañía... García Montero ha reconocido ser accionista único de una empresa de transportes especiales —ese dato ya lo conocíamos desde hace tiempo—, en la que tiene como empleado a Álvaro Reigosa, su antiguo chófer. Y, con la excepción de los viajes a la For, Reigosa no hacía prácticamente nada en la empresa. La idea de localizar las claves bancarias de don Ian fue, exclusivamente, de él. Se iba a repartir el dinero que obtuviese con Javier Hernández. Al margen de lo que acabo de referir, hay otra cuestión que les atañe. En concreto, a usted, doña Marta.

—No me venga con acertijos, Garayoa...

Era la primera vez que lo llamaba por su apellido y no por su cargo.

—Se refiere a su padre.

—¿Tiene algún otro papel en esta función? —pregunté alterada.

—Tangencial. Pero lo tiene. Sabemos que usted estaba esperando el resultado de la autopsia que se le practicó porque así lo solicitó el 112. Pues bien: su padre, doña Marta, falleció, según el informe forense... Un momento, que lo llevo escrito en un papelito que está en mi bolsillo.

El comandante se puso en pie, revisó sus bolsillos y no encontró nada. Se palpó el trasero, el culo, vamos, y localizó en un bolsillo lateral, en la pernera, lo que estaba buscando. Volvió a sentarse, y a mirarme. Me acordé del policía Pompeyo Parra Pera, la Triplepé, y de lo que me había comunicado a través de Agus.

—Según la autopsia fue «una muerte súbita de origen cardíaco». Su padre tenía, también, cierta obstrucción coronaria, que no se nota hasta que da un susto, claro.

—No puede ser... Mi padre no padecía del corazón...

(Había olvidado que el forense Cervera, el familiar de los Cámara, ya nos había adelantado algo parecido).

—Repito: la autopsia dice lo que acabo de mencionar. Pero añade que en la analítica se descubrió una hipopotasemia. Tenía el potasio muy bajo.

—¿Qué significa eso?

—Que sin estar mal, tampoco estaba bien. Seguro que usted, don Errol, lo habría notado cansado...

—Eso es cierto, comandante —respondió mi tío con celeridad—. Llevaba unos meses un poquito bajo, muy poco. Decía que tenía en ocasiones calambres y alguna arritmia, que su corazón subía y bajaba, que a veces se aceleraba. Pero nunca le dio importancia porque Ian era un tipo muy fuerte, un deportista. Y yo tampoco porque a mí, en ocasiones, me sucede lo mismo. Es la edad. Por eso no lo comenté. Me parecía una cuestión irrelevante.

—Eso mismo produce la hipopotasemia. Pero hay más: el informe forense habla de lo siguiente...

Volvió a mirar el papelito.

—«[...] Se detecta digoxina en dosis subterapéuticas». ¿Usted sabe, don Errol, si su hermano había estado con un cardiólogo últimamente?

—Rotundamente, no. Solo con un odontólogo, porque tenía un problema con la muela del juicio. La noche de su muerte se tomó dos o tres güisquis y, me temo, dos pastillas de amoxicilina.

—Es correcto. Aparece también en el informe forense. Pero el asunto de la digoxina no es un tema menor. Álvaro Reigosa ha declarado que, por mandato de su jefe, de Felipe García Montero, entró seis veces en la casa de don Ian para inyectar en las botellas de güisqui que su padre tomaba unas dosis de digoxina, dosis caseras, por decirlo de alguna manera, ya que diluían las pastillas en güisqui de batalla para provocarle somnolencia y, además, una disfunción eréctil. Han declarado ambos que era una manera de vengarse por ser el amante de doña Katerina. Resulta algo infantil, pero es lo que han referido.

—¡Qué imbéciles! —dijo entonces tío Errol dando dos puñetazos en la mesa—. ¡Pero qué pareja de imbéciles! Mi hermano jamás tocó un solo pelo a Katerina. Nunca.

—Estoy resumiendo lo que los acusados han declarado, don Errol. Que se querían vengar. Vamos, que García Montero quería vengarse porque Reigosa solo hizo de mamporrero, ya me entienden. La digoxina que refleja el informe forense ya había sido detectada en nuestro laboratorio, cuando nos llevamos de su casa, doña Marta, cuatro botellas casi vacías de güisqui el día del primer robo. No había huellas dactilares de los detenidos, pero sí restos de ese fármaco. En resumen: don Ian murió de un ataque al corazón, pero los dos arrestados creían que ellos habían contribuido inyectando digoxina en sus botellas de güisqui.

—Estas gentes, por fortuna, eran unos inútiles, comandante —aseguró Errol.

—No tanto. Recuerde que asesinaron a una persona con anterioridad, que mataron con veneno a su propio perro, a otro de un vecino de la urbanización y que ni ellos mismos sabían si don Ian había muerto de un ataque súbito o por efecto de lo que inyectaban en las botellas de güisqui. Pretendían lo peor, pero no tenían la certeza. Por eso entraron a robar en sus casas. No eran los más listos de la clase, porque llevarse los ordenadores y ser incapaces de conseguir las contraseñas...

—Me está dando usted la razón...

—En la parte que le corresponde, don Errol. Recuerde que el origen de toda la investigación está en la desaparición de doña Katerina Soria. Eso lo dijo don Pompeyo Parra a los días de producirse los robos. A cada uno lo suyo. Y que había un asesinato de por medio.

—En resumen, se puede decir que dos personas sin escrúpulos entraron en nuestras casas para comprobar si, en algún correo electrónico, habíamos comentado con alguien que teníamos miedo por los robos y que en la urbanización pasaban desde hace tiempo cosas extrañas. Pero sin dar nombres.

—Algo así, don Errol. Pero no hay que olvidar que nuestra investigación tiene un origen: la desaparición de doña Katerina Soria. No le den más vueltas porque el caso está resuelto.

Garayoa se puso en pie para acabar diciendo:

—Esto es todo, señores. ¿Alguna otra pregunta?

Errol me miró. Yo lo miré. ¿Qué íbamos a preguntar? Mucho o nada. Resultó ser nada, solo con observar la cara de mi tío. Ya tendríamos tiempo para asimilar lo que acabábamos de escuchar. No era el momento. Por eso tomé su mano derecha y nos impulsamos para ponernos también en pie. Acabábamos de saber de una manera muy sintetizada cómo la Guardia Civil había resuelto lo que ellos llamaban «el caso de la For» y ya no tenía sentido continuar en el cuartel.

Saludamos a los guardias con contención y cautela, les dimos las gracias por su trabajo y salimos a la calle. Tenía una llamada pendiente que hacer, pero decidimos ir a casa de Agus para agradecer a don Pompeyo su parte, la que fuera, en el éxito de la operación. Aunque el policía estaba ausente porque, ya en su casa, todavía no se había recuperado de las fiebres, en la 7 todo fueron besos, abrazos, un brindis con cava y la promesa de juntarnos para cenar y contarnos secretos. Vamos, la famosa línea recta. Me quedaba únicamente un asunto por resolver: María de la Victoria Navarrete Sagasta. Un papelón.

33
Demasiado de algo es malo

Cuando la vi aproximarse supe que vino a pedir perdón, aunque no fuera el momento adecuado. También buscaba refugio y protección. María de la Victoria llegó a mi casa justo cuando regresaba de la panadería y me llamó a gritos por mi nombre para evitar que cerrara la puerta. La señora de servicio de mi pobre padre acudía en busca de ayuda después de haber estado detenida durante casi cuarenta y ocho horas.

En pocas palabras me contó que ella también era una víctima de Reigosa, de su exmarido Javier Hernández y de la propia vida. La creí y le dije que no tenía que pedirme perdón por nada. Desde que la vi de nuevo en junio había cambiado mi opinión sobre ella (si es que alguna vez tuve alguna con un criterio fundamentado) y me parecía una mujer que no había tenido suerte en la vida.

Ignoraba, hasta que Garayoa lo dijo en el cuartel, que su hija tenía un problema de drogadicción y que su único consuelo había sido, los dos o tres últimos años, mi propio padre. Porque la señora Navarrete me informó de que su relación con papá iba mucho más allá de lo laboral, que la ayudaba con dinero para los gastos que originaban los tratamientos de su hija, que le había prometido entregarle 60000 euros cuando se jubilara (incluso antes, aseguró) y me enseñó correos electrónicos que habían intercambiado en los que no había lugar para las dudas: eran una pareja sentimental sui géneris. Entre ellos hubo algo serio, como me figuraba. Fueron, por decirlo claro, amantes.

Después de la avalancha de maldades que había soportado la urbanización (pero sobre todo los MacDonald) la señora Navarrete me pareció una persona que también había sufrido lo suyo. Por eso le dije que, en lo que a mí respecta, la situación no había cambiado: su contrato estaba en vigor, y así iba a continuar. Además, le ofrecí un adelanto si necesitaba ayuda para hacer frente a los gastos del tratamiento de su hija. Le recordé que mi padre había fallecido, pero sus compromisos aún estaban presentes, incluyendo los 60 000 euros al jubilarse.

Solo con pensar en el macabro final de Katerina Soria se me encogía el corazón y, con él, todas las vísceras. La dejé hablar, confirmé la ayuda económica cuando la necesitara y, también, le anuncié que al día siguiente la esperaba para que continuara con sus labores en casa. Al despedirse me dio un abrazo que casi me funde. Supuse que con aquella conversación había ayudado a una persona y solucionado un problemón.

Los días posteriores me dediqué al *dolce far niente* y a recorrer de nuevo los alrededores de Majadahonda con la moto; quería hacer kilómetros, conocer bien la R1200R. Unos días a solas y otros con Agus. Una noche que Agus y yo cenamos en Pozuelo después de haber recorrido muchos kilómetros en nuestras motos, pasó lo que tenía que pasar y acabamos en la horizontal. Vamos, que me lo tiré. Y vinieron más noches, claro. Incluso, una mañana faltó muy poco para que Laura nos sorprendiera en la cama y me agarré con Agus un cabreo tremendo que, en realidad, era conmigo misma. El pobrecito se quedó tan encogido que tuve que alegrarle el despertar con una frase que me encanta:

—Yo no muerdo, ¿sabes? A menos que sea necesario —le dije.

Agustín se quedó un ratito mirándome, sin saber qué contestar. Lo tuve que ayudar.

—Es lo que Audrey Hepburn le dice a Cary Grant en la película *Charada*.

—Magnífica película. No recordaba la frase, pero la película, sí. Y la música, que era de Mancini.

No dijo más porque entró en la habitación Lobe. No había puerta que se le resistiera. De un brinco se subió a la cama, me dejó que lo sobara un poco, pero no que le acariciara entre las orejas. Luego, el perro bajó de la cama y me escudriñó con su habitual vista de interrogante, mientras ladeaba la cabeza. Me salió de lo profundo decirle:

—Asegura la Guardia Civil que has ayudado a resolver lo que llevaba camino de ser el crimen perfecto. ¿Qué te parece?

Me observó de nuevo, sacó la lengua, se tumbó en el suelo sobre una alfombra para limpiarse una pata delantera a lametazos y, cuando acabó, se fue. Laura lo estaba llamando, pero a Lobe eso le daba igual. Siempre iba a su aire. Mi hija siempre dice que los perros son los mejores acompañantes y que por eso los adoptan la Policía y las personas ciegas. Que nunca ha escuchado hablar de gatos policías. Recordar esa afirmación me hizo tanta gracia que dejé a Agus vistiéndose en el baño y fui hasta casa de Errol para hacerle una proposición que desde hacía días se paseaba por mi cabeza.

El señor MacDonald estaba en el jardín entrenando con su *putter* cómo embocar la bola en un artilugio de plástico que semejaba un hoyo, y hacerlo de la mejor manera. Miró con el rabillo del ojo, sorprendido, y solté de sopetón lo que quería decirle:

—Finalizado el culebrón de la For, ya no hay excusas para catar el Macallan o el Dalmore Selene. ¿Cuál prefieres primero?

—¿Celebramos algo? —preguntó sorprendido.

—Muchas cosas.

—Dime una.

—Que mañana voy a ir al BBVA y le voy a decir a mi jefe: ¡que os den: a ti y a tu presidente! Luego, buscaré trabajo en la competencia porque quiero seguir con mi profesión. Que les den, coño. Y que, como dijo no sé quién, a partir de ahora voy a disfrutar del pánico de vivir la vida.

—¡Magna celebración, Big Mac!

—Tengo, además, una novedad. Mi amiga Helen me ha llamado esta mañana desde Londres para decirme que ayer estuvo en una cena y que, a los postres, apareció Justin con una joven de Miami que presentó como su novia. ¿Lo ves? Helen estaba impresionada y no sabía cómo decírmelo. Cuando lo hizo no sentí nada especial. Diré más: lo estaba esperando. Por favor, no me hagas preguntas sobre esta cuestión. A Laura se lo voy a decir, pero a su debido momento. Por ahora, silencio.

—Por supuesto —respondió mi tío.

En ese momento me vino una ocurrencia.

—¿Por qué no llamas a Duncan y le invitas a la celebración?

—*Of course*, Big Mac.

—Con una condición —añadí.

—¿Cuál?

—Que se venga en su Norton Commando. Quiero comprobar sus hechuras de motero…

—Mira que eres perversa…

—No lo sabes bien. Y si me das tiempo, espero serlo todavía más. Todos tenemos un lado oscuro. No lo olvides, señor MacDonald.

—Si comienzo a olvidar, me haré viejo. Y eso sí que no…

Cambié de tema porque tenía una duda.

—¿Te diste cuenta el otro día, cuando el comandante Garayoa nos contó el peliculón que nos contó, que se le escapó una cosa sobre don Pompeyo?

—No. ¿Cuál?

—Que el padre de Agus dijo, según Garayoa, que toda la investigación de «lo nuestro», por llamarlo de alguna manera, estaba relacionada con la desaparición de tu antigua amante. Lo dijo así, textual: «El origen de la investigación en la For está en la desaparición de doña Katerina Soria».

—¿Dijo eso? Ni me enteré…

—Lo dijo. Pero debió de ser ante la plana mayor de la UCO. Porque a nosotros lo único que nos adelantó fueron dos cosas que quiero citar literalmente: «todo está más cerca de lo que parece» y «la línea recta es la más corta entre dos puntos». Y con esos datos hemos estado semanas esperando que resolvieran los dos robos y el envenenamiento del perro de Fonseca. Añado: somos unos pardillos. Muy pardillos.

—No somos policías, querida. Eso es todo… Y hablando de policías: ¿por qué no llamas a tu amigo y le dices que se venga a esta casa con su padre y nos damos otro atracón que culminamos catando el Macallan o el Dalmore? Los dos a la vez, ni hablar. Que uno permanezca intacto para alguna celebración posterior: por ejemplo, cuando venga Duncan. Es lo propio.

—Lo hago ahora mismo —respondí.

—Entonces, ahora mismo pienso qué güisqui cataremos.

—No me vengas con acertijos, tío Errol, que las dos botellas son mías…

—Demasiado de algo es malo, pero demasiado buen güisqui es raramente suficiente. Lo dijo Mark Twain y ha llegado el momento de desmentirlo. Tenemos dos botellas y cataremos solo una. El día de la comida sabrás cuál. Pondremos punto final a la línea recta.

Agradecimientos

LAS novelas las escriben sus autores y ellos son los responsables de los aciertos y los desaguisados. Pero en numerosas ocasiones, sin la ayuda de otras personas ajenas al proceso creativo, la obra no llega a buen fin. No ha sido este el caso porque he contado con ayudas, ideas, consejos y correcciones que han sido fundamentales para esta novela. Por eso quiero agradecer su colaboración a Alfonso Mateo Sagasta, inmisericorde como es habitual en él, al doctor Rafael Teijeira, forense y preciso como es propio de su profesión, a Alfonso Meléndez, siempre dispuesto a ayudar en las horas más intempestivas, a Alfonso Orueta, que lo mismo diseña el nuevo estadio de Osasuna que dibuja un clarificador mapa de situación, a la veterinaria Gisela Fernández, al experto vinatero Fernando Ochoa, a Sara Nahum, por una información rigurosa, al teniente coronel Jorge Bodelón, por su aportación sobre el comportamiento de los delincuentes, y a mi editora, Marta Comesaña, que vio lo que no captaron mis ojos y mejoró todo lo mejorable. Y a mi mujer Agurne y a mi hija Itziar, por su paciencia.

También, por supuesto, a mi perro, Hach, que me hizo compañía mientras escribí la novela y no dejó de mirarme ladeando su cabeza.

Índice

Un crimen en línea recta, de Fermín Goñi,
se terminó de imprimir y encuadernar en noviembre de 2023
en los talleres de Leitzaran Grafikak, Martin Ugalde Kultur Parkea,
Gudarien Etorbidea, 29; 20140 Andoain (Gipuzkoa).
En su composición, realizada en el Departamento de
Integración Digital del FCE por Silvia Suárez Castillo,
se utilizaron tipos ITC Stone Serif Std.
La edición estuvo al cuidado de Marta Comesaña Pérez.

Todo llevará su nombre

Fermín Goñi

La muerte ha llegado a capturar a un hombre que, a los ojos del mundo, es inmortal. Simón Bolívar, el luchador infatigable por alcanzar la libertad de un continente herido, se enfrenta en soledad a su último combate: un héroe eterno batallando contra el dolor de ser finito.

En esta emocionante novela, la prosa minuciosa y poética de Goñi se aleja de los retratos comunes sobre Bolívar —retratos que lo exhiben inmutable como una estatua—, y le ofrece al lector uno nuevo, que alumbra la faceta frágil, terca, sensible y humana de un hombre en agonía. Con la agilidad de su pluma, el autor ensancha el tiempo breve de dos semanas y viaja por entre el pasado del Libertador: un pasado perpetuo que se mantiene vivo en las voces de sus compañeros y seguidores. Así, *Todo llevará su nombre* vuelca su mirada hacia las grietas de una estatua caída, y se desenvuelve en una obra conmovedora que nos muestra cómo la muerte nos une a todos y cómo nadie, por más magno que sea, es para siempre.

Un día de guerra en Ayacucho

Fermín Goñi

Perú, diciembre de 1824. A lo largo y ancho de la América hispana se respiran aires de libertad que los afanes imperialistas de la Península Ibérica ya no pueden contener. Luego de lustros de batallas cruentas e infinitas pérdidas humanas, parece llegado el momento clave que permitirá a todo un continente alcanzar la ansiada libertad. La ágil pluma de Fermín Goñi narra de manera emotiva y fiel la batalla decisiva que definió la independencia de toda la América del Sur y que arrastró a Hispanoamérica entera a su emancipación de la dominación española. Día a día desde la estrategia y lo cotidiano, por paisajes impresionantes y sufrimientos terribles, dos ejércitos se van buscando para darse el golpe final. Antonio José de Sucre, Simón Bolívar, el virrey de Perú y el general español José Canterac, guerrilleros, montoneras reaccionarias, reclutas, mujeres y niños que acompañan a la tropa, republicanos y monárquicos, masones de ambos lados, son los personajes. Para Goñi, la historia es una gran novela y la mejor manera de adentrarse en ella es la ficción escrupulosamente documentada.